Sous le toit du monde

Du même auteur

La Belle Chocolatière, Flammarion, 2001 ; J'ai Lu, 2002.
Le Bel Italien, Flammarion, 2003 ; J'ai Lu, 2004.
L'Impératrice des roses, Flammarion, 2005 ; J'ai Lu, 2006.
La Villa Belza, Flammarion, 2007 ; J'ai Lu, 2008.
La Passagère du France, Flammarion, 2009 ; J'ai Lu, 2010.
La Dernière Bagnarde, Flammarion, 2011 ; J'ai Lu, 2013.

Bernadette Pécassou

Sous le toit du monde

roman

Flammarion

© Flammarion, 2013.
ISBN : 978-2-0812-4601-0

À Uma Singh, journaliste népalaise, militante pour le droit des femmes, assassinée par quinze hommes le 11 janvier 2009,

À la jeune Maina Sunuwar, 15 ans, torturée et assassinée,

À toutes les femmes journalistes de ces pays lointains.

On m'avait dit que les prières qui montent vers le ciel rendaient les hommes heureux, et qu'au-delà des montagnes elles portaient des messages d'amour, de paix et de liberté. Longtemps, tout le temps que dure la douce enfance, je l'ai cru. Parfois même, j'y crois encore.

La jeune fille a-t-elle vu les ombres qui glissaient, silencieuses, entre les arbres du grand parc ? Personne n'a pu le dire. Mais elle n'a pas crié. Elle n'a pas eu le temps. La cime des eucalyptus ployait sous le vent frais de ce soir de juin et le souffle de l'air entre les branches faisait un chant très doux. La jeune fille regardait vers le ciel. Elle n'a pas vu l'ombre se détacher de la nuit et s'avancer vers elle. Elle a juste eu le temps d'entendre le sifflement aigu d'une lame dans l'air et sa tête a roulé dans la nuit sur l'herbe humide du jardin avec un bruit sourd, et très doux. Comme une jolie balle ronde qui tombe sur la terre meuble et qui s'en va mourir au pied odorant d'un massif de jasmin. Puis le silence est revenu. Un silence de mort. Le vent ne chantait plus dans les eucalyptus.

Dans le salon la reine eut un pressentiment. Tout en poursuivant sa conversation elle guettait sa fille quand, soudain, elle ne vit plus sa silhouette se découper dans l'encadrement des portes ouvertes. Son cœur se mit à battre, une mauvaise intuition. La reine n'aimait pas voir sa fille seule dans le parc à cette heure sombre, même tout près, devant le salon d'été. Une mère se méfie toujours de la nuit, fût-elle femme de roi protégée par des centaines de gardes et de hauts murs d'enceinte. Comme toutes les mères du monde, pour son enfant elle craint les heures sombres. Voulant se rassurer, elle se leva et se dirigea d'un pas rapide vers les portes ouvertes. Ne voyant pas immédiatement sa fille comme elle l'avait espéré, elle fit quelques pas sur l'herbe, cherchant plus avant, quand elle buta sur quelque chose de doux et de tiède. À ses pieds le jeune corps gisait, mutilé. C'est alors que les ombres s'avancèrent. Brutalement elles plantèrent une lame dans le ventre de la reine et d'un geste puissant remontèrent jusqu'à sa poitrine. Le sang et les viscères jaillirent, éclaboussant le sari de soie, le visage et les mains. La reine eut un air de stupéfaction figée, elle referma les bras contre son ventre, et dans un cri qui ne put pas sortir elle tomba au sol.

Une à une les ombres entrèrent dans le salon d'été, et des rafales éclatèrent dans la nuit.

Que l'on soit puissant ou misérable, à Katmandou ou à Paris, ou n'importe où sur cette planète, le destin est chargé de violences qui frappent au hasard et emportent les êtres humains telles des poussières au vent.

1

Dans sa chambre à la pension du lycée, Ashmi s'est enveloppée dans son sari bleu clair. Elle rejoint ses amies Neia et Laxmi et toutes trois descendent les escaliers au plus vite pour se joindre à la foule grossissante qui a envahi les rues de Katmandou. On a assassiné le roi, la reine et la jeune princesse. La stupeur s'est emparée des habitants de la ville au fur et à mesure que l'horrible nouvelle s'est répandue. Ils veulent comprendre. Mais personne ne sait rien, personne n'a rien entendu. Pas même les centaines de gardes présents dans le palais. Le peuple népalais ne peut y croire. La colère monte.

— C'est le fils aîné qui a tué. Il est devenu fou et s'est donné la mort, clame haut et fort la version officielle.

— Mascarade ! crie le peuple. C'est l'armée qui a commis ce crime, l'ordre a été donné par le frère du roi qui veut prendre sa place.

— L'armée est fidèle au roi. Assez de mensonges ! C'est un coup de force des rebelles maoïstes pour prendre le pouvoir, affirment d'autres.

— Folie ! Les maoïstes veulent une démocratie et des élections. Ce sont les Américains qui ont fait assassiner le roi. Ils le trouvaient trop souple à l'égard des rebelles. Ils l'ont fait supprimer parce qu'ils veulent se débarrasser de la guérilla.

— Les Américains n'y sont pour rien. Ils ont autre chose à faire. C'est l'Inde. Depuis le temps qu'elle cherche à piller nos terres et à contrôler nos fleuves.

— Vous n'y êtes pas ! Ce sont les Chinois. Regardez ce qui se passe au Tibet. Ils sont prêts à tout pour s'emparer de Sagarmatha ! Ils veulent déplacer les frontières et nous voler le toit du monde

On a cherché les coupables dans toutes les directions. En vain. Personne n'a pu dire qui avait massacré la famille royale. On a désigné tant de noms qu'on n'en a mis finalement aucun sur les ombres meurtrières du grand parc. Elles disparurent comme elles étaient venues.

Ashmi et ses amies ont suivi la foule. Elles prient maintenant avec les milliers d'habitants de Katmandou. D'un élan commun, ils sont venus assister par milliers au dernier voyage de ce roi qu'ils aimaient parce qu'il avait distribué gratuitement des terres à ses sujets. Bien sûr celles-ci n'étaient pas idéalement situées, dans une forêt très dense du Teraï que les habitants de la région appelaient *Chosmora*, ce qui en langue népalaise veut dire « voleur », « tueur ». Dans cette forêt on abandonnait les criminels de toutes sortes pour qu'ils soient dévorés par les tigres. Un cadeau empoisonné. Mais en s'acharnant les paysans népalais parvinrent à chasser les tigres et à rendre les terres cultivables. Le roi créa sa légende : celle d'un roi généreux. La violence de son assassinat fut un profond traumatisme. Les hommes se rasèrent le crâne et la radio diffusa en boucle une étrange musique funèbre. Dans toute la ville, la plus petite ruelle, cette musique créait une atmosphère bouleversante. Les gens pleuraient, interrogeaient le ciel. Qui succéderait au roi ? Et les ombres, qui étaient-elles ? Que voulaient-elles ? Reviendraient-elles ? Et quelles seraient leurs prochaines victimes ? Inquiet et révolté, le peuple manifesta sa colère et l'armée réagit violemment, fermant la ville et instaurant un couvre-feu.

De sa vie Ashmi n'a jamais vu le roi, ni la reine, et encore moins la jeune princesse. Pourtant elle aussi est bouleversée par la sauvagerie de ce massacre, et elle a tenu à se rendre aux funérailles avec ses amies. Selon la tradition, à l'entrée du temple elles ont acheté un œillet couleur safran et maintenant, perdues dans la foule, elles regardent les fumées de la crémation royale monter le long des murs ouvragés de Pashupatinah. Les cris des singes de la forêt proche percent le murmure des prières, l'atmosphère est chargée. Après de longues heures arrive le moment des dernières cendres, Ashmi, Neia et Laxmi retiennent leur souffle et le murmure de la foule s'éteint. Un silence s'installe et les cris des singes cessent subitement. On n'entend plus que le frottement des eaux du fleuve contre les hautes digues de pierres. Les cendres que les prêtres vont disperser sur les eaux de la Bagmati sont celles de la princesse. Elle avait à peine vingt ans. En regardant le prêtre s'avancer près du fleuve, Ashmi ne peut s'empêcher de penser à l'ombre qui a fait voler la lame dans la terrible nuit. Elle ne peut comprendre quelle force démente a guidé sa main, quelle folie a gagné son cœur. Dans le grand silence, devant une foule profondément émue, les prêtres dispersent les cendres dans les airs.

15

Visages levés vers le ciel, la foule les suit du regard. Les cendres s'éparpillent au-dessus du fleuve, poussière grise engloutie dans les milliers de détritus que charrie un fleuve pollué jusqu'à l'étouffement. Ashmi cherche sa respiration. Son cœur bat à tout rompre. Elle ne peut croire qu'une aussi jeune vie finisse ainsi. Alors dans un sursaut, un élan vers la princesse disparue, comme on jette un sort contre le sort, elle lance l'œillet couleur safran. La fleur légère s'élève un instant dans les airs avant de retomber sur les eaux, tache d'or éblouissante sur l'océan des immondices. Émues et comme hypnotisées, Neia et Laxmi jettent les fleurs à leur tour et, l'instant d'après, on voit, contre le ciel, des milliers d'œillets lancés d'un seul et même geste par des milliers d'hommes et de femmes bouleversés. Les ordures disparaissent, ensevelies sous le flot de pétales. Dans le temple sacré on croirait alors voir couler les eaux d'un fleuve d'or.

2

Ashmi marche dans la poussière, les yeux brillants d'émotion. Silencieuses, ses amies marchent près d'elle. Perdues dans leurs pensées elles regagnent la pension du lycée au cœur de la ville. Ashmi n'arrive pas à se dire que la vie tout au bout n'est plus rien et qu'une aussi jeune et belle princesse ne soit plus que cendres dans la pourriture des eaux. Elle pense aux siens, au village qu'elle a quitté pour venir étudier à Katmandou, à sa grand-mère qu'elle n'a pas pu revoir et qui n'est plus que cendres, elle aussi. Il a fallu laisser tout ce qui avait été sa vie, quitter le village et la famille, et surtout le compagnon des jeux et des peines, Tej, son frère tant aimé. Celui qui savait la consoler quand le travail des champs était trop dur pour ses bras de petite fille, celui qui avait tous les courages et lui disait toujours : « Tu verras Ashmi, tu feras plein de belles choses, ne pleure pas, tu verras. »

Elle retient un hoquet de larmes, son enfance est morte le jour de son départ, quand elle a vu s'effacer au loin la silhouette de Tej et les maisons du village, quand les paysages splendides ont disparu. Aujourd'hui elle marche dans la poussière et son cœur saigne. Elle s'en veut de laisser ces émotions remonter dans son cœur au lieu de profiter de tout ce que la vie lui a offert ces dernières années. Car elle devrait être heureuse comme Tej le disait, puisqu'elle a tout désormais. Grâce à l'organisation humanitaire qui l'a prise en charge, elle étudie, et à la pension elle est nourrie, logée, et vêtue comme elle ne l'a jamais été.

— Tu es sauvée ! lui a dit Tej le jour de son départ.

Elle revoit encore ses yeux pétillants de bonheur et ses grands signes d'au revoir, son sourire lumineux, ses pieds couverts de boue dans ses sandales éventrées. Le village lui manque, elle pense à sa famille tous les soirs quand, avant de s'endormir, seule dans sa petite chambre, elle regarde la nuit tomber sur la ville. Elle ne sait pas quand elle pourra revoir Tej, mais elle l'espère tant.

Née dans un village haut perché des montagnes himalayennes, sans eau courante ni électricité, Ashmi vient de loin. Elle vient d'un autre temps. Elle a vu le jour à côté des bêtes, dans une étable où sa mère est allée accoucher pour ne pas souiller l'unique pièce de terre battue de la maison. Pour elle qui pataugeait dans la boue des champs et de la rue du village perdu, l'accès au lycée de Katmandou fut la découverte stupéfiante qu'il existait autre chose au monde. Mais ce monde nouveau que les enfants des campagnes virent évoluer sur plus d'un siècle en Occident, Ashmi le découvrit en un jour. En moins de vingt-quatre heures elle quitta son village et passa de l'autre côté du miroir, dans la grande ville, à Katmandou. L'électricité, l'eau courante, les voitures, les motos, les bus, le téléphone, le réfrigérateur, la télévision, Internet, les riches boutiques de Thamel avec les cachemires colorés et les

bijoux brillants, les cafés, les restaurants, les lumières…
Le silence sévère de ses hautes terres avait fait place à
l'envahissant capharnaüm de la grande ville. L'onde de
choc fut immense. Elle n'était plus pieds nus dans la
boue à porter sur son dos courbé des charges de
pommes de terre ou de riz ou à vider à pleines mains
l'étable de ses excréments, elle étudiait sur une table
propre dans une école propre, à Katmandou. Elle avait
un lit rien que pour elle dans un dortoir de jeunes
filles venues comme elle des campagnes. Et elle n'en
revenait pas.

Ashmi avait non seulement échappé à la boue et
au froid glacial des montagnes, mais elle avait aussi
échappé à bien pire. À ces violences que cachent dans
les vallées perdues beaucoup de familles meurtries de
misère et d'alcool, et au destin de ces jeunes filles que
des proxénètes viennent rabattre dans les montagnes
et envoient par milliers finir leur vie dans les cages des
bordels de Bangkok ou de Calcutta. Sous le toit du
monde, au pied des neiges éternelles, la vie peut être
un enfer.

Par chance, le destin d'Ashmi a pris un tour inespéré.
Comme Neia et comme Laxmi, elle ira étudier à l'université pour devenir professeur. Ce qu'elle a reçu elle
le donnera à son tour aux enfants de son pays. Ashmi
a une conscience profonde de sa mission future, et
quand les siens et son village lui manquent trop, quand
elle a trop mal, son but lui donne la force de sécher
ses larmes.

— Tu reviendras, lui a dit Tej le jour de son départ,
et tu apprendras à lire et à écrire aux petits du village,
à mes enfants. Grâce à toi, ils auront une autre vie.
Tiens le coup ma petite sœur, je suis avec toi. Et puis,

avait-il ajouté avec un rire plein d'insouciance, tu reviendras pour les vacances, on se verra.

Mais entre-temps la guerre a éclaté. Ashmi n'a pas revu les siens. Des civils cachés dans les montagnes se sont rebellés contre un gouvernement corrompu et les morts inexpliquées se sont répandues dans tout le pays. De misérables paysans en guenilles se mirent à s'écharper dans un royaume fantôme et dans l'indifférence du monde entier.

À l'autre bout du monde, dans son studio parisien au 18ᵉ étage, un étudiant, Karan, regarde le journal télévisé de 20 heures. Il attendait des images d'actualité sur le massacre royal, et il ne voit que des paysages de Katmandou, des montages de vieilles photographies et de vidéos. C'est que lorsque l'information est tombée dans les salles de presse occidentales, l'étonnement fut général. Un roi venait de se faire massacrer avec toute sa famille ? Au Népal ? Ça alors ! Il y avait la guerre et un roi au Népal ? Mais qui était ce roi ? On voulut le voir et on s'affaira. On chercha des images et on n'en trouva pas. Les déplacements officiels du roi de ce petit pays pauvre n'avaient pas passionné les rédactions. On dégota quelques clichés dans les agences de presse, quelques vidéos aux couleurs délavées. Pour le journal du soir on parvint tant bien que mal à construire des sujets autour de ce roi méconnu qui s'invitait de façon macabre au cœur de l'actualité. On le découvrit en couvre-chef et habit militaire de cérémonie noir à boutons dorés, décoré de médailles et brandebourgs sur la poitrine, plutôt bonhomme et souriant, avec à ses côtés une reine gracieuse drapée dans un sari rouge et or, coiffée d'une tiare dont on se demanda si elle était de diamants. À la droite du père se tenait le fils suicidé,

20

un peu vite accusé de la tuerie. Presque aussi grand que son père et tout aussi décoré, lui ne souriait pas du tout. Mais ce qui focalisa l'attention et l'émotion la plus grande, ce fut la silhouette élancée de la jeune princesse, lumineuse dans son sari bleu rebrodé d'argent. Le récit de son assassinat remua les cœurs. Il y avait dans l'histoire de cette jeune princesse tuée sous les eucalyptus dans la douceur d'un mois de juin une cruauté digne des contes et légendes les plus noirs mais aussi les plus fascinants. À travers elle l'actualité prenait un tour douloureusement sombre et terriblement romanesque. On voulut voir le palais lointain au cœur de Katmandou où elle avait trouvé la mort. Encore une fois, pas la moindre image. Alors on récupéra à la va-vite auprès des émissions de voyage des images de la ville de Katmandou et on diffusa des sommets enneigés, des yaks broutant l'herbe rase, des Népalais œuvrant dans les hautes rizières, des monastères bouddhistes perdus, des temples anciens. À une époque où l'on filme tout l'étonnement fut grand de ne rien avoir en réserve sur ce roi et son mystérieux palais.

Karan zappe de chaîne en chaîne. Enfin il tombe sur des images d'agence en quasi direct montrant la cérémonie d'enterrement du roi. On voit la foule, la crémation, on montre des visages. Soudain, sur l'écran de son téléviseur une fleur couleur d'or lancée de la foule s'élève au ralenti dans les airs. Le cameraman suit sa lente montée dans son objectif, puis amorce avec elle sa courbe jusqu'à ce qu'elle retombe sur le fleuve. Fasciné, Karan regarde la fleur qui court maintenant, bousculée par les eaux, suivie par une caméra chaotique qui la perd puis la retrouve, tentant de la garder dans son champ de vision. En vain, elle la perd et la seconde d'après, les eaux sont recouvertes d'or et le cameraman s'attarde. Mais c'est la fleur solitaire s'élevant dans les airs qui a troublé le cœur de Karan. Il s'est souvenu en la voyant des fleurs que sa mère cultivait devant la maison et qui fleurissaient à chaque printemps. Il y en avait partout, devant toutes les maisons, aux coins des rues. Elles avaient cette même légèreté et, il en est sûr maintenant, cette inoubliable couleur.

Exilé en Europe à l'âge de cinq ans, Karan n'a jamais revu le Népal. Son père et sa mère, Mr. et Mrs. Shresta, sont morts dans un accident deux ans après leur arrivée à l'ambassade du Népal à Londres où son père, simple secrétaire, avait été nommé. Il a été officiellement adopté par un couple de leurs amis, des Français qui n'avaient pas eu d'enfant. Depuis il s'appelle Karan Vidal et le Népal a disparu de sa vie. Ses parents adoptifs n'en parlent pas, pour eux c'est comme s'il était né sur le sol de France. Pour Karan, la vie a pris le dessus. Il y a eu les études, les copains, les sorties, la merveilleuse insouciance de la jeunesse. Et si, par hasard, il tombe à la télévision sur un reportage à propos des trekkeurs ou des alpinistes grimpant l'Himalaya, Karan n'éprouve rien de particulier, il ne s'attarde pas. Il aime les bords de mer où ses parents français l'ont emmené tous les étés. L'information soudaine du massacre royal a été un choc, et grâce aux images des cérémonies mortuaires il a revu des rues, des temples, et sa mémoire est revenue. Les lieux et les odeurs qu'il croyait avoir oubliés sont remontés en lui avec précision et ont réveillé les souvenirs perdus. Depuis l'annonce du massacre, il guette les actualités, dévore les journaux, et en apprend plus sur son pays natal en une semaine qu'au cours de toute sa vie.

C'est que du Népal, petit pays coincé entre deux gigantesques et puissants voisins, l'Inde et la Chine, on ne montrait jusque-là dans les médias d'Occident rien d'autre que ses paysages exceptionnels, terres d'aventures et d'exploits pour héros de toutes sortes. On ignorait sa guerre, ses milliers de morts et ses rebelles maoïstes perdus dans les montagnes qu'on assimilait par négligence avec ceux qui en Occident firent du bruit en 1968. Oubliant les combats mortels, on continuait à s'émerveiller du gigantisme fabuleux de ses montagnes et des sourires doux de son peuple attachant. Les adeptes du Népal se multiplièrent ces dernières années à une vitesse vertigineuse. Jusqu'à se compter par millions. Pays de défis, le Népal est devenu le pays sacré, mystique et exceptionnel, celui où il faut aller pour atteindre le nirvâna, le toit du monde dont le sommet touche le ciel, l'Everest. Pour atteindre ce sommet ils accourent de tous les coins de la planète. 30 000, 40 000 euros, le prix de la course importe peu. Ni le danger extrême ni les quelque trois cents cadavres disparus et congelés vivants dans les crevasses de glace ne retiennent ces aventuriers d'un nouveau genre. Ils se bousculent pour prendre l'avion qui les déposera à Lukla sur la piste la plus dangereuse du monde et pour marcher en file indienne par centaines sur un glacier où, sous l'effet du moindre changement de température, des abîmes béants s'élargissent dans un craquement affreux. Chaque saison des marcheurs et des alpinistes chevronnés disparaissent dans ces failles de glace qui sous l'effet de la douceur du jour s'ouvrent subitement sous leurs pas pour se refermer dans le froid glacial de la nuit, broyant leurs os dans un étau mortel. De drames en drames, le nombre de ces aventuriers continue pourtant d'augmenter de façon ahurissante. Personne ne se doute de la guerre qui fait rage dans ces mêmes montagnes où on meurt pour conquérir une autre liberté. Ces touristes ont payé le voyage à prix d'or et sont sûrs qu'ils ne risquent rien. On les tirera, on les traînera, on les portera, on utilisera la technologie la plus pointue pour les protéger, mais ils iront tout en haut du plus haut sommet du monde. Certains sont très fortunés. Convaincus que tout cède devant l'argent, ils sont persuadés que la Montagne, elle aussi, pliera.

Ces étrangers, ni Ashmi, ni Neia, ni Laxmi ne les connaissent. Elles les croisent rarement. Ils ne passent pas dans les quartiers où elles vivent. D'eux elles ne savent qu'une chose : le Népal a besoin de leur présence. Ashmi sait aussi que certains créent des écoles, des hôpitaux. Ils sont généreux. Ils fournissent des aides de toutes sortes. Elle-même leur doit beaucoup. Leur argent a permis de bâtir la petite école où elle a étudié dans sa haute montagne et elle a pu poursuivre ses études à Katmandou, grâce à une enseignante venue de ces pays lointains. Mais entre les simples trekkeurs venus marcher dans une nature vierge et les touristes qui dépensent des fortunes pour grimper sur l'Everest, Ashmi ne fait aucune différence. Comme ses amies Neia et Laxmi, elle imagine leur vie de rêve. Ils passent à côté de la guerre sans même la voir et sans que jamais elle ne les atteigne. Les violents guerriers du Népal épargnent les étrangers. Ils sont si précieux.

3

Cinq ans ont passé, mais le massacre royal du Népal a bouleversé l'avenir de Karan Vidal. Il pensait devenir architecte, il décida de changer de voie et devint journaliste. Pendant ses études au cours de ces cinq années, il lut tout ce qu'il put sur l'histoire de son pays, il suivit l'actualité du Népal avec une précision maniaque, partout où cela lui était possible, sur les chaînes étrangères, sur Internet. Il se fit envoyer des journaux de Katmandou et, le jour où il apprit que la paix allait être signée officiellement entre les gouvernements et les rebelles, il prit le premier vol pour Katmandou.

Un mois passé au Népal le décida à s'y installer définitivement pour s'engager et participer à la démocratie naissante. En défaisant ses valises à Paris le jour de son retour, il retrouva sous ses chemises un livre qu'il avait acheté au kiosque à journaux le jour de son départ, en attendant son vol à l'aéroport de Roissy. Orhan Pamuk venait d'obtenir le prix Nobel et de publier *Istanbul*. Il l'avait oublié et, plus tard dans la soirée, il prit le livre machinalement. Plus pour le feuilleter tout en continuant à penser à son voyage, que pour le lire vraiment. Et puis, un mot après l'autre, il accrocha au hasard une phrase, une autre, et de page en page il entra tout entier à la suite d'Orhan Pamuk dans le dédale de la grande ville turque et dans son immense mélancolie. Sa lecture d'Istanbul était une troublante mise en abîme. Il avait le sentiment de lire ce qu'il venait de vivre : « Je prends plaisir à m'affliger sur ce monde englouti que je n'ai pas pu pénétrer, et au sein de cet univers disparu, à m'énerver face à l'avènement de la haine, de la faiblesse humaine, de la diabolique et maléfique négligence déployée au nom de la force et du pouvoir. »

Par la fenêtre ouverte Karan regarde la lune découper la silhouette irrégulière des toits familiers de Paris. Ses yeux brillent, il pense à Katmandou et à Istanbul. À ces pages écrites par un auteur porté par un flot d'amour et de rage pour sa ville d'enfance qui a laissé pourrir au bord du Bosphore et de la corne d'or les derniers palais de bois turcs, et laissé disparaître dans l'avenue Pera le monde magique qui fascinait les voyageurs d'Occident. Comme l'écrivain s'enfonçant dans les rues délabrées de l'ancienne Constantinople, Karan s'est perdu dans le dédale des rues de Katmandou, ébloui jusqu'à l'écœurement par l'état de délabrement des anciennes splendeurs : ... *la maléfique négligence*... Elle fut celle des élites de son pays comme elle fut celle des élites turques. Les mots de Pamuk entrèrent dans le cœur de Karan comme autant de petites douleurs. Avec la même confusion de sentiments que celle de l'écrivain turc pour parler de la déchéance de sa ville, Karan a fouillé les recoins de l'ancienne capitale des rois Newars. Il a appris qu'en népalais ce nom se traduisait par « la ville en bois ». Ce bois qui a flambé les merveilleux *yalis* des bords du Bosphore et pourri les anciens palais newars. Des odeurs lourdes, la saleté, la pollution, partout les déchets, les constructions en vrac, inachevées, les sanctuaires à l'abandon, mais au-delà de toute la crasse, le merveilleux flot de la vie qui roule et qui tel un fleuve puissant emporte tout dans sa joie et sa force. L'*huzun*, cette mélancolie paralysante qui dans ces années-là a envahi le cœur des habitants d'Istanbul et que Pamuk décrit jusqu'à l'obsession, n'a pas touché les habitants de Katmandou. Au contraire la ville grouille d'activités et de vie au pied de l'Himalaya. Le temple de Seto Machendranath et celui de Bhimsen, le monastère de Jya Bahal, les cours intérieures du XVIᵉ siècle que l'on trouve au hasard d'une ruelle, les toits superposés des pagodes, çà et là, le riche passé est partout. Dans des détails, des bribes miraculeusement préservées des pillages et des destructions qui finiront pourtant, Karan l'a bien compris, par faire disparaître la fragile beauté du passé. Des tigres de pierre royaux, des éléphants de bois sculptés couverts de poussière négligemment laissés à l'abandon et sur lesquels les enfants accrochent leurs cartables ou leur tablier d'écolier le temps d'un jeu, d'une chamaillerie. Des balcons et des corniches, des frises de bois méticuleusement sculptées sur lesquelles des mères ont suspendu le linge, au hasard, comme si elles le suspendaient à de vulgaires ficelles. De mystérieuses fenêtres cloisonnées derrière lesquelles des silhouettes furtives apparaissent et disparaissent, des anciennes bâtisses de terre et de bois qui eurent leur splendeur, aujourd'hui éventrées de larges fissures dues à des tremblements de terre réguliers sur cette zone sismique. Des bâtisses à la limite de l'effondrement et qui tiennent encore debout, par on ne sait quel miracle. Dans les ruelles sombres et étroites de Katmandou, Karan a découvert que la vie submerge tout. Des jeunes

gens bavards et souriants rentrent du collège en se bous-
culant, une femme les hèle derrière une minuscule
fenêtre de bois tressé luisante de graisse et de poussière
collées, une bonne odeur se répand des cuisines ouvertes
sur la rue, des enfants jouent. Ils mangent des *momos*
qu'une femme frit dans sa carriole ambulante, ces petits
beignets ronds que Karan dévorait dans son enfance.
Il se souvient encore de leur goût de bonheur. Des
hommes parlementent dans un coin, un chien paisible
dort entre des poules qui fouillent de leurs becs la boue
de la ruelle, une femme prend l'eau à la fontaine dans
des seaux de plastique à la couleur douteuse, une autre
replace sa chevelure d'un geste vif à l'aide d'un bout de
tissu jaune qu'elle tord et enroule autour de sa tête.
Aucun parmi ces habitants ne se soucie de l'état de
délabrement des lieux. Ils entrent et sortent des bâtisses
éventrées, ils mangent, discutent et rient, ils s'endor-
ment tranquillement comme s'ils se trouvaient bien
installés dans des bâtiments solides. L'étranger de passage lui, effrayé, s'en éloigne brusquement, craignant
de voir ces bâtisses s'effondrer sur la rue dans un craquement affreux. Mais dans le bazar coloré des rues de
Katmandou la vie coule, plus forte que tous les tremblements de terre. Karan brûlait d'entrer dans les pièces
enfumées des maisons, de saisir à pleines mains la nourriture noire de ces plats grillés et odorants qui cuisaient
des heures durant, de parler de tout et de rien et de
s'endormir enfin dans la chaleur des siens à l'étage
de l'un de ces vieux immeubles fissurés, derrière l'une
de ces basses fenêtres de bois cloisonnée comme dans
un confessionnal, au cœur de ces rues sombres comme
des corridors. Karan a plongé dans le flot magnifique
et envoûtant du désordre de Katmandou, lui qui a
grandi dans l'univers d'une maison ordonnée et dans

les élégantes et froides rues de Londres et de Paris. Et plus rien pour lui désormais ne sera comme avant.

La nostalgie qui brûlait le cœur de l'écrivain turc pour sa ville brûle son cœur. Il se remémore le passé, les premières années à Londres du temps où son père, petit fonctionnaire, travaillait à l'ambassade du Népal. Ce père qui souffrait de l'exil plus qu'il ne le laissait paraître et qui racontait souvent les grands palais blancs de la vallée de Katmandou. Il prononçait leur nom comme on dit un poème. Karan a cherché les palais blancs au cours de son mois de voyage, mais il n'en a vu aucun. Ni la large vallée dont parlait son père. Il a vu Katmandou chargée de constructions chaotiques et dévorée de banlieues interminables. Aujourd'hui il pense que son père avait inventé l'existence de ces palais pour embellir son souvenir du Népal. Et lui ? De quoi parlera-t-il à ses enfants quand il évoquera son passé ? Du Népal, de la France, de l'Angleterre, ou de tout à la fois. Comment habiter le monde ? On le croit à portée de main alors qu'il est encore si grand ! Karan pense au passé glorieux des grandes capitales et aux enfants emportés loin de leurs terres natales, au hasard d'une envie ou d'une mutation, et qui ne reviendront jamais vivre au pays de leurs ancêtres. Partiront-ils bientôt vers d'autres planètes comme on partait vers d'autres pays ? Que sera la terre demain ? se demande-t-il. Pourrait-elle comme Byzance et Constantinople et tant d'autres villes et civilisations voir ses lumières se ternir et la poussière recouvrir un jour ce qui fit sa gloire ? Serait-il possible que tout ce qui fut construit, tout ce qui fut si beau, se défasse et meure ? Que Versailles, gloire architecturale d'un roi et d'un pays, ne soit plus qu'un fantôme de pierre oublié comme le fut le splendide Machu Picchu, et que les arrogantes et splendides tours de verres de Dubaï ne soient plus que des carcasses vides où s'engouffrera le même vent que celui qui lustrait la pierre des hautes terres incas ? Serait-il possible qu'un jour la terre ne soit plus qu'une boule dans le cosmos, chargée de villes pourrissantes, abandonnée ? Perdue ?

Karan tient toujours dans sa main le livre d'Orhan Pamuk. Il fixe le ciel sombre. Les odeurs, les paysages se confondent dans sa mémoire. La nuit a changé de couleur.

Il reste là des heures, absent à lui-même. Par la fenêtre ouverte, une étrange clarté se lève. L'aube sans doute. Mais dans son esprit troublé de fatigue et de souvenirs, c'est l'immense chaîne himalayenne qui s'élève au-dessus de Paris et qui déploie ses gigantesques sommets par-delà les toits.

De petits temples neigeux scintillent dans la nuit bleutée, un singe malicieux court sur le grand manteau blanc. Karan a les yeux grands ouverts. Sous le toit du monde une lumière venue d'ailleurs s'est doucement posée.

4

Ashmi n'attendait son voisin qu'en fin de semaine. Avec lui elle allait rentrer au village après toutes ces années d'absence, enfin elle allait revoir les siens, surtout Tej, le frère tant aimé dont elle avait suivi la vie de loin. Deepak, qui travaillait avec les agences de trek et pouvait aller et venir sans crainte dans le pays, lui avait raconté que Tej s'était marié avec une jeune fille, Manisha, il lui avait appris la naissance de son premier enfant et celle, imminente, du second. Ils vivaient tous ensemble dans la maison, au village. Aussi quand elle a vu Deepak entrer dans la cour de la pension avec deux jours d'avance, Ashmi a ressenti cette angoisse qui, d'instinct, précède l'annonce du malheur.

Il s'est approché avec un air bas et fuyant.

— Ton père et Tej ont été tués, a-t-il lâché avec une voix sourde en se tordant les mains. On les a retrouvés dans la rizière, le long du fleuve. Si tu veux venir je t'emmène. Je pars maintenant.

Ashmi a voulu pousser un hurlement mais elle n'a pas pu. Elle est tombée agenouillée, cassée, réduite au silence par une douleur aiguë qui est entrée en elle et a bloqué son cri, jusqu'à son souffle et ses larmes.

Après elle ne sait plus. Il y eut les autres, la directrice de la pension, les amies qui l'embrassèrent et l'aidèrent à se préparer au voyage, et puis le bus, l'interminable route et la longue marche. Le voyage fut blême, sans espace ni temps. Deepak marchait devant, elle le suivait mécaniquement.

Tej et son père sont morts. Les ombres les ont tués.

— Peut-être des rebelles, peut-être l'armée, a expliqué Deepak à la directrice devant Ashmi qui l'entendait comme dans du coton. Ou alors, a-t-il ajouté en baissant la voix et en se penchant vers la directrice de la pension, peut-être les habitants du village d'à côté, ceux qui convoitaient les terres près du fleuve.

Les terres ! La propriété ! Elle rend fou les hommes de son pays, Ashmi le sait. À cause de ces maudites terres son père et son frère ne seront plus là, jamais. Elle ne reverra pas leur sourire, Tej ne la consolerait plus quand elle aurait de lourdes peines comme il le faisait dans l'enfance quand sa mère, qui avait une nette préférence pour lui, la rabrouait pour un oui ou pour un non. Elle avait suivi les changements de sa vie de loin, pensant à la famille qu'il s'était créée, à sa femme, à ses enfants, pensant au jour où elle les verrait et où ils seraient tous réunis. Ce jour est venu, mais Tej n'est plus là et ni Manisha ni les enfants qui l'accueillent ne peuvent lever le voile noir qui s'est abattu sur son cœur désormais. Elle les embrasse fort, trop fort sans doute, et ils se retirent, effrayés, ils ne la connaissent pas. Elle cherche en vain sur leurs traits ceux de Tej. Ils ressemblent à leur mère. Ils ont de beaux sourires, mais sont de petits animaux craintifs, ils se cachent.

Les cérémonies d'adieu et de crémation ont été interminables. Tout le village s'inquiétait de l'avenir de celles qui restaient, et pour les deux petits. Dans ces montagnes rudes la vie sans homme est pire que l'enfer. Ashmi s'est sentie responsable, elle ne pouvait les laisser ainsi. Ravalant sa peine et l'effroi dans lequel elle était d'abandonner ses études et de revenir au village, elle annonça sa décision à sa mère :

— Je vais rester, dit-elle simplement. J'ai déjà eu de la chance de pouvoir étudier, je n'irai pas à l'université. Ma place est avec vous. Je vais aider et prendre ma part du travail.

Son cœur saignait, mais elle était sincère. Elle voulait affronter l'avenir avec sa mère. Elle était prête. Mais sa mère la regarda comme une étrangère.

— Revenir, pour qu'on ait une charge en plus ? Manisha est là, on va se débrouiller. On n'a pas besoin de toi. Reste à la ville. Au moins là-bas tu gagneras ta vie.

Blessée, Ashmi baissa la tête. Elle était une charge dont il fallait se débarrasser. Sa mère ne voulait pas d'elle et n'en avait sans doute jamais voulu. Elle avait toujours eu à son encontre des reproches, des sifflements de méchanceté surprenante. Ashmi considérait comme normal d'être houspillée, il ne servait à rien de s'attendrir puisqu'il fallait lutter. De l'avis de tous, sa mère était la meilleure qui soit. Sans doute aimait-elle sa fille à sa façon. Mais, le lendemain, Ashmi surprit une conversation qui devait changer le cours des choses.

— Heureusement que j'ai Manisha, disait sa mère à une voisine avec un étrange ton plaintif qu'Ashmi ne lui connaissait pas.

— Oh oui ! tu as de la chance, répondit la voisine, elle est vaillante. Ça se voit qu'elle vient de Gord comme toi, elle est bien d'en haut. Et Ashmi ?

33

ajouta-t-elle en baissant la voix comme si elle parlait d'un sujet scabreux.

— Ashmi ! lâcha alors sa mère dans un soupir qui en disait plus long que de grandes phrases. On ne peut pas compter sur elle.

Ashmi en eut le souffle coupé. Elle s'éloigna, bouleversée. À partir de ce jour-là plus rien ne fut pareil. Quelque chose venait de se déchirer. Alors, sans reparler de rien, elle rentra à Katmandou. Ni sa mère ni Manisha ne la retinrent. Étrangement conciliante, sa mère lui expliqua que là était son avenir, bien meilleur qu'au village. Elle fit au mieux, comme elle avait d'ailleurs toujours fait, lui prépara des galettes de *chapatis* pour la route et lui donna des réserves de viande séchée, s'en démunissant même à son grand désarroi. Ashmi culpabilisait déjà de l'avoir soupçonnée de mauvais sentiments à son égard. Pourtant au tout dernier moment, elle lut dans ses yeux une duplicité qu'elle n'avait encore jamais décelée. Glacée, elle préféra penser qu'elle avait rêvé cet étrange regard, et elle rentra. Elle pleura beaucoup, pensa à Tej, à ses enfants qu'elle avait si peu eu le temps de connaître et elle reprit ses études avec une conviction confinant à la rage. Elle continua à retourner au village durant les vacances pour aider aux champs. Mais sa place devint de plus en plus étroite. Sa mère la houspillait à la moindre occasion, et les reproches se succédaient. Manisha, avec qui Ashmi avait de bons rapports mais qui avait un tempérament moqueur, se mit à tourner en dérision son milieu citadin et universitaire, distillant insensiblement de mauvaises ondes. Très vite Ashmi se sentit de trop et, à la fin des dernières vacances, elle repartit à Katmandou. Mais contrairement à ses habitudes et à la peine qui envahissait son cœur à chaque fois qu'elle quittait son village et les siens, elle éprouva un soulagement et oublia volontairement les provisions que sa mère lui avait préparées. Les remarques en forme de reproches et, plus perverses, les moqueries qui se voulaient anodines, avaient usé ses sentiments. Elle revint moins souvent. Insensiblement, elle s'éloigna.

5

L'hiver a été rude, le printemps tardif. À Katmandou, l'été touche à sa fin. La circulation est infernale et l'air saturé de poussière. Dans un bruyant capharnaüm, voitures et motos se croisent en tous sens, klaxonnent à tout-va. Les femmes en saris de couleur marchent le long de trottoirs défoncés, les fils électriques au-dessus des têtes font des nœuds inextricables et les ordures s'amoncellent dans tous les coins. Mais les années de guerre sont oubliées, le soleil brille, çà et là des chiens tranquilles dorment en boule et les feuilles des arbres luisent contre le ciel. Des rickshaws bariolés circulent à rythme lent dans les rues de Thamel, hélant les touristes aux yeux écarquillés. Des commerçants échangent paisiblement les dernières nouvelles sur le pas de leurs boutiques ouvertes. La mousson est bientôt finie. Le merveilleux Népal est d'une immense douceur.

— Bien dormi ?

Le concierge du Katmandou Guest House et les employés de l'hôtel sourient gentiment. Assis à l'extérieur sur la terrasse, Karan boit tranquillement son café tout en regardant le va-et-vient des groupes de trekkeurs étrangers se croiser dans le hall. Il y a ceux qui arrivent de l'aéroport et descendent de leur taxi, émus à la vue du vieux palais qui va leur servir d'hôtel, et ceux qui se préparent à partir en expédition. Sacs au dos, réunis en cercle, ils écoutent leur guide, conscients que l'heure est venue pour eux d'affronter la terrible montagne. Enfin il y a ceux qui en sont déjà revenus, fiers d'avoir atteint le sommet et soulagés d'en être sortis vivants. Ils jettent un œil compatissant à ceux qui n'ont pas encore pris conscience de ce qu'ils vont devoir affronter. Karan les observe. Il vient d'élire domicile au Katmandou Guest House, ce vieil hôtel du centre de Thamel qui est loin d'être le plus confortable, mais qui est le plus mythique. Le KGH a accueilli les plus grands alpinistes du monde. Karan s'y sent bien, comme chez lui, prêt à mettre en place le grand journal d'information pour lequel il est revenu vivre au Népal.

Au même moment, dans la vieille ville du côté du fleuve, Ashmi s'apprête à quitter sa chambre pour partir à l'université. Les années de lycée sont derrière elle, les années noires et de deuil aussi, et les larmes de douleur ont séché. La vie a repris le dessus, même si, sans que personne s'en doute, sous la surface la souffrance est restée, intacte. Oubliant le sari traditionnel qui entrave les pas, Ashmi a enfilé un jean et un tee-shirt. Elle serre son téléphone portable dans sa main comme un trésor. Pourtant il ne vaut pas plus que quelques roupies. Il vient de Chine et elle l'a acheté dans la rue. Mais il est son bien le plus précieux. Avec lui elle a le sentiment enivrant d'appartenir à l'autre monde.

Désormais elle surfe sur Internet et décroche son téléphone où elle veut pour parler à qui elle veut.

— Ashmi, viens vite, il y a une annonce à la faculté. Une réunion est organisée dans une heure pour recruter des étudiantes qui souhaitent devenir journaliste !

Ashmi ne comprend pas ce que lui explique son amie Neia.

— Journaliste ? crie-t-elle dans son téléphone comme s'il lui fallait parler fort pour arriver à être entendue.

— Oui ! Dépêche-toi, rejoins-nous !

Perplexe, Ashmi raccroche et glisse précieusement son téléphone dans une pochette de tissu qu'elle porte en bandoulière. Puis elle cale ses affaires de cours sous son bras, ferme sa porte et s'en va prendre le bus. Elle ne comprend pas en quoi cette réunion la concerne. Elle sera professeur des écoles, c'est ce qu'elle a toujours voulu, ce pourquoi elle s'est battue. Elle l'a promis à Tej : « Tu verras Ashmi, tu verras… » Elle entend encore sa voix. Ils n'en ont jamais parlé mais Ashmi en est sûre, Tej aurait aimé aller au lycée et devenir professeur. Pour lui et pour ses enfants, elle tiendra sa promesse. Dans quelques jours elle obtiendra son diplôme et n'a aucune envie de dévier du chemin qu'elle suit avec obstination.

À l'université Neia est en pleine discussion avec un petit groupe d'étudiantes. L'annonce les rend fébriles. Elles ne connaissent rien du métier de journaliste, excepté une chose : c'est l'un des métiers les plus dangereux qui soit, bien plus que chauffeur d'autobus. Et ce n'est pas peu dire. Les chauffeurs circulent tous les jours sur des routes cabossées bordées de ravins dans lesquels ils tombent à la moindre faute entraînant avec eux des passagers entassés et impuissants. On ne compte pas les morts dans cette profession.

— Mais eux au moins, dit Laxmi, on sait pourquoi ils meurent...

État déplorable des cars rafistolés, conduite alcoolisée, routes en bord de ravins jamais entretenues, asphalte quasi inexistant et rongé sur les bords, épuisement du conducteur qui s'est endormi, les raisons de voir des bus chargés à ras bord de passagers tomber dans des ravins d'une profondeur effrayante sont telles que personne ne s'étonne plus de voir leurs carcasses pourrir tout au long du parcours.

— ... tandis que les journalistes qui disparaissent tous les jours et qu'on retrouve morts, continue Laxmi d'un ton autoritaire, on ne sait pas qui les a tués. Ni pourquoi.

Toutes pensent à ces ombres insaisissables qui assassinent impunément.

— C'est un métier d'hommes, affirme l'une, ce n'est pas pour nous.

— Des femmes l'exercent maintenant, ose Neia. Pas beaucoup je crois, mais quelques-unes.

— Oui, une ou deux, se moque une autre. Et comment font-elles pour rentrer le soir ? Mon voisin est journaliste, il rentre toujours bien après huit heures...

Elles en frissonnent, une femme seule dans les rues sombres de Katmandou, c'est tout simplement impossible. L'électricité est rare et ne brille que pour les touristes dans le riche quartier de Thamel. Partout ailleurs, quand la nuit recouvre les places de son épais manteau noir, elle s'étale dans les avenues, se glisse dans les ruelles et jusque dans le moindre recoin des maisons et des appartements où ne luisent que de faibles lampes et les flammes vacillantes des derniers feux de bois. C'est l'heure où les ombres meurtrières se glissent, furtives, et où les chiens affamés se rassemblent après avoir dormi tout le jour. L'heure où ils chassent en meutes et se déchirent pour conquérir les tas d'immondices aux coins des rues. On retrouve parfois au matin le cadavre mutilé de l'un d'eux, agonisant, auquel un passant matinal compatissant tranche la gorge, pour en finir. La guerre a fait des ravages et il ne fait bon pour personne se retrouver seul dans ces rues la nuit. Les journalistes parlent trop, et ils rentrent tard. Gorges tranchées dans les parcs déserts, corps roués de coups, jetés vivants du haut d'un ravin ou massacrés dans une forêt, les meurtres se succèdent, sauvages. Impunis. Et le même refrain reprend :

— Ce sont les maoïstes ! Ils veulent contrôler les médias, ils ne sont jamais contents !

— C'est l'armée qui se venge de ceux qui parlent trop !

— C'est un règlement de comptes. Les mafias tiennent les médias !

On désigne en vain et les ombres s'évanouissent dans la nuit, emportant leur mystère violent.

— Pourquoi irions-nous à cette réunion, puisqu'on ne veut pas faire ce métier ?

— Pour écouter. Après tout, qu'est-ce qu'on risque ? avance Neia, la plus curieuse de toutes.

Après un temps d'hésitation, elles décident d'aller voir.

6

Karan les accueille. Il se présente sous son nom de famille népalais, Shresta, comme étant le directeur de l'information d'un nouveau quotidien « digne du Nouveau Népal ». À son nom typé, les jeunes filles pensent qu'il est issu d'une caste newar, mais à sa façon de se tenir et de parler avec son drôle d'accent, elles doutent. Ashmi dit qu'il est peut-être même né dans une caste plus haute, dans une de ces riches maisons devant laquelle elle passe tous les jours et dont elle a découvert les hauts murs et la lourde porte fermée. Mais Ashmi se trompe. La trentaine, élégant et cultivé, vêtu à l'occidentale, Karan n'est pas un fils de Rana, ce clan qui a régné sur le Népal pendant plus d'un siècle. Il ne descend pas non plus de la dynastie des Shas et maharajas qui ont gardé le pouvoir absolu pendant deux cent trente-neuf interminables années. Il est comme le dit en népalais son nom de famille un descendant des newars, le peuple des artistes. Une élite d'une tout autre nature. Karan, lui, a trop peu vécu au Népal pour être sensible à ces différences entre castes. Il a une mission. Construire une presse libre et forte, corollaire indispensable d'une démocratie digne de ce nom. Après des soubresauts internes entre les différents partis traditionnels du pays et les rebelles maoïstes, après des palabres à n'en plus finir avec Lakhdar Brahimi, représentant de l'Onu et conseiller de Kofi Annan, une paix historique a été signée le 21 novembre 2006 et le pays s'est doté d'un nouveau gouvernement. Les maoïstes qui ont mené la rébellion dans les montagnes pendant plus de onze ans y ont été intégrés au même titre que les partis traditionnels et le Népal est devenu un État laïc avec une assemblée constituante. Une nouvelle société civile éclairée vient d'émerger, elle est prête au changement. Karan compte sur elle. Il y a encore beaucoup de difficultés et il reste un point noir au cœur de la ville : le roi Gyanendra. Celui que l'on soupçonne d'avoir commandité le meurtre sanglant de son frère pour devenir roi à son tour. Reclus dans le gigantesque palais de béton Narayanhiti, il s'accroche. On lui a ôté son pouvoir le plus précieux dont il a dramatiquement abusé, l'armée. Tel un enfant capricieux incapable de prendre la mesure du bouleversement que vit son peuple, il se venge avec ce qui lui reste, l'emblème suprême. L'affaire aurait pu passer inaperçue tant elle n'était pas l'essentiel de ce qui se jouait pour la démocratie, mais voilà que la commission chargée par la nouvelle république de faire l'inventaire des biens royaux s'est aperçue que la couronne d'or et le sceptre royal manquaient à l'appel. Le vieux monarque les a cachés. Bien que vaincu, il ne veut pas révéler où ils se trouvent. On insiste, on menace en vain. Il trépigne, ne lâche rien. Il ne veut pas rendre les bijoux royaux. Le temps presse et sa présence dans le palais au cœur de Katmandou est une menace permanente pour la paix. Alors en fin de compte, ne pouvant rien en tirer, on l'exile. Il part une nuit dans une limousine noire, escorté de policiers et de gardes. On le renvoie dans le palais glacial qui fut le sien avant qu'il ne s'arroge celui de son frère, à l'ombre d'une forêt humide. Désacralisé, le monarque ricane encore. Lui seul sait où sont la couronne d'or et le sceptre royal. L'affaire contrarie beaucoup de Népalais même dans l'entourage de Karan. Les symboles sont importants dans ce pays, et les emblèmes royaux sont sacrés. Karan, lui, n'en a rien à faire. Il a du mal avec le sacré. Et puis que sont les vieillards malfaisants arc-boutés sur d'aussi dérisoires bijoux, fussent-ils d'or et de diamants, à côté d'une jeunesse éperdue de liberté et d'un peuple ayant tant souffert, et pendant si longtemps ? Pour Karan, le sacré c'est comme les castes, face à la misère et au malheur, ça ne pèse rien. La société civile a beau être encore marquée par ce système étouffant de traditions et de symboles, un changement se dessine. Là est l'essentiel. Plein d'énergie et de confiance, Karan est avide de faire. Bien que le vote instituant une assemblée officielle soit régulièrement repoussé pour cause de désaccords permanents entre les partis officiels et les maoïstes et que les choses soient encore instables, il croit en l'avenir démocratique de son pays. Dans un énergique mélange d'orgueil personnel et de générosité sociale il veut que de grands travaux soient entrepris dans son pays. Il veut que l'argent aille où il doit aller et non dans les poches de la corruption. Il veut des routes entretenues, des ponts solides, des hôpitaux qui fonctionnent, des rues nettoyées, un patrimoine entretenu et préservé, de l'éducation pour tous, et tant d'autres choses. Le journal dont il dirige désormais l'information défendra ces projets, ils deviendront réalité. Karan est de ces hommes fiévreux portés par un idéal d'autant plus fort qu'ils se sentent redevables. Karan a une dette envers le Népal. Il l'avait rayé de sa vie, il n'a pas fait cette guerre comme tant d'autres Népalais pour la conquête de la démocratie. Pendant que les plus pauvres se battaient nu-pieds dans les montagnes, lui était à l'abri dans les grandes universités européennes. Tout ce qu'il a appris de la vie, il l'a appris dans un autre pays que le sien et il parle mieux le français et l'anglais que sa langue natale. Il se sent pourtant népalais, même s'il ne l'est plus tout à fait. Aux amis qu'il a quittés en France le jour où il a décidé de rentrer définitivement à Katmandou, il a simplement expliqué :

— Le Népal est aussi mon pays. C'est là que je suis né. On doit tous quelque chose à sa terre d'enfance.

Et il est parti en promettant de donner des nouvelles. À peine arrivé à Katmandou il s'est mis à l'œuvre, acceptant de mettre en place et de diriger la rédaction de *Summit News* nouveau journal créé avec équivalence de fonds publics et de fonds privés et la bénédiction de la république naissante. Le gouvernement provisoire ayant promis que des groupes d'ethnies minoritaires qui n'avaient jamais été représentées au parlement le seraient, dont les femmes, Karan a décidé d'accompagner cette décision démocratique et d'embaucher des jeunes filles en fin d'études. Mais la directrice de l'université l'a averti, non sans une certaine ironie.

— Le Népal n'est pas la France, ni l'Angleterre, Dhai, et la société civile et éduquée que vous côtoyez à Katmandou depuis votre arrivée n'est en rien représentative de celle du Népal. Êtes-vous seulement sorti de la ville depuis votre arrivée ?

Vaguement agacé de cette ironie dont il a découvert dès son arrivée l'utilisation fréquente à son égard dans la bouche des Népalais de plus haute caste que la sienne, il faillit lui répondre à la népalaise : « Bien sûr, Didi », mais il se retint. Était-ce la bonne formule ? Il avait oublié qu'au Népal on ne se désigne ni par son prénom ni par son nom, mais par un seul mot commun à tous, « Didi », grande sœur, pour une femme, « Dhai », grand frère, pour un homme. Karan a beaucoup de mal avec cette coutume. Dire « Didi » à une femme ou à une jeune fille lui est impossible. Il se sent familier et ridicule, comme s'il jouait un rôle idiot. En l'occurrence il n'est même pas sûr que dire « Didi » soit la pratique usuelle pour un newar de haute caste comme lui face à cette jeune directrice, une Bista, brahmane de plus haute caste encore. Karan s'embrouille. Habitué aux politesses occidentales il aurait aimé pouvoir dire « Bien sûr mademoiselle Bista ». Mais la directrice de l'université n'aurait eu que mépris pour lui. Il ne fallait pas lui montrer qu'il ne savait pas quelle formule employer. Pour mériter le respect, il doit se comporter en véritable newar. Dans l'incertitude il se contenta d'un sobre « Bien sûr » et remarqua immédiatement la moue de la demoiselle.

— Je veux bien que vous fassiez une réunion d'information, Dhai, répondit-elle froidement. Mais vu le poids des familles et des traditions, vous ne remplirez pas l'amphithéâtre. Ne soyez pas déçu si aucune jeune fille ne vient à votre réunion. Je préfère vous avertir.

Il se raidit. À l'air vaguement méprisant s'ajoute la condescendance du ton. Il y décèle la même origine qui se trouvait au cœur de celle que ses parents subissaient du temps de l'ambassade à Londres. Quand les élites Brahmanes haut placées comme cette mademoiselle Bista les tenaient à distance. Son père, insignifiant secrétaire, et sa mère, femme de ménage à l'occasion pour arrondir les fins de mois, glissaient dans les couloirs comme des ombres. Il revoit l'infecte soumission sur les traits de son père et, pire, sur le doux visage maternel. Comme ce temps était loin qu'il croyait effacé, et aussi les visages aimés. Mais l'humiliation de l'enfant qu'il était alors est restée là, intacte, et la même brûlure tapie au fond du cœur de l'adulte qu'il est devenu. Karan se redresse, remercie froidement la directrice et la quitte brusquement avec la haine de ces codes de castes dont les maniements complexes sont totalement étrangers à sa culture et à ses sentiments humains.

Elle le vit tourner les talons sans un sourire de politesse, à peine un salut. Cette attitude la stupéfia. Elle ne doutait pas un seul instant qu'il prolongerait la discussion et se rangerait à son avis. Habituée à inspirer le respect et même davantage, elle en fut profondément blessée. Mlle Bista a toujours vu tous les autres, hors le roi, s'incliner devant sa haute lignée.

— Cet homme pliera, siffla-t-elle entre ses ravissantes dents blanches avec une rage soudaine plus proche de celle d'un prédateur que de la jeune femme offrant à tous une image élégante et raffinée.

Frémissante, elle tourna les talons et revint à son bureau décidée à s'occuper de ce journaliste arrogant.

Karan a rejoint l'amphithéâtre. Heureusement pour lui, des jeunes filles sont venues. Le changement qu'il espère est possible. D'autant plus enthousiaste qu'il vient d'être échaudé par la directrice, Karan leur parle pendant plus d'une heure comme on ne leur a jamais parlé. Comme il aurait parlé à ses amies parisiennes de faculté, à de jeunes Occidentales affranchies. Il explique la société népalaise qui se modifie, les femmes qui doivent y prendre toute leur place. Il dit qu'un vent nouveau souffle sur le Népal, et qu'ils doivent faire évoluer les mentalités. Hommes, femmes, jeunes, anciens, pauvres, riches ! Tous ensemble !

Il s'enflamme.

— Dans le journal vous parlerez de ce qui vous intéresse, de vos préoccupations, vous aurez des rubriques. Vous assisterez aux réunions des partis, vous donnerez un point de vue féminin sur la société, sur la politique, l'économie, le droit.

Ashmi écoute, perplexe. Pour elle ce discours est abstrait. Elle n'a aucun point de vue sur ces sujets dont il parle avec tant de passion. La mort cruelle et inexpliquée de son père et de son frère, la dureté grandissante de sa mère à son égard qui semble reporter sur elle la perte de Tej, elle pressent que désormais elle doit affronter seule l'avenir. Les grandes idées ne sont pas dans son programme. Le sien est des plus immédiats, obtenir son diplôme, gagner sa vie, enseigner. Elle veut rester à Katmandou dans la ville où il y a l'électricité, et se marier. Depuis qu'elle a croisé le regard clair d'un jeune gurung qui travaille pour les agences d'expéditions, parfois elle rêve. Elle s'imagine dans un appartement, petit bien sûr, mais à eux. Elle fera alors venir près d'elle les fils de Tej et accomplira la promesse qu'elle lui a faite. Ils feront des études, ils sauront lire et écrire, ils seront sauvés.

— Certaines d'entre vous ont-elles des questions ?

Karan ne désarme pas. Mais le petit groupe des étudiantes reste muet. Il insiste, joueur.

— Je ne vous mangerai pas, vous n'êtes pas obligées de vous inscrire parce que vous me poserez une question. Vous êtes libres. Qu'aimeriez-vous savoir de plus sur ce métier qui peut devenir le vôtre ?

Encore une fois aucune des étudiantes ne se manifeste. Elles fuient son regard, gênées. Il cache sa déception derrière un sourire.

— Bon, dit-il d'un ton entreprenant, je vous laisse le temps de réfléchir. Je repasserai dans une semaine. Celles qui se décideront entre-temps peuvent venir me voir au journal. Je les recevrai aussitôt.

La fréquentation des femmes indépendantes d'Occident qu'il a côtoyées durant ses études et sa vie ont induit Karan Vidal en erreur. Parce que ces étudiantes népalaises sont venues de leur plein gré, qu'elles portent des jeans et des tee-shirts, il les a crues plus affranchies qu'elles ne le sont. Il fait l'erreur du touriste leurré par un sweat américain, un portable chinois et des faux tennis de marque fabriqués à Hong Kong. Il se fie à l'apparence. Or derrière ce qui se voit, il y a ce qui reste caché dans le méandre des esprits qu'on ne peut faire évoluer à la vitesse d'un simple changement de costume. Dans ces méandres-là des choses très anciennes restent tapies. Des peurs, des violences et des soumissions restent accrochées dans les recoins, sous les crânes. Elles surgissent quand on ne s'y attend pas. Mais cela, Karan ne le sait pas encore.

— Vous avez compris quelque chose à ce qu'il a raconté ? demande Laxmi.

— Rien, reconnaît sobrement Neia.

— Pauvres, riches, tous ensemble ! Mais de quoi parle-t-il ? Et les castes ? On dirait qu'il les oublie, reprend Laxmi, virulente. Comment pourrions-nous assister aux réunions des partis politiques ? Elles ont lieu le soir, dans une salle au bout de Kantipur, près du foyer. Elles finissent tard, et il n'y a que des hommes. Je les entends depuis la fenêtre de ma chambre.

— Ça serait peut-être intéressant, tempère Neia.

— Ah oui ! Intéressant ! reprend Laxmi. Et rentrer ensuite seule la nuit ? Moi, jamais ! Ce newar dit n'importe quoi. Comment peut-il oser nous parler comme ça ? Je me demande d'où il vient.

— Et pourquoi changerions-nous d'orientation ? précise une autre, pragmatique. Il n'a pas parlé du salaire, on comprend pourquoi. Mon oncle est journaliste, c'est très mal payé, et avec des horaires impossibles.

— Sauf quand on est de caste newar comme lui ou de très haute caste Bista comme la directrice, reprend Laxmi, amère et agressive. Ils ont toujours les bons postes. Ce n'est pas à de pauvres filles gurungs et tamangs, filles de paysans, de soldats et de porteurs qu'on les donnera. Alors pourquoi s'embêter ?

— Ça, c'est partout pareil, souligne Neia fataliste. Et ce n'est pas près de changer.

— Ah bon ? Et pourquoi ça ne changerait jamais ? se rebiffe Laxmi toutes griffes dehors.

— On dirait qu'il n'est pas d'ici, il a un drôle d'accent, intervient Ashmi désireuse de changer de sujet pour éviter une énième discussion polémique comme Laxmi les adore.

Un brouhaha s'ensuit. À l'exception de Laxmi qui cherche à tout savoir, les jeunes filles ne lisent pas les journaux, pas plus qu'elles n'écoutent la radio ou ne regardent la télévision dont la diffusion n'arrivait pas au fond de leurs villages et dans leurs campagnes éloignées. Aujourd'hui, avec Internet, elles apprennent les nouvelles, écoutent de la musique, téléchargent des films. Naviguer ensemble sur les quelques ordinateurs mis à leur disposition à la bibliothèque de l'université ou le soir sur celui du foyer dans la salle commune, c'est la seule fenêtre qu'elles ouvrent sur le monde et sur leur propre pays.

La sonnerie d'un téléphone les interrompt. Ashmi s'empresse de décrocher et se met à l'écart.

— C'est Deepak, Didi ! Tu m'entends ?

Elle a reconnu son voisin.

— Oui Dhai, je t'entends…

— Je pars en expédition, je suis déjà sur la route. Je voulais te dire, il faut que tu reviennes au village.

— Ah bon ? fait-elle surprise. Mais pourquoi ?

Elle n'a pu en savoir davantage, la ligne s'est brouillée puis a été coupée, comme souvent. Deepak continue de descendre régulièrement à Katmandou prendre les sacs des clients à l'agence de trek pour laquelle il travaille. C'est le seul au village qui a un portable et qui, depuis le décès de son père et de son frère, continue à donner à Ashmi des nouvelles de sa mère, de sa belle-sœur et des petits. Désemparée par cet appel, Ashmi essaiera toute la journée de se raccorder à nouveau au réseau, puis toute la soirée. En vain.

La nuit est tombée depuis longtemps quand, dans sa chambre à la pension, elle se penche encore par la fenêtre ouverte pour capter un signal. Pourquoi faut-il qu'elle rentre au village aussi urgemment ? Elle ne peut pas quitter l'université en ce moment. Les examens sont dans moins d'une semaine et ils sont décisifs. Si elle part, c'en est fini de ses études. Pour elle c'est inenvisageable, ce serait pire qu'un suicide. Sa mère et Manisha survivent, le pays est pauvre, et les responsables de l'organisation internationale qui l'ont prise en charge durant toutes ces années d'études ne comprendront pas qu'elle parte au moment capital. Ashmi panique, elle ne sait pas quoi faire ni vers qui se tourner. Elle pourrait bien sûr essayer de parler à Carine, la Française responsable de la pension, mais son ventre est noué de peur et elle est incapable d'aller la voir. Toute sa vie durant Ashmi a vécu dans la soumission, aux ombres inconnues et maléfiques qui rôdent, aux éléments extrêmes, à la montagne qui domine de sa masse gigantesque les pauvres humains. Et jusqu'à la soumission à l'autorité sèche de ses parents qui ne juraient que par leur fils, Tej. Ashmi retient ses larmes, elle a la gorge nouée. Sa mère ne l'a jamais aimée, son père, elle ne sait plus. Seul Tej lui portait une affection joyeuse et franche. Dans sa lumineuse fraternité elle se sentait sauvée. Aujourd'hui elle ne sait plus trop où sont les siens, ni même son village, tout est si loin, si différent. Le soir dans sa chambre elle pense à ces étrangers qui ont financé son inscription à l'école et l'ont arrachée à son destin de paysanne inculte. En dépit de leur générosité qui ne s'est jamais démentie, en dépit du chemin parcouru, Ashmi s'est toujours sentie illégitime et fragile. Pourquoi ont-ils fait cela pour elle ? Et s'ils changeaient d'avis ? Dans sa famille on priait les dieux des montagnes, on croyait au destin.

— On meurt et on renaît. Tes vies d'avant te suivent Ashmi, lui disait sa grand-mère. Tout ce que tu fais aujourd'hui te suivra dans tes vies futures, ne l'oublie pas. Tu récolteras ce que tu as semé.

Et si le destin décidait de la renvoyer au village sur la terre battue où elle est née, à récolter le riz pieds nus dans la froide humidité du sol ? Tout lui semble si confus. Elle ne sait pas quoi faire, se tord, indécise, au bord de la panique.

Dans la nuit la lune éclaire les eaux sombres de la rivière Bagmati et attrape au passage des silhouettes

53

qui vont et viennent furtivement le long de cases misérables qui bordent le fleuve. Du haut de la fenêtre de sa chambre Ashmi les suit du regard, elle sait que des jeunes filles comme elle et des petites filles qui n'ont pas dix ans y reçoivent toute la nuit les visites d'hommes qu'elles ne connaissent pas. La grande ville n'a pas que des attraits. Chaque soir avant de fermer les rideaux, elle ne peut s'empêcher de jeter un œil sur ces cases en contrebas, et chaque fois son cœur se serre. Neia dit que les choses sont ainsi depuis toujours, que les dieux l'ont voulu. Ces petites filles sont des « dalits », la caste la plus basse, la plus misérable. Celle des exclus. Depuis la mort brutale et violente de Tej, tué par des ombres qu'on ne retrouve pas et, surtout, qu'on ne cherche pas, Ashmi refuse cette fatalité. Elle ne supporte plus la vision de ces petites filles condamnées à vie par leur destin de caste. Pourquoi est-on condamné, et qui condamne ? Quelles fautes ces petites filles doivent-elles payer ? Ne serait-il pas possible de pouvoir changer de vie ?

D'un coup sec Ashmi ferme sa fenêtre et tire le rideau de coton. Ces silhouettes furtives d'hommes qui vont et viennent dans les cases misérables de petites filles dalits lui donnent la nausée.

Dehors, la rivière roule inlassablement son chargement d'eaux noires. On entend dans la nuit monter comme des râles, éclater des fureurs. Puis retombe le silence et, lancinant, reprend le frottement des eaux. Ashmi ne dort pas. Dans son lit elle garde les yeux grands ouverts.

7

À l'autre bout de la ville, le quartier de Thamel déverse ses lumières multicolores et le rythme assourdissant de ses musiques de bars. Mains enfoncées dans les poches de son pantalon, manches de chemises retroussées sur ses avant-bras, Karan regarde le va-et-vient de la rue derrière les baies vitrées de son large bureau. Il s'accorde toujours un moment avant de quitter le journal pour regarder ce quartier traditionnel, bruyant et coloré, rempli d'étrangers de passage. Trekkeurs, alpinistes chevronnés, mystiques en quête de réponses, il aime les voir venir de tous les pays à Katmandou. Le Népal a été fermé au monde pendant de trop longues années et a trop longtemps vécu sur le même sang. Les étrangers irriguent ses terres d'une énergie nouvelle.

— Qu'est-ce que tu regardes ? Le grand bazar ?

Karan sursaute, pris en flagrant délit de rêvasserie. Suresh vient d'entrer dans son bureau sans même frapper. Il n'a pas la déférence habituelle des journalistes népalais envers leur supérieur hiérarchique. Après des années de piges dans des journaux occidentaux, Suresh lui aussi est revenu dans son pays avec l'envie d'accomplir quelque chose. Il est devenu son bras droit, le seul qui le tutoie et lui parle avec franchise.

— Regarde-les rire et consommer à tour de bras, dit-il en désignant un groupe de touristes. Tout ça pour risquer dès demain de finir gelés dans une crevasse ! Il faut être complètement idiot, franchement !

— Pas si simple Suresh. Il y a l'effort, l'aventure.

— Tu parles ! Ils ont de l'argent à foutre en l'air. Vu le prix des expéditions, crois-moi, c'est qu'ils en ont sur le compte en banque.

— Tu caricatures, tu es à vif sur tout. Ils font ce qu'ils veulent de leur vie et de leur argent. Tu oublies qu'ils ne paient pas seulement pour les expéditions, ils donnent pour les écoles, les hôpitaux, les organisations humanitaires.

Karan sait que Suresh est excessif dès qu'il s'agit des touristes, selon lui ils sont indispensables. Pour eux il a fallu rendre les montagnes accessibles, former des guides, recruter des porteurs, construire des ponts, entretenir un minimum les routes qui conduisent aux expéditions et acheminer l'électricité.

— Demande aux paysans qui bénéficient de ces installations ce qu'ils en pensent. Leur vie a été transformée et ils ne feraient un retour en arrière pour rien au monde.

— Et maintenant les touristes râlent après ce changement. Ils ne savent pas ce qu'ils veulent. Le confort pour eux, mais pour les Népalais il faudrait rester au Moyen Âge. Ah ces maisons en terre battue ! Ces travaux des champs à la main en famille, tous ensemble comme autrefois ! Tu veux que je t'en cite des comme ça ! Parce qu'ils en disent des énormités, crois-moi, j'en entends. Comme ces photos sur Internet où l'on prend bien soin de ne pas mettre dans le cadre les fils électriques, les toits de tôle et les déchets pour donner une vision idyllique du pays. Il y en a en pagaille.

Suresh dit vrai mais exagère, comme toujours. Parfois, Karan lui non plus ne comprend pas ce qui anime les touristes. Il les regarde qui déambulent en toute insouciance avant de s'en aller grimper vers les plus hauts sommets du monde. Il est possible que certains de ceux-là qui rient en ce moment même à gorge déployée ne rentrent jamais dans les maisons douillettes de leurs villes d'Occident, et que leurs corps restent prisonniers de la montagne. Ils aiment la vie et ils sont prêts à mourir pour réaliser ce rêve. Quel intérêt ? Ils aiment le Népal mais sont remplis de contradictions, tour à tour ils sont généreux et égoïstes. Ils s'investissent sur la durée, donnent du temps, font tout pour que le Népal évolue, et en même temps ils voudraient que rien ne change. Ils disent fuir le monde occidental dévoré par la consommation, et le premier endroit où ils s'agglutinent est le plus commerçant de tout le Népal : Thamel. Ils entrent et sortent des boutiques, chargés de souvenirs, d'étoffes brillantes et de cachemires, de bouddhas, de stupas de bois peints et autres moulins de prière. En même temps ils ont la nostalgie d'un Népal où il n'y aurait ni souvenirs pour touristes, ni téléphone, ni guides, ni trek, ni électricité, ni déchets non périssables. Suresh a raison, ils sont contradictoires. Pourtant ils rassurent Karan qui vérifie tous les jours combien la partie est rude pour parvenir à créer un véritable journal d'information dans un pays qui n'en a jamais eu. Demandes en tous sens, pressions diverses, encore une fois sa journée a été difficile.

— Tant que les touristes sont là le pays a des chances d'évoluer vers plus de démocratie, dit-il à Suresh. Sois content de les voir. Sans eux je ne suis pas sûr qu'on serait là.

— Parlons-en, justement. Il y a un moment qu'on n'a pas fait le point sur les expéditions. Les chiffres viennent de tomber, ils sont très positifs. Je venais te proposer un papier complet pour demain.

Suresh a raison, le nombre des expéditions avait beaucoup baissé dans les dernières années de guerre. Aujourd'hui les chiffres remontent et le secteur du tourisme est l'un des plus importants aux yeux du gouvernement. Il faut le traiter au plus vite.

Karan griffonne une note et la place bien en évidence.

— Je te réserve une page pour demain. Ça te va ?

— Parfait. Mais j'insiste. Permets-moi de te dire que si tu oublies l'essentiel c'est parce que tu es trop occupé avec tes recrutements d'étudiantes. Les femmes dans notre métier, ce n'est pas l'urgence. On va s'attirer des ennuis pour rien, on verra plus tard.

Karan fronce les sourcils, Suresh l'agace. Il ne comprend pas cette idée fixe de son adjoint contre le recrutement féminin et il décide de le remettre en place.

— J'ai vu Bishnu, l'étudiant brillant dont tu m'as parlé. Pas mal. Mais tu sais ce qu'il m'a répondu quand je lui ai proposé de nous rejoindre ? « Je veux devenir journaliste, mais pas ici. On gagne une misère et on se fait tuer sans comprendre. Rien ne fonctionne, tout est sale, pollué, corrompu à mort. Je pars aux États-Unis, désolé.

Suresh fronce les sourcils, étonné.

— Ton Bishnu n'est pas un cas isolé. Tous les étudiants que j'ai rencontrés m'ont fait la même réponse. Tu sais quelle est leur ambition après ces longues années d'études ? Quitter le Népal.

Suresh tombe de haut. S'il a recommandé cet étudiant à Karan c'est parce qu'il connaît personnellement sa famille, népalaise de la société civile éclairée. Il pensait que l'étudiant serait enthousiaste à l'idée de servir son pays dans un nouveau journal.

— L'avenir leur semble bouché pour toujours, poursuit Karan. Il n'y a pas d'argent, aucun service public ne fonctionne. Allez voir du côté des arrêts de bus le soir, m'a dit un autre. Ils arrivent quand ça leur chante et on ne parvient même pas à y monter tant on est nombreux. Je mets des heures pour rentrer chez moi. L'électricité et l'eau courante, c'est quand ça marche. J'ai fait mon stage de fin d'études à Londres et là-bas, tout fonctionnait. Ça change la vie ! Et vous, vous ne comprenez pas qu'on veuille partir ? Ça se voit que vous venez d'arriver !

Suresh est hors de lui.

— Ils exagèrent ! Ce sont des enfants gâtés ! Ils n'ont aucun idéal, rien dans le ventre ! Aucun n'a accepté ?

— Si, un seul. Mais je ne suis pas sûr qu'on le gardera. Il m'a déjà averti qu'il quitterait le journal si entre-temps il obtient un poste dans l'administration.

Suresh déchante. Comme Karan il pensait trouver une jeunesse prête à construire un autre Népal. Hélas !

— Vous pensiez recruter des étudiants ? Quelle naïveté ! m'a dit un directeur d'agence de trek européen qui vit au Népal depuis les années soixante. Ils vivent tous en milieu urbain et ne connaissent pas le reste du pays. Ils manifestent, font des grèves à la moindre occasion et ont pris de véritables risques en se dressant contre le pouvoir en place durant la guerre. Mais si vous leur demandez de faire un métier mal payé et dangereux comme journaliste, ou si vous leur proposez d'aller enseigner dans les campagnes une fois qu'ils ont leur diplôme, plus personne. Katmandou ça passait, et encore, tant qu'ils pouvaient entrer dans l'administration. Mais maintenant que l'aide internationale a largement contribué à ce que le secteur soit pléthorique, tout est bouché. Ils partent.

Karan et Suresh comprennent que la guerre n'a rien résolu. Après onze années d'enfer, c'est aujourd'hui que les jeunes veulent vivre. Ils partent en Occident ou dans les riches pays du Golfe.

— Dans leur grande majorité ils sont issus de l'élite politicienne, des hautes castes, marmonne Suresh. On leur a mis dans le crâne qu'ils sont au-dessus de tout et de tous, alors ils ne vont pas aller soigner ou éduquer de pauvres paysans dans les montagnes du jour au lendemain ! Quel idiot j'étais de le croire.

— N'oublie pas le poids de l'hindouisme Suresh. On m'a raconté là-dessus une anecdote qui en dit long. Dans les années soixante-dix ils ont organisé des grèves. Ils demandaient l'abolition des examens.

— Ils ne voulaient pas passer leurs examens ?

— C'est ça. Ils voulaient faire des études mais sans avoir à subir le moindre jugement. C'était contre les principes de leur religion. Éclairant non ? Tu comprends maintenant pourquoi je suis allé voir du côté des étudiantes ? J'ai décidé de compter sur les filles par défaut, et j'ai trouvé des alliés.

— Des alliés ?

— La presse internationale et les ONG présentes dans le pays sont extrêmement sensibles à la condition féminine au Népal comme en Inde. Les femmes bougent, partout, elles dénoncent régulièrement des violences dont on n'a aucune idée. On sera soutenus.

Suresh fait une moue qui en dit long. Il ne croit pas

une seule seconde que la population népalaise, très traditionnelle et fortement dominée par les hommes, puisse évoluer de façon aussi radicale. Il se méfie des idées optimistes et trop occidentalisées à son goût de Karan sur la question.

— Bon, dit-il en regardant l'heure, on verra. Je file. On se voit demain. Mais j'insiste, tu fais fausse route avec les étudiantes. Ouvrir le métier aux femmes n'est pas l'urgence. C'est bien trop dangereux en ce moment. Tu le sais bien.

Karan sourit à son adjoint et lui fait un salut amical. Il est sûr de lui. Puisque les garçons éduqués quittent le navire, les filles prendront le relais. Déterminé, il redescend ses manches de chemise sur ses bras et en boutonne méticuleusement les poignets tout en réfléchissant à la suite. Puis il quitte le journal.

8

Ashmi n'a pas fermé l'œil de la nuit. Le jour s'est levé et il lui est toujours impossible de joindre Deepak. À l'agence de trek pour laquelle il travaille on lui a expliqué qu'il était parti en expédition pour trois semaines et qu'il n'y avait aucune chance qu'il attrape un réseau. Personne ne peut la renseigner. Tout est si lourd pour elle tout à coup. Elle devrait rester pour passer ses examens. De plus, personne ne peut l'accompagner. Une jeune fille ne voyage pas seule, ça n'est pas bien vu, et c'est dangereux. Ashmi voudrait résister, mais la soumission l'emporte. Elle a obéi, comme toujours.

Le cœur serré, elle a quitté Katmandou à l'aube en pensant à son avenir qui se brisait. Elle a passé sept heures dans le bus surchargé qui va jusqu'à Pokhara, villégiature des riches Népalais au bord du grand lac. Puis elle a pris un autre bus qui l'a conduite au bout de la route. Et là, quand le bus est reparti, quand elle s'est retrouvée seule face au chemin de terre tant de fois parcouru elle s'est effondrée. Assise au bord du chemin, le visage inondé de larmes, hoquetant, elle voulait repartir, fuir. Retrouver la ville et sa chambre, ses livres, plonger dans son travail. Sa tête lui faisait mal.

« Tu verras Ashmi, tu verras, tu seras professeur. » Dans la solitude et le silence il lui a semblé reconnaître la voix de Tej, elle s'est souvenue de sa certitude qu'elle s'en sortirait. Alors, pour lui, elle a séché ses larmes et réfléchi. En repartant dès le lendemain elle arrivera à temps pour passer les épreuves principales. Si elle y parvenait elle ne manquerait qu'une matière. Elle n'a plus qu'une solution, marcher au plus vite. Le trajet jusqu'au village est long et demande du courage, et de l'énergie. Pas de route, seulement d'étroits chemins et des sentiers à pic, des rivières, des ponts suspendus fabriqués avec les moyens du bord. Mieux vaut voyager léger, ou alors avec un paquet ficelé sur le dos. À la nuit tombée, seule la lueur vacillante des bougies et des lampes éclaire les maisons basses que l'on croise, seul le feu de bois dans les fours de terre cuit le *dal-bhat* qu'on mangera le soir. Partout planent des ombres et des coins de mystères. Des odeurs troublantes de plantes et de bêtes mêlées montent dans la nuit. Des odeurs anciennes, lourdes d'humus et de fumier, de rizières mouillées. Une magie bouleversante imprègne le moindre recoin de cette terre haut perchée.

Ashmi n'a pas fait ce trajet depuis près de deux ans. Des heures de marche en altitude. Elle voudrait arriver avant la tombée de la nuit. Instinctivement elle mesure ses forces, comme elle l'a appris dans son enfance. Ici d'un village à un autre on monte puis on monte, puis on monte encore. Et si on redescend c'est pour remonter plus haut encore. Aucun répit. Elle inspire une profonde bouffée d'air, prépare le rythme de son cœur et vérifie que le petit sac de coton dans lequel elle a mis ses papiers, son porte-monnaie et deux tee-shirts de rechange est bien attaché sur son dos. Puis elle se met en chemin. Maintenant qu'elle a décidé de revenir à temps, elle a tous les courages.

Elle n'a rien pris de plus hors le sari qu'elle porte et qu'elle a sorti du carton où elle l'avait rangé sous son lit. À Katmandou elle a pris l'habitude de marcher en jeans et elle se sent terriblement entravée, réduite à faire de petits pas serrés. Mais elle n'a pas osé revenir au village et retrouver sa mère en jean, cela ne se fait pas dans les montagnes et sa mère le lui aurait reproché. Maintenant qu'elle s'est décidée à faire ce voyage, une pensée a resurgi et la préoccupe. Que se passe-t-il pour que le voisin lui ait dit de rentrer aussi vite ? Un accident, un décès ? Si le message était aussi important, il aurait trouvé le moyen de le lui faire savoir. Alors quoi ? Elle fait mille suppositions de la plus anodine à la plus grave, puis cherche à ne plus y penser. Pour l'instant il faut se dépêcher. C'est dangereux de circuler seule. À cause des difficultés du terrain, mais aussi des éventuelles rencontres.

« On ne sait jamais ce qui se passe dans la tête des hommes », lui a toujours dit sa grand-mère. Ashmi a conscience du danger mais elle n'a pas le choix et elle doit arriver vite pour, comme elle l'a décidé, repartir avec le bus du lendemain.

Au-dessus d'elle le ciel est bleu mais, à regarder de plus près les nuages filandreux qui le zèbrent, elle se demande si elle a eu raison de se montrer aussi insouciante en n'emportant pas de quoi se couvrir. Le temps pourrait changer. Dans les rues de Katmandou elle a perdu l'habitude de la boue des chemins, et elle n'a aucune envie d'abîmer les tennis de toile chinois qu'elle vient de s'offrir au marché. Au fur et à mesure qu'elle s'enfonce dans l'immense paysage, se déploie l'impressionnant silence. Elle retrouve cette atmosphère si particulière, étrange, tour à tour apaisante ou inquiétante qui a baigné son enfance et sa jeunesse. Elle s'en va rejoindre une terre sacrée sur laquelle règne une gigantesque montagne. Plus on monte, plus l'oxygène est rare, plus les pas sont lourds. L'être humain doit plier devant la force de la nature qui l'entoure. Ici, on ne sait pas ce que courir veut dire. Impossible seulement de l'envisager. Le mot vitesse n'existe pas. Au fur et à mesure qu'elle avance sur le sentier, qu'elle passe la rivière sur le pont de fer, qu'elle traverse le premier village de pierre, qu'elle croise les paysans dans les champs, Ashmi retrouve la lumière du grand ciel népalais. Sous la couche de pollution épaisse de Katmandou, elle avait oublié combien il pouvait être clair. Elle s'apaise. Tout revient, intact dans sa mémoire. L'odeur puissante de sa terre, l'espace infiniment pur, la lumière. Sonnée de silence et d'air elle s'arrête soudain, émue. La masse blanche de l'Himalaya se dresse haut devant elle. Enfant, elle cherchait pendant des heures à apercevoir son sommet le plus haut, Sagarmatha, celui que les étrangers appellent le « toit du monde ». Mais il était souvent perdu dans les nuages et la transparence des neiges glacées qui se mêlaient à la couleur du ciel noyait la netteté de son contour. D'autres fois, quand le ciel était bleu et le temps froid, ses pics déchiquetés se dressaient dans le soleil, nus, durs. Ils faisaient peur.

— On n'en fera rien, disait sa mère en la voyant rêvasser devant la montagne. C'est la vieille qui lui a mis des idées dans la tête...

La vieille était une paysanne gurung, si âgée qu'on avait fini par oublier son nom. Elle passait tous les jours devant la maison d'Ashmi et lui racontait les légendes de l'Himalaya. Elle parlait d'étrangers perdus sous les nuages qui rendent fous et qui meurent broyés dans les bras glacés de Sagarmatha. Effrayée, Ashmi regardait la masse de pierre comme un monstre dont elle cherchait les bras meurtriers, les trouvant dans son imaginaire d'enfant parmi les formes des roches lointaines. La montagne devenait vivante. Depuis ce temps-là, Ashmi a grandi et la vieille femme est morte, mais la crainte est restée. En fixant les hauts pics déchiquetés, Ashmi se demande comment des hommes peuvent s'aventurer sur leurs vertigineuses parois, tranchantes comme des lames. Quand elle allait avec les siens travailler aux rizières, elle se souvient d'avoir croisé des étrangers qui s'en allaient d'un pas sûr et joyeux vers ces murailles infranchissables. Ils la stupéfiaient. Jamais elle n'a compris. Personne au village ne comprenait. Ni Ashmi ni les siens ne pouvaient savoir que dans les pays lointains où l'on mange, ou l'on s'éclaire et se chauffe, le cœur et l'âme peuvent étouffer d'un simple manque de lumière pure. Comment auraient-ils pu imaginer que là-bas, dans les immenses mégapoles rutilantes, des masses de béton et de verre enfermaient les hommes et obscurcissaient leur ciel ?

Le vent se lève, tout en marchant Ashmi serre son téléphone au creux des plis de son sari. Pas question de le perdre. Le sentier s'est éloigné de la rivière, il grimpe vite maintenant et la pente est de plus en plus raide. Ashmi ne distingue plus les eaux en contrebas, elles ont disparu sous le dôme épais de la végétation.

Elle marche depuis près de deux heures sans fatigue apparente. L'air est chargé d'humidité, les feuilles luisent et le sol est boueux comme elle le craignait. Elle connaît bien cette humidité qui monte d'un coup et imprègne toutes choses. Mais elle avait oublié combien les brumes pouvaient être oppressantes à cacher soudain tous les reliefs, ne laissant autour des êtres qu'un halo de réalité, révélant des odeurs suffocantes montées du sol. L'angoisse de se retrouver dans ces terres l'étreint.

Les années ont passé depuis le massacre royal. Ashmi réalise à quel point elle s'est éloignée de cette montagne qu'elle croyait pourtant gravée à jamais dans son cœur. Car malgré sa volonté de s'en éloigner, en ce temps-là elle aimait son village et sa vie. Il est vrai qu'alors elle n'était allée nulle part, elle ne connaissait rien. Ni le merveilleux confort de l'électricité qui éclaire les pages des livres qu'on étudie le soir, ni celui de l'eau courante et de la douche qui coule sur tout le corps, ni le joyeux bazar des rues de Katmandou, sa vie colorée, ses étrangers et l'enthousiasme de sa jeunesse libérée des horreurs de la guerre et qui aspire à vivre plus que jamais. Comme il lui paraît d'un autre monde le temps où elle croyait que le bonheur était ces brefs moments où, après les travaux des champs, la famille se retrouvait pour la veillée du soir puis s'endormait dans l'unique pièce de la maison, soudée contre le froid et le danger ! Une famille contre toutes les peurs. La guerre a tout défait, tout détruit. Le jour même où son père et son frère ont été tués le poison du soupçon s'est insinué dans l'esprit d'Ashmi et celui de sa mère, et il n'en est plus jamais ressorti. Un jour sa mère accusait les maoïstes du meurtre de son mari et de son fils, le lendemain elle désignait l'armée, et un autre jour un voisin jaloux de leurs terres. À force de ne pas savoir d'où venait le mal, elle et Manisha ont fini par le voir partout. Les difficultés qui s'annonçaient et la rudesse du travail à accomplir sans les deux hommes de la maison paraissaient insurmontables.

Deepak racontait à Ashmi que sa mère faisait front vaillamment. Qu'elle partait à l'aube chercher du bois pour la journée et qu'à peine rentrée des champs elle changeait la litière des bœufs, tournait le jardin, ramassait les légumes, les chargeait sur son dos dans son panier en osier et partait avec Manisha et les petits les vendre dans les lodges, sur le chemin que suivent les expéditions.

— C'est un roc, ta mère, insistait-il admiratif. On voit bien qu'elle vient d'en haut.

« D'en haut », ça voulait dire de ces terres rudes où personne ne s'apitoie, où il n'y a aucune place pour les plaintes. Ashmi sait que sa mère a souffert de la mort de son mari et de son fils, mais elle l'a peu montré. Ici, il faut survivre. Il n'y a aucune provision, aucun réfrigérateur dans les maisons pour garder quoi que ce soit. Alors malheur ou pas, on avance.

Contrairement à ce qu'elle s'était promis pour arriver au plus vite, Ashmi s'arrête et contemple ce paysage qu'elle connaît par cœur. Elle ne peut détacher son regard de la moindre parcelle, de la minutie ordonnée des terrasses, cherchant à puiser on ne sait quelle force ou quelle joie dans la vue ordonnée de ces champs, dans l'alignement rassurant de ces lourds paquets de tiges de riz qui sèchent avant d'être ramassées, portées à dos d'homme et déposées sur la terre battue devant les maisons. Là où ils seront tapés au battoir par les femmes qui en récolteront minutieusement les graines, sans laisser la plus petite d'entre elles échapper à leur vigilance maniaque. Ashmi laisse son regard vagabonder d'une terrasse à l'autre, sa mère n'est plus là pour la houspiller. Elle revoit son visage épuisé de travail et son regard dur. Quelque chose continue à la ronger comme en ce temps-là, comme si quelque menace terrible se profilait parce qu'elle s'attardait ainsi, sans raison. Elle sent le poids de cette culpabilité que sa mère savait si bien faire peser sur elle à la moindre occasion. La culpabilité. Travailler jusqu'à y laisser la peau et faire peser sur celui ou celle qui a le malheur de ne pas assez s'acharner à la tache la mortifère culpabilité. Ashmi en a été recouverte. Elle l'est encore. Pourquoi, alors que cette même mère s'est acharnée à la faire étudier pour la sortir de cet esclavage du labeur ? Elle se souvient même comment elle s'était dressée contre son mari qui ne voyait pas l'utilité de l'école pour sa fille. Il disait qu'elle se marierait et ferait comme les filles ont toujours fait. Mais il avait fini par accepter. Plus tard, il semblait content de voir Ashmi lire et écrire. En revanche, curieusement, au fil du temps, par un étrange revirement qu'Ashmi ne put jamais comprendre, alors que ses études avançaient brillamment et qu'un départ pour le lycée puis l'université à Katmandou se préfiguraient, sa mère s'était mise à éprouver vis-à-vis d'Ashmi une étrange rancœur. Elle avait poussé sa fille à devenir différente, et ne put le supporter. Elle le lui reprochait avec une amertume grandissante. C'est pourquoi, alors que son attachement à sa terre natale et aux siens était profond, Ashmi vécut son éloignement comme une délivrance. En ce moment même elle lutte contre ce souvenir. Contre la peur que le passé ne revienne et l'ensevelisse.

Au loin la mousson a fait des ravages. Comme chaque année la pluie a provoqué des glissements de terrain dévastateurs. Ashmi reconnaît au loin les silhouettes des familles qui réparent les murets des terrasses effondrées sous les coulées de terre. Elle a fait ce travail bien des fois avec les siens, pieds nus enfoncés dans la boue à soulever la terre collante et lourde, à la mettre dans des paniers d'osier et à la charger sur son dos pour aller la vider dans quelque gouffre profond. D'incessants allers et retours sans l'aide d'aucune machine pour accomplir ce travail titanesque. Enfants, femmes, hommes, à chaque saison pour ces tâches énormes toutes les forces sont réquisitionnées. Et chaque année il faut recommencer. Replonger dans la boue, reconstruire les murs. La vue d'une fillette qui au loin soulève un lourd panier de boue et le cale sur ses frêles épaules rappelle à Ashmi de mauvais souvenirs. Son estomac se noue. C'est alors, au moment de reprendre la route, qu'elle aperçoit, au loin sur le sentier, deux silhouettes d'hommes. Ils portent de gros sacs sur leurs dos et marchent courbés. Sans raison particulière, elle se méfie. Profitant d'une courbe du chemin qui la fait disparaître à leurs yeux, elle file se cacher à l'intérieur d'un épais buisson où elle réussit à entrer en s'égratignant. Elle se dit que le versant plat et la forêt de l'autre côté, attireront davantage les regards des porteurs. Recroquevillée, elle attend qu'ils passent, priant qu'ils ne l'aient pas repérée. Les minutes défilent, interminables. Ashmi s'inquiète. Que font-ils ? Et s'ils s'arrêtaient en cours de route, comment va-t-elle repartir ? Enfin elle entend leurs voix. Soudain ils apparaissent à la courbe du chemin.

— Tu vois, il n'y a personne, dit le premier porteur.

Ashmi ne voit pas son visage, mais à sa voix et à l'allure énergique de son corps, elle sait qu'il est jeune. L'autre est plus âgé.

— Je te dis que j'ai vu du bleu. C'était un sari j'en suis sûr, elle marchait vers nous.

Le jeune porteur s'éloigne et l'autre s'arrête à la hauteur d'Ashmi. Il regarde de tous les côtés, cherche et répète obstinément :

— Je suis sûr, j'ai vu du bleu…

Il est juste face à elle, à quelques pas seulement. Son visage est marqué par la fatigue et l'alcool et il y a dans son regard quelque chose d'inquiétant. Cachée derrière l'épais feuillage Ashmi se recroqueville davantage.

Le jeune porteur est revenu sur ses pas. Il s'impatiente.

— Viens, on va être en retard.

— Je te dis qu'elle est par là, reprend l'autre en s'avançant de l'autre côté du chemin, vers la forêt. Elle a dû se cacher.

— Mais non. Viens, on doit se dépêcher.

— Je suis sûr qu'elle est là…

Ashmi ne respire plus, elle prie qu'ils ne la trouvent pas. Quelque chose lui dit qu'il vaut mieux qu'elle ne les croise pas sur le chemin. Obstiné, le porteur s'avance dans la forêt.

— Mais qu'est-ce qui te prend ! s'énerve le jeune. Si on est en retard, les expéditions ne nous prendront plus. Quand on a la chance de travailler pour eux on perd pas son temps avec une fille. Allez, viens m'aider. À force de piétiner la cantine a glissé sur mon dos. Il manquerait plus que tout le matériel de cuisine foute le camp. Remonte-la et serre la corde.

Contrarié, l'autre revient vers lui en grognant pour recaler la cantine, et c'est en se baissant pour faciliter l'opération que le regard du jeune porteur croise celui d'Ashmi au travers du feuillage. Stupéfait, il la regarde avec des yeux ronds, ouvre la bouche. Ashmi est terrifiée, il va la dénoncer dans sa cachette. Mais le jeune homme se relève sans avoir dit un mot, et s'éloigne rapidement suivi de près par l'autre qui marmonne entre ses dents. Tremblante Ashmi attend longtemps, bien après qu'ils ont complètement disparu, pour se décider à sortir du buisson et à reprendre la route. Elle marche maintenant d'un pas nerveux, se retourne sans cesse et surveille le chemin, prête à se cacher à nouveau. Ces hommes ne lui voulaient peut-être rien, c'étaient de simples porteurs qui allaient rejoindre une expédition et ils avaient tout un attirail de cantine sur le dos. Ils avaient autre chose à faire qu'à « l'ennuyer », se dit-elle comme pour se rassurer. Mais elle tremble encore, sans savoir si c'est de peur ou d'émotion. Elle revoit les yeux clairs du jeune porteur planté dans les siens. Pourquoi n'a-t-il rien dit ? Peut-être était-il pressé, se dit-elle. Son silence la trouble, comme s'il avait voulu la protéger. Ashmi sent qu'elle vient de l'échapper belle. Pourtant, tout en continuant sa route elle pense à ce jeune homme au regard clair qu'elle ne reverra plus. Et elle ne peut s'empêcher de le regretter déjà.

9

En voyant la mine de ses journalistes, Karan comprend qu'ils ont déjà appris la nouvelle. Le cadavre d'un journaliste de radio, un ami de Suresh, qui avait dénoncé en direct des cas de prostitution de jeunes filles dans un hôtel et permis l'arrestation de plusieurs personnes vient d'être retrouvé en fin d'après midi. Suresh est effondré, tous les autres sont blêmes.

— Il avait la main arrachée, les côtes cassées et le foie éclaté, annonce Suresh d'une voix étranglée. Ils l'ont jeté du haut de l'hôtel où il s'était réfugié. Personne n'est intervenu pour l'aider.

Durga avait déjà reçu des menaces de mort pour avoir dénoncé un projet de construction illicite dans le district. Mais il n'était pas pour autant un journaliste virulent, ni imprudent. Karan s'apprête à tenir la conférence de rédaction et il ne peut pas ne pas évoquer la violence du meurtre. Ses journalistes attendent quelque chose de lui. Une parole. Mais laquelle ? Les rassurer ? Leur raconter que ce crime est le dernier, que cela ne se reproduira plus ? Aucun ne le croirait, ils auraient raison. Avant, il parvenait à avoir un discours sincère et convaincu, combatif aussi. Mais il

y a trop de morts dans le métier. Des dépêches solidaires émanant d'agences de presse internationales sont
tombées, rappelant les onze autres meurtres de journalistes récents et impunis. On s'indigne, mais cela
n'empêche ni la corruption ni les assassinats.

— Il faudra du temps.

Ce furent les seuls mots qu'il put dire.

— Du temps ? s'indigne Suresh. Combien de temps,
et combien de morts encore ?

Karan fait un vague geste de la main.

— Écoutez, se ressaisit-il. Nous sommes en première ligne au moindre article qui déplaît. Mais on
arrive quand même à dénoncer des choses. Il faut
essayer de travailler autrement. Durga a peut-être tapé
trop fort, en direct à l'antenne. Il a pris ce risque en
toute conscience, j'en suis sûr.

— Oui ! Parce qu'il en avait assez d'avaler des cou-
leuvres et de se taire. Il étouffait, comme nous, intervint
un journaliste bouleversé. Le réseau de prostitution
qu'il a dénoncé prenait des proportions infectes, il fallait
qu'il parle. Il avait alerté les bureaux du ministère et de
la police, personne ne bougeait.

— Il a vu trop de monde justement, le coupa Karan.
On ne doit jamais être aussi frontal. À quoi bon ?
Durga est mort et le propriétaire des hôtels a déjà
rouvert son commerce sordide deux rues plus loin.

— S'il faut continuer à fermer les yeux, reprit le
journaliste, à quoi ça sert d'avoir un nouveau gouvernement et des maoïstes au pouvoir ? Avant, on ne tuait
pas les journalistes.

— Qu'est-ce que tu veux dire ? s'emporta Suresh.
Avant quoi ? Avant la guerre ? Quand personne ne disait
rien, quand tout était corrompu à mort, pourri ? (Puis
se tournant vers Karan :) On ne peut pas reprocher à

Durga d'avoir parlé en direct. C'était la seule façon d'avancer. Pour moi il croyait à cette liberté nouvelle. Il ne voulait pas mourir. La leçon est violente, je ne l'oublierai pas.

Le silence retomba. Lourd. Karan décida d'écrire un papier en hommage à Durga dans le journal.

— Ce sera sobre, prévint-il. Pas la peine d'alimenter la colère des tueurs. Mais je dirai ce qu'il faut, comptez sur moi.

Ils parurent satisfaits, et la conférence fut brève. Suresh avait déjà écrit les pages sur les chiffres positifs du tourisme et les reportages proposés par les uns et les autres pour le lendemain furent ce soir-là des moins dérangeants. Karan les valida. Ce n'était pas le moment d'en rajouter. Son éditorial pour Durga serait bien suffisant.

En revenant à son bureau, il était décidé à ne pas s'attarder et à sortir prendre l'air avant de retourner à son hôtel. La fatigue et la tension accumulées commençaient à se faire sentir et il devait veiller à ne pas laisser l'épuisement prendre le dessus. Mais une découverte inattendue allait changer son programme. Posé bien en évidence sur sa table, un livre l'attendait.

De grand format, couverture satinée sur fond gris-parme, le livre est magnifique et inhabituel. Le genre rare au Népal où les éditeurs se consacrent essentiellement aux manuels scolaires, économiques et scientifiques. Aucun mot n'est joint. Sur la couverture la photographie d'un *sirpech* exceptionnel, coiffe des maharajas, impose une majesté bien peu d'actualité en cette fin de guerre qui a vu la naissance d'une nouvelle et fragile démocratie. Intrigué, Karan se demande qui a bien pu lui déposer un livre aussi luxueux avec un titre aussi éloquent : *Népal – Art et civilisation des Ranas*.

Les anciens rois du Népal. Karan n'imagine pas une seconde que ce cadeau puisse être une attention de son entourage professionnel, des relations trop récentes et plus préoccupées par l'avenir du Népal que par le passé des Ranas. De même il voit mal parmi les maoïstes et les représentants de partis divers auxquels il a affaire quelqu'un lui offrir un livre sur un sujet aussi sulfureux. Diamants, rubis, émeraudes et fils d'or, un oiseau de pierres précieuses fiché sur la pointe de son dôme, l'orgueilleuse couronne des anciens rois déploie son conquérant panache de plumes de paradisier. Karan n'a vu un véritable *sirpech* qu'une seule fois dans sa vie. C'était un jour de réception à l'ambassade de Londres. Il était enfant et ce souvenir est si lointain qu'il se demande même s'il ne l'a pas rêvé et si ce sirpech n'était pas plutôt sur la tête d'un Rana peint sur un tableau accroché aux murs de l'ambassade. La vision de cette couronne exceptionnelle l'a si profondément marqué qu'il se souvient de l'émotion mêlée de fierté et d'émerveillement ressentie devant la royale richesse. Aujourd'hui face au *sirpech* il ressent comme une forte gêne. L'assassinat de Durga est très frais, il se méfie. Quel signal lui envoie-t-on au travers de ce livre ? Ce cadeau n'est pas anodin, le *sirpech* a un air de défi. Karan repense au roi déchu qui n'a pas voulu rendre la couronne et le sceptre.

— Savez-vous qui a déposé ce livre sur mon bureau ?

Non. Le secrétaire qu'il vient de joindre ne sait pas, mais il dit que pendant la conférence quelqu'un a sonné en bas.

— C'était il y a une heure, explique le veilleur. Le portier de jour venait de partir. J'allais fermer. Un homme a repoussé la porte. J'étais surpris, je ne m'y attendais pas. Il m'a glissé le livre en disant qu'il était pour vous.

Avant que Karan ne le recrute comme veilleur de nuit au journal, le vieux portier travaillait au KGH. Coiffé d'une casquette galonnée de rouge, habillé de pied en cap d'une livrée verte à boutons dorés, d'un pantalon noir et de chaussures brillantes, il a pendant plus de cinquante ans passé ses journées à ouvrir et fermer le haut portail de fer aux taxis qui viennent déposer les clients étrangers. Trop vieux, il lui devenait difficile de rester des journées entières debout. Quand il a su que le journal cherchait un veilleur de nuit, il a parlé à Karan qui l'a embauché, soulageant l'hôtel qui a immédiatement embauché un jeune Tamang du Teraï, énergique et pleinement motivé. Depuis ce jour, la vie du vieux portier a considérablement changé. Il travaille à l'abri dans un bâtiment neuf, assis derrière un bureau, ou couché s'il le souhaite dans une petite chambre attenante où il peut se faire réchauffer du thé. De toute sa vie le vieux portier n'a jamais connu autre chose qu'un gourbi sordide, trois planches et un toit de tôle à une heure de marche du KGH. Désormais le journal est sa maison. Il n'en sort que pour vaquer à quelques occupations diverses durant la journée et il y revient le plus vite possible, bien avant son heure de veille. Il y passe la nuit jusqu'au matin. Il s'y sent bien, chez lui, au chaud, et il n'en revient pas. La pièce qui sert de salle de repos est devenue sa chambre, son salon sa cuisine et sa maison. Il prie tous les jours pour Karan et lui voue une immense reconnaissance.

Ce dernier ne s'est pas véritablement intégré dans la société de Katmandou. Il n'a pas d'amis, juste des connaissances. Il s'est vite aperçu que le système des castes fonctionnait ici sur le même principe que celui des classes sociales en Occident. On se fréquente quand on est de la même caste. La différence, c'est qu en France on fait semblant de croire que depuis la Révolution il n'y a plus de barrières de classes, alors qu'ici on le revendique clairement. Dans ce paysage ferme Ram est devenu son homme de confiance.

— Je vais vous dire, Dhai. L'homme qui m'a donné le livre n'est pas celui qui vous l'offre.

— Comment le sais-tu ?

— Cet homme je le connais, il a un rickshaw pour balader les étrangers dans les rues de Thamel. Il s'appelle Pasang, c'est un Rai. Il vient de la frontière du Sikkim.

Effectivement, pourquoi un pauvre conducteur de rickshaw venu gagner son pain à Katmandou lui offrirait-il un livre qu'il ne peut même pas payer avec plusieurs mois de salaire ? Karan est déconcerté.

— Prends patience, Dhai, ajouta le vieux portier d'un air mystérieux... Je découvrirai de qui vient ce cadeau.

Ce n'est pas la première fois que le vieux portier lui est d'une précieuse utilité. Il connaît tout et tout le monde le connaît. Il a suffisamment donné de coups de main aux taxis et aux chauffeurs de toutes conditions pour pouvoir à son tour leur demander des services.

Ouvrir un livre est rarement une chose anodine, celui-ci encore moins qu'un autre. Dès les premières pages, tel un souffle brûlant venu du passé, un monde surgit des images et enveloppe Karan. Il est pris, il oublie le journal et la conférence, il oublie le présent. Sur un ancien cliché qui s'étale en double page il découvre, fasciné, les grands palais blancs de la vallée de Katmandou. Ceux dont son père parlait si souvent et qu'il n'avait pas vus lors de son premier voyage. Ainsi, ils avaient bien existé ! L'immense Bahadur Bhawan, le royal Narayanhiti et, dans les lointains, majestueux entre les grands arbres, Phora Durbar. Épars çà et là, d'autres palais aux noms oubliés, moins grands mais tout aussi prestigieux, dessinent au pied de la majestueuse chaîne himalayenne un ensemble élégant, plein de finesse et de légèreté. Il semble que dans cette vallée figée sur cette photographie en noir et blanc des années soixante, une grâce venue d'Occident se soit posée. Le père de Karan connaissait par cœur le nom de ces palais blancs, et chaque fois qu'il les prononçait dans la langue des Khas, pour l'enfant de l'exil c'était comme un poème. Karan avait douté de leur existence réelle pensant que son père embellissait ses souvenirs. Ils étaient les légendes perdues du pays lointain. Les voir apparaître sur cette photographie, lire leurs noms, c'est comme un conte qui deviendrait réel. Il n'entend plus la musique assourdissante des restaurants et des bars de nuit, le réel s'est effacé devant la révélation du passé. Les palais ont bien existé, et aussi la grande vallée aux larges espaces. Les souvenirs affluent à sa mémoire. Revient ce jour où il avait fallu quitter la vieille maison de bois des grands-parents pour s'exiler à l'ambassade à Londres :

— On ne vous reverra pas, pleurait la grand-mère.

— Mais si, la rassurait le père de Karan, bien sûr qu'on reviendra. On restera le temps des études de Karan. Il faut penser à lui. Pour son avenir, c'est mieux là-bas.

Le grand-père avait acquiescé tristement. Ils s'étaient embrassés, serrés très fort. Karan revoit leurs silhouettes courbées devant la porte de la maison de bois. Il ne les revit jamais, ni la maison de bois sombre pleine de coins et recoins qui avaient enchanté sa petite enfance.

Les grands-parents moururent et la maison fut vendue. Karan pense à ses cousins, compagnons de jeu. Il ne sait pas ce qu'ils sont devenus, ni les tantes ni les oncles. Ni les amis avec lesquels il jouait dans la rue. Certains doivent encore être là-bas, à Bhaktapur, d'autres ont dû partir comme lui. La grande photographie a fait remonter une profonde nostalgie. Celle du pays perdu. Karan n'est plus l'enfant qu'il a été, les liens se sont rompus et le souvenir n'est pas une réalité. C'est juste une idée, un sentiment. Mais ce monde évanoui, c'était sa famille, l'aube de sa vie.

Il tourne les pages une à une en prenant son temps, les palais se dévoilent dans leur ensemble et dans l'étonnant espace de liberté d'une vallée encore vierge. Ils sont tels qu'ils furent bâtis à la fin du XIXe siècle sur le modèle d'architectures occidentales, par la prestigieuse lignée des princes du Népal. En détail, au fil des pages apparaissent les façades imposantes, les hautes colonnes de pierre, les longues allées et les vastes jardins. Lorsque Karan a quitté le Népal, Katmandou avait depuis longtemps déjà enseveli ses merveilleux palais sous une vague d'explosion urbaine et démographique sans précédent, tout comme elle avait balayé sans retour une jeunesse venue d'Occident mourir sur ses chemins. Migrants népalais en haillons descendus des collines, Indiens squelettiques remontant de la plaine du Teraï en quête de travail, des millions d'affamés avaient submergé ses larges paysages, entassant à la hâte et dans une anarchie totale logements et gourbis de toutes sortes. Modernisée à la va-vite et dans le plus grand désordre, polluée par des milliers de voitures et de deux roues, la vallée de Katmandou allait ensevelir ses palais et leurs princes s'y enfermer. Fini pour ces familles royales le temps des grands espaces, des sorties à dos d'éléphants chamarrés, des chasses aux tigres avec les lords anglais. Les manants en guenilles avaient brisé les frontières et un fleuve humain s'était déversé avec force dans un pays interdit au reste du monde pendant plus de cent ans ! La chute du dernier Rana avait marqué un changement qui allait se révéler colossal. Le pays sous le toit du monde entrait dans la déferlante d'un siècle où les fauves ne hantent plus les vastes forêts sombres, mais où les prédateurs en costumes sévères chassent brutalement de par le monde qu'ils regardent de très haut et de très loin, derrière d'inatteignables murs de verres.

Karan ne s'attendait pas à faire un pareil voyage. Happé par ces images exhumées des collections privées royales et princières, il vient d'entrer dans le passé intime et secret des grandes familles de son pays. Une émotion l'étreint. Il regarde ces clichés comme les images d'un livre de contes. Il n'arrive pas à les voir comme une réalité qui a existé. Après les bâtiments et les jardins se découvre le luxe des intérieurs et la richesse de leurs décors. Les hauts plafonds travaillés, les stucs et les dorures, les lustres de cristal et les vases de Chine, les miroirs biseautés de Belgique, le mobilier anglais de chez *Harrods*. Les somptueux tapis Wilton et Axminister. Toutes les richesses d'Occident semblent avoir été rassemblées dans ces pièces immenses. Sur les murs des scènes de chasse alternent avec des séries de portraits encastrés dans de lourds cadres de bois doré. Les princes y posent fièrement, regards bien droits, tandis que leurs épouses, engoncées dans des habits chargés de lourdes broderies, offrent des regards éteints sous d'éblouissantes parures. Un étrange senti-ment se dégage de ces visages. Sont-ils heureux, tristes ? Graves et distants, alignés, ils restent inaccessibles à ceux qui les regardent. Karan aimerait leur parler, leur demander tant de choses. Mais il ne s'attarde pas, les lieux lui en disent plus sur le passé des princes de son pays que ces portraits qu'il connaissait déjà. Le pouvoir royal savait en exposer de semblables dans les ambassades de Londres et de Paris. Il avait pu les admirer lors de cérémonies officielles où son père l'emmenait parfois en cachette. Dissimulé derrière une porte, il se souvient de l'air émerveillé de son père qui regardait, ébloui, ces élites inaccessibles pour lesquelles il travaillait sans relâche dans un bureau triste et sans lumière. Les admirait-il, ou voyait-il simplement à travers eux son cher Népal où il ne pouvait revenir par manque d'argent ? Karan ne le saura jamais.

— Regarde, disait son père, ici c'est ton pays. Écoute la langue. Tu entends ?

Karan tendait l'oreille.

— L'anglais n'est pas ta langue. Celle-là est la tienne, celle de ton pays. La belle langue des Khas. Ne l'oublie jamais.

Karan acquiesçait, son père mesurait-il en l'entraînant dans cette ferveur quasi mystique, combien ces mots marqueraient un jour la vie de son fils d'une profonde et impossible nostalgie ? À quoi bon avoir un pays si c'est pour ne pas y vivre ? À quoi bon pleurer un passé et une famille qu'on ne voit jamais ? Karan avait tout oublié pour monter dans le train de la vie et toute sa puissance. Il était devenu un jeune diplômé occidental, sportif, fils adoptif heureux. Les couloirs sombres de l'ambassade de Londres avaient fini par disparaître de sa mémoire, et toutes les tristesses et tous les mépris.

Depuis qu'il a retrouvé le Népal Karan a des bouffées de nostalgie. Son idéal et sa force se sont affaiblis des souvenirs que le pays a fait remonter à la surface dès les premiers jours. La condescendance de la directrice Bista a été un déclencheur. Il lui semble que ce qu'il a été jusqu'à ce jour est un mensonge. Il a cru que l'enfant humilié des couloirs de Londres était mort, qu'il était un homme de son temps, parlant indifféremment anglais, français. Heureux partout, chez lui partout.

« Je suis un citoyen du monde », disait-il non sans une certaine arrogance jouant du franglais à tout bout de champ pour montrer son aisance. « Demain je peux vivre à Pékin, Shanghai, à New York, à Paris, à Londres, à Dubaï ou n'importe où, partout je serai chez moi. »

Il choisissait de préférence les grandes capitales, les endroits qui évoquaient le trafic des grandes influences, des grands enjeux. Ceux qui en « jetaient ». Il aimait penser qu'il était à la proue de son temps. Mais il avait suffi qu'il entende un jour l'annonce du massacre royal au Népal pour que les très anciennes racines du peuple des newars repoussent à l'ombre de son cœur. Il n'en parlait pas, il se l'avouait à peine, mais le pays perdu était revenu en lui plus fort que jamais, et le jour où il fallut choisir, il ne choisit ni New York, ni Shanghai, ni Londres, ni Paris, il choisit Katmandou. Les livres et les films, les documentaires surtout, lui avaient déjà beaucoup appris du Népal, mais il ne connaissait rien des élites de son pays, rien des princes Ranas, hors ces portraits qui décoraient la salle d'apparat de l'ambassade de Londres et les longs couloirs. Le décor de leur vie intime était très secret, bien à l'abri derrière les lourdes portes de bois sculpté qui ne s'ouvraient jamais. Personne n'en avait jamais rien vu. Et voilà que ce livre inattendu vient tout lui dévoiler en une fois. Étrange et stupéfiant cadeau.

Karan se souvient que ses parents ne s'étaient jamais habitués à leur nouvelle vie. Dans leur intimité, avec cette tristesse poisseuse, qui rendait l'air si lourd, ils cultivaient avec une précision maniaque tout ce qui leur rappelait le pays lointain. Karan, lui, avait tout jeté, tout rayé de sa mémoire. Vieux objets encombrants, vaisselle, tissus, il n'avait rien gardé. Sauf le souvenir très précis de l'art mystérieux de ses ancêtres qui sculptèrent les splendeurs ouvragées de Patan et de Bhaktapur. Un monde antique de temples et d'habitations de bois pleins d'ombres, éclairés de lueurs furtives et mystérieuses qui avaient baigné sa petite enfance. Est-ce le souvenir des chaleureuses maisons de bois en regard de la froideur que dégage la grande richesse de ces palais ? Soudain, le plaisir de Karan est abîmé. Il se demande pourquoi, au moment de bâtir leurs grandes demeures dans la vallée de Katmandou, les princes éduqués de la dynastie des Ranas sont allés chercher si loin un art si différent.

« Katmandou, "Kasta Mandap", ça veut dire "Temple de bois" en sanscrit », se dit-il. « Alors, pourquoi avoir choisi de construire des palais de stucs blancs à l'occidentale au lieu de faire appel aux architectes népalais de la vallée de Bhaktapur dont les ouvrages émerveillent aujourd'hui les voyageurs du monde entier ? »

Ces interrogations le contrarient, il s'en veut d'avoir passé du temps à feuilleter ces images d'un autre temps et à y avoir pris du plaisir. Il s'en veut de ces sentiments encombrants de nostalgie et de regrets mêlés qui se sont insinués en lui depuis qu'il est revenu au Népal. Les souvenirs affaiblissent sa volonté, le submergent et lui pèsent. Ils le détournent de ce pour quoi il est venu. Ils ne le rendent pas heureux, au contraire. Il se demande pourquoi ses parents ont tant voulu partir. Il cherche à deviner ce qu'aurait été sa vie s'il était resté l'enfant de cette terre, s'il avait grandi ici, au milieu des siens. Il n'aurait sûrement rien vu du monde, ni les beautés des paysages de France, ni la splendeur de Versailles et la douceur des bords de Loire, ni tant d'autres choses. Il ne saurait parler aucune autre langue que celle de ses ancêtres et n'aurait d'amis ni à Londres ni à Paris. Mais il aurait un pays bien à lui, une maison. Il pourrait dire « chez moi », ici est ma terre, ma rue, mes voisins, ma famille. Il aurait vécu dans la chaleur des siens, il aurait couru les ruelles et eu des vrais copains. Il connaîtrait les vieilles personnes et les vieilles personnes le connaîtraient aussi. Il ne serait pas un simple passant.

Aujourd'hui, « chez lui », c'est partout et nulle part. Quand il a quitté Paris, ses copains de fac lui ont dit : « Envoie des nouvelles, connecte-toi, et reviens nous voir. » Mais aucun n'a trouvé anormal qu'il rentre au Népal. Il n'était pas l'enfant qui quitte le pays natal de France puisqu'il n'était pas vraiment français, il était juste un Népalais qui repartait chez lui. Au Népal il s'est vite aperçu qu'il n'était pas vraiment népalais. Il était le Français qui vient au Népal.

« De quel pays suis-je l'enfant ? » se demande souvent Karan.

Parfois il lui semble qu'il peut très bien vivre sans réponse, mais à d'autres moments le tourment le ronge. Il est un voyageur qui ne s'arrête pas. Ses parents lui ont donné pour horizon le monde. Un territoire si vaste qu'il n'en voit pas les contours. Il aimerait les voir. Sa liberté le noie, il aimerait avoir des attaches. Il aimerait pouvoir dire « chez moi ». Trouver sa maison et poser ses bagages.

D'un geste brusque il referme le livre, le pousse sur un coin du bureau et revient à ses affaires rattraper un temps qu'il estime avoir inutilement perdu. Karan aime agir et son pays a besoin d'hommes actifs et courageux. Durga était de ceux-là. Son terrible assassinat l'a meurtri plus qu'il ne l'a laissé paraître et, soucieux d'aller au bout de sa démarche, il s'est persuadé qu'au Népal un papier écrit par une femme sera perçu comme moins dangereux que s'il était écrit par un homme. Il a tant besoin d'y croire qu'il s'en persuade tout comme il se persuade de pouvoir de cette façon aborder la remise en cause des castes et des traditions archaïques, de même que les sujets sensibles comme la spoliation des terres, et tant d'autres choses encore. Karan n'admet pas que la réalité qu'il découvre vienne contrecarrer le parcours qu'il a décidé de faire. Il ne veut qu'une chose, aboutir. Pour cela il doit recruter à tout prix ces nouveaux « soldats » féminins. Il décide d'agir tout de suite, il a perdu trop de temps avec ce livre. Il réfléchit et pour se conforter cherche ce qui va dans le sens des choses telles qu'il les veut. Les étudiantes qu'il a rencontrées seraient selon lui les plus fiables parce qu'elles ne viennent pas des hautes castes. Elles ont quitté leurs villages et leurs familles, ont poursuivi et terminé leurs études dans des conditions extrêmes, et surtout elles sont vierges de tout réseau, de tout passe-droit. Il se convainc qu'elles seront les plus aguerries pour exercer ce métier tel qu'il l'entend. Le pays a besoin d'intelligences libres.

10

Ashmi a poursuivi sa longue marche d'un pas régulier. Elle n'a cessé tout au long de mêler dans ses pensées des sentiments confus vis-à-vis de sa famille, des morts, et du jeune porteur. L'épisode de leur rencontre l'a plongée dans un état de fébrilité qui, ajouté aux interminables heures de bus et de marche, l'a épuisée. Une odeur forte de feux de bois et d'étable lui parvient portée par le vent. Ashmi se redresse et porte la main à son cœur dans un geste spontané. Cette odeur l'étreint. Tant de choses y sont liées. Il y a si longtemps qu'elle ne l'avait sentie. C'est l'odeur du village, de tant de vies et de souvenirs. Elle avance alors plus rapidement, se met à courir utilisant ses dernières forces et, enfin, il apparaît. Perché sur les hauteurs, mystérieux dans la brume sombre du jour finissant, il n'est plus qu'à quelques pas. Ashmi atteint les maisons de pierre grise enveloppées de brume, alignées le long d'une étroite ruelle. La maison de sa famille est tout au bout, un peu à l'écart. Pour y arriver Ashmi doit traverser tout le village par cette unique ruelle, plus boueuse que jamais. Trois hommes sont plantés au beau milieu. Ils en observent un quatrième qui s'échine à installer de lourdes poutres de bois sur des murets de pierre, en vue d'une construction nouvelle. Ils parlementent quant à la meilleure façon d'opérer. Le premier disparaît sous un grand sac de plastique jaune qu'il a coupé sur toute la longueur pour se faire une cape censée le protéger d'une pluie qui ne tombe plus, le second qui tire sur une chicha est occupé à laisser échapper des volutes de fumée bleue au-dessus de sa tête, et le troisième, coiffé d'un bonnet de laine marron effiloché, a coincé sur son dos dans une vieille écharpe de laine nouée sur son ventre un bébé qui dort comme un ange et se secoue au rythme de ses gesticulations. Avec conviction il tente d'expliquer au quatrième comment il doit s'y prendre avec ses poutres. Tous quatre sont si accaparés par leur affaire qu'ils ne prêtent aucune attention à Ashmi. En passant près d'eux elle sent leur odeur forte. La crasse les recouvre des pieds à la tête. Elle a un haut-le-cœur et se demande si les hommes du village ont toujours été ainsi, ou si elle ne le voyait pas quand elle vivait parmi eux. Le village aussi semble changé. Ashmi le trouve plus sale, vieilli. Des tôles rouillées ont remplacé la plupart des toits de chaumes et, à force d'être piétinée à longueur de journée par les troupeaux de vaches, de chèvres et de gosses, la rue est un cloaque boueux et puant.

— Quelle sale bouillasse ! se dit-elle. Comment je vais faire ?

Ashmi n'est déjà plus une fille de ces villages perdus dans la nuit des temps. Elle a pourtant marché allègrement sur cette même rue dans son enfance, et plus souvent pieds nus qu'avec des sandales, indifférente aux milliards de bactéries qui y pullulent et dont tout le monde ici ignore l'existence. Mais depuis qu'elle a pris l'habitude des rues goudronnées, elle répugne à l'idée de salir dans cette boue puante les beaux tennis chinois qu'elle vient de s'offrir. Seulement, impossible de passer ailleurs, à moins de faire un grand détour, ce qui reviendrait au même. La boue est partout. Relevant le pan de son sari elle s'arrange à passer au plus près des maisons, sur la bande de terre qui semble la plus sèche. Mais la toile claire de ses tennis neufs s'imbibe tout de même d'une vilaine couleur marron. Elle en pleurerait.

— Tiens, tiens Bahini ! Te voilà, toi ! Ça fait un bout de temps qu'on ne t'a pas vue.

Pieds nus dans le fumier une femme la hèle avec un large sourire. C'est Ida, une voisine. Elle est en train de vider l'étable et tient à pleines mains la paille souillée d'excréments qu'elle empoigne à même le sol et qu'elle tasse ensuite dans un panier d'osier sans se soucier ni de l'odeur pestilentielle, ni des filets de purin qui coulent sur ses bras et sur son sari dont la couleur rouge n'est qu'un lointain souvenir.

Ashmi l'a vue des centaines de fois faire ce travail et sa mère avant elle. Bien des fois Ashmi aussi a pris les excréments à pleines mains pour dégager l'étable. Mais alors elle ne sentait pas l'odeur, ou elle ne se souvient pas. De toute façon les odeurs, ici, il y en avait tant que ça ne comptait pas. Aujourd'hui, le quotidien de son enfance lui apparaît d'un autre âge. D'un temps souillé, laid, rempli de crasse. Elle a honte en pensant qu'ici, c'est chez elle, qu'elle a vécu comme ça. Et cette honte lui fait mal.

— Alors Bahini, tu as perdu ta langue ? insiste Ida, gentille et souriante.

— Non, non, répond Ashmi.

— Ça fait au moins deux ans. Tu ne voulais plus nous voir ? Tu avais honte de nous maintenant que tu es à la ville ?

Ashmi a toujours aimé Ida. C'est l'une des femmes les plus pauvres du village mais elle a un regard intense qui illumine son visage, faisant oublier la saleté dans laquelle elle vit. Droite et mince, fièrement campée dans la boue, enveloppée de l'odeur atroce du fumier, Ida sourit. Deux minuscules anneaux d'or brillent à ses oreilles et ses cheveux noirs tirés en arrière sont noués en chignon serré sur le haut de son crâne. Ashmi se demande d'où peut bien lui venir cette lumière.

— Non, je n'ai pas honte, lui répond-elle en passant au plus vite loin de l'irrespirable odeur. Mais je n'ai pas eu le temps. J'ai les études… *Namasté.*

— *Namasté*, répond Ida en la regardant s'éloigner.

Quelques minutes encore à grimper, sa maison est là. Mais Ashmi ne reconnaît rien. L'herbe a poussé de façon anarchique et une mousse verte s'est accrochée au chaume du toit gardant l'humidité sur la paille, empêchant que glissent les eaux de pluie. Aucune fumée ne sort du four de terre et la porte est grande ouverte. La maison est abandonnée. Saisie, Ashmi pénètre à l'intérieur. La pénombre qui règne dans la pièce est si profonde qu'elle n'y voit rien. Elle ferme les yeux, puis, lentement, elle les rouvre. Immobile dans un coin de l'unique pièce en terre battue, sa mère est assise en tailleur, seule devant un bidon recouvert d'un mauvais tissu dont elle a fait un autel de fortune et sur lequel elle a placé des images religieuses, des fleurs et des morceaux de nourriture rance.

— Ama, dit Ashmi dans un souffle, c'est moi.

La femme lève la tête, lentement. Son visage est terriblement amaigri, jusqu'à l'os saillant de ses pommettes. Des mèches désordonnées pendent autour de son visage, ses cheveux n'ont pas été coiffés depuis longtemps. Elle fixe sa fille avec des yeux hagards. Ashmi est sous le choc.

— Ama ! Mais qu'est-ce qui s'est passé ?

Comme si elle n'entendait rien et ne la reconnaissait pas qui vient de s'accroupir vivement près d'elle et de lui prendre les mains dans un geste spontané, la mère ne bouge pas.

— Le voisin m'a téléphoné, s'empresse Ashmi d'une voix tremblante. Tu vois, je suis venue aussitôt. Mais qu'est-ce qui s'est passé ? Pourquoi on ne m'a rien dit ?

Le regard reste inexpressif. Ashmi insiste, elle n'arrive pas à réaliser que sa mère ne l'entend plus, qu'elle n'est plus celle qu'elle a laissée il y a deux ans à peine.

— Et Manisha, et les petits, où sont-ils ?

La mère fait un geste vague de la main. Soulagée de la voir enfin réagir, Ashmi se précipite.

— Manisha est chez les voisins ? Aux champs ?

Mais la mère redevient absente.

— Ama, mais qu'est-ce que tu as ? Réagis puisque tu m'entends, dis-moi, parle. Ils sont où ? Et la maison, la mousse s'est mise sur le chaume, pourquoi vous ne l'avez pas enlevée ? Et le four qui est éteint, et l'herbe ? Parle, dis-moi…

En vain, la mère a replongé dans le silence. Par la porte grande ouverte elle fixe l'horizon. Ashmi la prend par les épaules et la secoue. Jamais Ashmi ne l'a vue dans un état pareil, jamais elle n'aurait même imaginé la trouver dans cet état un jour. Et où sont passés sa belle-sœur Manisha et les enfants ? La panique commence à la gagner. Elle pense au pire, puis se raisonne. S'il leur était arrivé quelque chose de grave, Ida le lui aurait dit, elle ne lui aurait pas souri comme elle l'a fait. Manisha et les petits ne doivent pas être loin. Soudain la pluie qu'elle avait crainte toute la journée commence à tomber sur la paille du toit de chaume. Ashmi reconnaît ce chant qui l'endormait enfant. Dans un hoquet, elle retient un flot de larmes. La fatigue de la journée et le choc de sa découverte ont anéanti ses forces. Qu'est-il arrivé ? Mue par une intuition soudaine elle se dirige brusquement vers le recoin sombre de la pièce où dormaient sa belle-sœur et les petits. Leur lit n'est plus là. Ni leur couverture. Elle prend appui contre le montant de la porte, la tête lui tourne. Que le lit ne soit plus là revêt une signification à laquelle elle n'avait pas du tout pensé : Manisha a quitté la maison avec les petits. Mais pour aller où, et qui l'a aidée ? Un homme ?

11

— Vous êtes encore là, Dhai ?

Inquiet de ne pas voir son patron quitter le journal, le vieux Ram est monté.

— Il n'est pas bon de travailler si tard, Dhai, il faut rentrer, manger tranquillement et dormir. On ne fait rien de bien quand on est fatigué.

Karan sourit. Les heures de Katmandou ne sont pas celles de Paris. Ce n'est pas la première fois que le vieux veilleur de nuit lui parle avec un ton protecteur, un peu comme un père parlerait à son fils. Karan n'a aucune famille au Népal. Avec Ram il a le sentiment agréable que quelqu'un s'inquiète pour lui.

— Pourquoi es-tu si soucieux, Dhai ?

— Je pensais aux femmes.

— Ohhh ! Oh, très mauvais de penser aux femmes avec cet air ! Très mauvais. Tu es amoureux, Dhai ?

Karan éclate de rire :

— Hélas, même pas. Je pensais aux jeunes filles que j'ai vues à l'université.

— Ohhh, je vois. Moi je pense plutôt aux femmes de ton pays là-bas.

— Mais mon pays, c'est ici.

95

— Non non, tu es de là-bas, et tu es courageux, comme les femmes de ton pays.

Surpris de cette confidence inattendue, Karan poursuit la conversation.

— Moi ce sont les femmes du Népal que je trouve courageuses, elles travaillent beaucoup, portent des poids énormes sur les chemins. Les étrangères se promènent, légères. Ce sont les sherpas qui portent les sacs. Dans ces conditions ce n'est pas très difficile de se promener.

— Les femmes ici, insiste Ram, elles travaillent, c'est vrai. Mais elles ont peur.

Karan éclate de rire. Le vieux Ram le regarde d'un œil sombre.

— Quand elles montent tout en haut des montagnes, les étrangères ne craignent pas la colère de Sagarmatha. Les femmes d'ici ont peur de la déesse. Même moi je n'irais jamais embêter Sagarmatha, je sais qu'elle n'aime pas ça. Elle pourrait me garder dans la glace. Les étrangères y vont, elles sont fortes et courageuses.

Karan a un coup de fatigue. Il se dit que le choc des cultures est grand et ne produit pas toujours les effets attendus. Une pensée le traverse.

— Mais dis-moi Ram, tu parles des étrangères avec les femmes de Katmandou ?

— Non Dhai. Mais elles en parlent entre elles, je le sais. Et elles les trouvent courageuses.

Karan quitte le journal, perplexe. Il avait pensé à beaucoup de pistes pour parler des femmes dans son journal, le travail, l'égalité, la santé, l'héritage, la prostitution, les angles d'attaque ne manquaient pas. Mais jamais il n'avait pensé à la peur. Indifférent au vacarme musical qui l'entoure et à la foule qui le bouscule il réfléchit tout en marchant vers son hôtel. La peur serait-elle ici au cœur de beaucoup de choses ? Derrière les sourires cacherait-elle des souffrances silencieuses ? Peur de la montagne qui tue, peur des divinités, peur de la pluie des moussons qui ravine les sols, des tigres qui surgissent de la forêt, peur de l'homme qui a bu et qui frappe, peur des ombres inconnues qui rôdent, tuent et disparaissent sans que jamais on ne connaisse leurs visages. Supprimer la peur, ce serait soulever le couvercle qui maintient les femmes de ce pays dans la nuit de toutes les soumissions. La soumission ! Karan pousse un immense soupir et s'arrête au beau milieu de la rue. Il repense à sa mère et quelque chose en lui se dénoue. Il la vengera à sa façon, il sera celui qui aide les femmes comme celle qu'elle fut, à relever la tête. Il éradiquera la soumission. Il s'exalte. Il ne pensait pas qu'un jour sa vie puisse trouver un sens aussi légitime et aussi fort. Planté au beau milieu de la rue il se sent porté par une mission plus puissante encore que celle pour laquelle il était venu au Népal. Car cette mission-là est toute personnelle et concerne ses souvenirs les plus précieux. Il ne sait pas encore comment il va faire, mais il sait précisément où il veut aller.

Krrrrr krrrrr... Un rickshaw l'avertit pour qu'il se pousse. Il gêne. Karan s'écarte et fait un signe amical de la main au conducteur et à sa passagère. Mais celle-ci se cache derrière le voile de son sari et s'enfonce dans le rickshaw qui file sans attendre.

— Encore une qui a peur, se dit-il en souriant. Ram a raison.

Les lumières s'allument dans Thamel, comme chaque soir les touristes sont partis pour une longue nuit dehors. Ils mangent, achètent, rient, parlementent. En regardant un groupe qui rit aux éclats, il mesure la différence avec la femme du rickshaw et se dit que la piste des alpinistes étrangères pourrait être un bon moyen de commencer un travail de fond sur la peur. Il faudra les montrer sous leur jour conquérant, combatif. Dans les reportages qu'il imagine confier aux étudiantes qu'il compte convaincre, il fera valoir le bénéfice moral et financier que ces étrangères tirent de leur situation. Il montrera que parce qu'elles n'ont peur de rien, ni des dieux, ni des déesses, ni de la mort, elles sont indépendantes et libres. Il est impatient et décide de rendre visite à la journaliste américaine, Miss Barney, dont on lui a tant parlé et qui connaît tout du monde des expéditions. Elle lui donnera des pistes. Après un rapide coup d'œil à son portable pour vérifier que l'horaire ne soit pas indécent, il tente sa chance et l'appelle.

— Vous avez vu l'heure ?

Confus, Karan consulte à nouveau son portable.

— Euh, oui excusez-moi, il est 20 heures, mais je pensais que...

— C'est tard, lui précise Miss Barney d'un ton sec, lui faisant bien comprendre par là que la convoquer à cette heure sous le prétexte d'une conversation urgente, c'est bien mal la connaître.

— Veuillez m'excuser Miss Barney, je ne suis pas encore habitué aux horaires du pays.

— On m'avait dit que le rédacteur en chef du nouveau journal allait révolutionner la presse népalaise. Avec une telle attitude ça me paraît mal parti. Vous semblez aussi excité que tous les autres, et si vous êtes aussi productif...

— Les autres ?

— Je ne parle pas des confrères népalais bien sûr. Ils font ce qu'ils peuvent. Non, je parle de nos confrères étrangers que je vois passer en coup de vent et qui veulent tout apprendre, ici, entre quatre murs, pour mieux repartir chez eux, et au plus vite.

— Je ne suis pas étranger miss Barney, je suis népalais.

— Bien. Autant que vous sachiez tout de suite que je n'ai rien à dire. Je ne sors de chez moi que pour aller aux cocktails. Alors je ne sais rien, ajoute-t-elle un brin malicieuse, vous êtes bien sûr que voulez me rencontrer ?

— Oui, bien sûr.

— Bon, mais ne venez pas vous plaindre si vous vous déplacez pour rien. Je vous attends demain à 17 heures. Nous prendrons le thé. Ne tardez pas.

Déstabilisé par cet accueil autoritaire, contrarié d'être considéré comme un étranger pour la deuxième fois et déçu de ne pas avoir immédiatement les informations qu'il souhaitait, Karan râle intérieurement après cette vieille chouette qui se couche comme les poules.

— Quel pays ! se dit-il.

— *Namasté* Dhai, *Namasté*.

Il est arrivé à son hôtel et le jeune Tamang qui a remplacé Ram lui sourit de toutes ses dents magnifiques. Le gamin a l'air si heureux d'être là ! D'une certaine façon il le doit à Karan, c'est Ram qui le lui a dit.

— *Namasté*, répond Karan.

L'air du soir est vif. Mains au fond des poches, il s'engage d'un pas lent dans l'allée du KGH en se demandant si, finalement, il ira interroger miss Barney. Elle l'a contrarié. Journaliste mondialement connue spécialisée dans le milieu des grimpeurs et organisateurs d'expéditions internationales, miss Barney a la réputation de distiller ses informations avec parcimonie et de n'être accueillante que lorsqu'elle l'a décidé. À quatre-vingts ans passés, elle est une figure. Karan sait qu'en la rencontrant il ne peut que gagner du temps. Il n'a rien à perdre, au contraire. Mais son orgueil est atteint et il rentre dans le hall du KGH avec un air sombre. Il décidera demain.

Resté seul maître à bord dans le grand bâtiment de verre du journal, casquette vissée sur la tête, fesses au bord de sa chaise prêt à se lever au moindre signal, Ram commence sa longue nuit. Il veut donner une réponse à son patron pour son livre. Alors, tel un sphinx ombrageux dont il prend la posture, il veille et guette le rickshaw du Rai.

12

— Razu ! Demain, en fin de journée, vous préparerez le thé et tout ce qu'il faut. J'ai une visite.

— Thé seul miss, ou thé complet ?

— Thé complet. Je viens de vous dire « et tout ce qu'il faut ». N'oubliez rien. Des sandwichs au concombre et au poulet, les citrons, le lait, la marmelade d'orange. Vous ferez des biscuits au gingembre et des scones.

— Des biscuits, des scones et de la marmelade miss, pour le soir ?

Rien n'agace plus miss Barney que d'avoir à se justifier.

— Oui, réplique-t-elle, coupante. Vous nous servez bien des *chapatis* à toutes les sauces et à toutes les heures ? Eh bien chez nous, on mange des scones et de la marmelade d'orange.

Impeccable dans son habit traditionnel, Razu se redresse. Il n'aime pas quand miss Barney fait allusion aux coutumes de son pays de cette façon et quand, parlant de l'Angleterre, elle dit « chez nous » avec ce ton de fierté un peu hautaine où il croit discerner à son égard un léger mépris. Dans ces moments-là il pense que sa patronne ne porte pas les Népalais en haute estime et il lui en veut. Elle devient aussi méprisante que la haute caste. Ces bahuns et brahmanes qui possèdent tout le pays.

— Bien madame.

— Et vous servirez le thé dans mes « Old Country Roses » !

Razu obtempère. Mais il n'en pense pas moins. Mettre les « Old Country Roses » ! Et pour qui donc ? Des tasses si fines qu'il a pour consigne de ne jamais les sortir de la vitrine derrière laquelle elles trônent. Durant ses années de service près de miss Barney il ne se souvient pas les avoir utilisées plus d'une dizaine de fois et toujours lors de grandes occasions.

Avoir des gens à son service crée des obligations pesantes, avec les employés il faut que les choses se passent toujours au mieux, sinon c'est l'enfer, se dit Élisabeth Barney chaque fois qu'elle a envie de rabrouer Razu. Mais très vite elle se souvient des colères de sa propre mère envers le personnel de leur maison et des inimitiés qui en résultaient, rendant l'atmosphère irrespirable. Elle a adopté une attitude qu'elle juge plus souple. Plus de quarante ans qu'elle cohabite avec Razu, non sans certaines résistances, mais jamais de conflits sérieux. Pourtant miss Barney n'a pas envie de lui expliquer pourquoi ces tasses sont si importantes pour elle ni ce qu'elles représentent dans sa vie. C'est son secret et son dilemme intérieur. Car en prenant de l'âge miss Barney s'est rapprochée de ce qu'elle avait fui, les origines. Anglaises par sa mère et américaines par son père, elles ont tout au long de son enfance et de sa jeunesse constitué le solide terreau et le prétexte quotidien de violents conflits entre ses parents.

— Va voir tes pouffiasses en décolleté ! Vulgaire-
ment américaines comme votre seule gloire, Marylin
Monroe, clamait la mère fièrement campée dans un
rôle d'épouse trompée mais inatteignable dans son
orgueil d'aristocrate anglaise.

— J'y cours, répondait son père en riant aux éclats,
trop fort. Mille fois ça plutôt que boire du thé insipide
dans des tasses aussi fanées que ta vieille Angleterre !

Le père partait en claquant la porte, la mère pleurait
en silence, et la petite Élisabeth souffrait. Le Népal a
réglé le problème définitivement pour miss Barney.
Dans son exil volontaire, longtemps elle a été de nulle
part. Elle a vécu au Népal des années libérées de toutes
contraintes de culture et d'appartenance. Et puis, un
jour, la nostalgie du pays natal est revenue hanter ses
nuits. Les atmosphères familiales du temps de Londres,
des odeurs, des lieux, des objets honnis qui étaient
restés cachés tout ce temps, quelque part dans les
méandres de son esprit, sont réapparus dans ses rêves.
Elle a lutté en vain. Les souvenirs ont resurgi avec tout
leur charme terriblement envoûtant. Et miss Barney a
ressorti des cartons les tasses familiales de l'appartement familial de Kensington et sacrifié à l'heure du
thé, comme le faisait sa mère, et comme le faisait sa
grand-mère avant elle dans l'appartement londonien
de Cromwell Road, celui qui donnait sur le merveilleux
Muséum d'histoire naturelle où la petite fille qu'elle
avait été avait découvert le monde fascinant des reptiles
et des dinosaures. C'est ainsi que miss Barney est
devenue au Népal plus anglaise qu'elle ne l'avait jamais
été à Boston, ni même à Londres.

Dans sa maison de Katmandou, l'heure du thé est
aujourd'hui la plus précieuse et la plus respectée, et si

elle veut le servir dans les tasses « Old Country Roses »,
Razu doit les mettre sans demander quoi que ce soit.
Est-ce qu'elle lui demande, elle, pourquoi il prie à tout
bout de champ et pourquoi il entasse jour après jour
des coupelles de nourriture grasse sur son petit autel
dans sa chambre ? Il a ses traditions, elle a les siennes
et n'a pas à lui expliquer que Karan Vidal n'est pas
pour elle un journaliste comme les autres. Il n'est pas
seulement de passage au Népal et elle va le retrouver
en diverses occasions. Comme il a vécu en Angleterre
plus longtemps qu'elle-même qui n'y allait qu'aux
vacances du temps de son enfance, elle veut que les
choses soient claires. L'Anglaise, c'est elle. Au Népal
elle n'a jamais été l'Américaine venue de Boston, mais
l'Anglaise arrivant de Londres. Elle trouvait ça plus
chic, et plus vrai. Sa mère qui avait tout fait pour
l'arracher à ce qu'elle appelait « la vulgarité de l'Amé-
rique » jubilerait de voir sa fille unique recevoir un
Français avec les tasses Royal Albert « Old Country
Roses », les plus symboliques qui soient de l'art du thé
à l'anglaise. Ce Karan Vidal sait-il d'ailleurs seulement
ce que c'est que de prendre le thé dans des Royal
Albert ? se demande-t-elle. Il doit le boire dans n'importe quel horrible mug recouvert de publicités.

Dans son twin-set bleu canard, sa jupe de laine écos-
saise rêche, dos bien droit dans son fauteuil de cuir
fauve derrière son bureau de bois ciré, miss Barney
relève ses hautes chaussettes blanches sur ses jambes
fines. Quand elle est arrivée à Katmandou dans les
années vingt, elle était une jolie jeune femme blonde
au teint un peu trop clair pour résister aux assauts du
soleil népalais. Mais cela n'avait pour elle aucune
importance. Envoyée par le *Times Magazine*, elle était

de passage. Deux ans, pas plus. Or elle n'est jamais repartie. Personne ne sait pourquoi. Et si on ose aborder la question (car malgré son air aimable elle est intimidante) elle prend un air moqueur et ses yeux pétillent derrière ses fines lunettes cerclées. Elle seule sait ce qu'elle a fui, mais elle préfère expliquer que c'est le hasard, que les choses se sont enchaînées, qu'elle n'a pas eu le temps de penser à rentrer. Razu est sûr que tout cela n'est pas la vérité, mais il ne parle de ce qu'il croit savoir à personne et, quand il fait la poussière dans son bureau, il remet à leurs places exactes les souvenirs chers à miss Barney. Des photographies de Londres, de sa famille, d'amis, et ce cliché un peu flou pris un soir de réception à l'ambassade de France de Katmandou dans les années soixante et sur lequel miss Barney pose entourée d'un groupe d'invités souriants en train de se faire servir par un jeune Népalais en habit traditionnel. Miss Barney a beau avoir aux yeux de Razu nombre de défauts, l'orgueil n'étant pas un des moindres, il est heureux de travailler pour elle. Il y a peu de places aussi confortables que la sienne à Katmandou. Désormais il sait ranger un intérieur, faire la cuisine et le ménage. Lui qui n'avait connu qu'une maison avec une pièce unique de terre battue sans électricité, il ne pourrait plus vivre ailleurs qu'ici, dans cette maison de construction occidentale dont il aime sentir autour de lui la solidité des murs, l'architecture claire et les hautes fenêtres cintrées. Le jour où il est arrivé dans cette élégante maison dans une rue à l'écart de la ville grouillante, Razu a prié les dieux et donné des offrandes, tout ce qu'il avait, pour ne plus jamais en repartir. Il a été entendu, miss Barney l'a gardé. Chassé des plaines du Teraï par la misère il s'est senti sauvé pour la vie, à l'abri comme il ne l'avait jamais été. Enfin il mangeait à sa faim, dormait au chaud, et en plus il gagnait de l argent. Le paradis ! Le nirvâna ! Comment cela était-il possible d'être aussi bien accueilli et en plus, payé ? Aujourd'hui Razu est heureux et le tempérament tour à tour gentil, hautain, moqueur ou tendrement amical de miss Barney ne le gêne pas. Il s'est habitué à ses humeurs sans difficulté, alors qu'il n'avait jamais pu s'habituer ni au froid qui se glisse dans le moindre recoin des maisons de pauvre et glace jusqu'aux os, ni à la faim qui ronge et tord les boyaux des ventres vides. Razu rit tout seul de bonheur en pensant à sa chance, et quand il a des contrariétés il les surmonte sans mal. Comme ce soir pour cet invité dont miss Barney ne lui dit rien. À force d'avoir entendu sa patronne lui dire que ses tasses étaient « très précieuses », il en est devenu maniaque. Il a même été jusqu'à prier afin que rien ne leur arrive de fâcheux les fois où il les a utilisées. Razu invoque souvent les dieux pour toutes sortes de choses, dérisoires comme sérieuses. Protéger miss Barney par exemple, mais il ne le lui dit pas, car elle n'aime pas ce qu'elle appelle ses « cérémonies ». Mais le soir venu, Razu fait ce qu'il veut. Dans la chambre mansardée qu'elle lui a réservée dans la maison, quand il se glisse dans son vrai lit, lui qui n'avait connu que des planches de bois, il remercie encore, et prie. Car la peur que tout cela cesse un jour ne l'a jamais quitté. Les onze années de guerre ont été les pires. Elles l'ont plongé dans une angoisse quotidienne terrible. À chacune des sorties de miss Barney, il se demandait toujours si elle allait rentrer. Les réceptions tardives à l'ambassade américaine étaient une torture, Razu était obsédé par les ombres qui tuaient au hasard sans qu'on sache pourquoi. Le massacre royal l'a bouleversé, il croyait les grands de son pays à l'abri de ces violences anciennes, si bien gardés qu'ils étaient. Depuis, sans le dire, il s'est procuré un *kukri*, un de ces larges et mythiques couteaux aux lames effilées qui ont fait la réputation des courageux guerriers gurkhas qui tranchent les têtes d'un seul coup de lame. Razu cache le *kukri*, il attend les ombres. Ne vont-elles pas venir une de ces nuits attendre miss Barney et la tuer juste au moment où, sans défense, elle descendra de sa voiture ? Éveillé dans la pénombre il attend toujours que le moteur de sa vieille auto résonne dans la rue et alors, le *kukri* dissimulé dans son dos, il court la chercher avec une lampe pour être sûr qu'elle rentrera vivante. Pour miss Barney, Razu pourrait tuer sans aucun état d'âme et sans hésitation. Quand il descend ainsi dans la nuit, il a au fond des yeux une violence noire. Elle le traite de tous les noms d'oiseaux, le trouvant ridicule avec ses peurs et ses manies, mais cela ne change rien. Il ne respire que lorsqu'elle est à l'intérieur et qu'il a refermé la porte d'entrée derrière elle. À ce moment-là seulement il est rassuré, et il peut remonter dans sa chambre pour s'endormir enfin. Ceux qui n'ont pas connu la terrible misère ne peuvent mesurer le soulagement et le bonheur de Razu dans ce moment précis où, le *kukri* à portée de main, il s'abandonne à la douce tiédeur d'un vrai lit en sachant miss Barney à l'abri. Et les soirs où la pluie tambourine dehors sur le pavé de l'allée son plaisir est encore plus grand. Il se recroqueville sous les couvertures en l'écoutant tomber dru, il se remémore la froide humidité des rizières, et le vent qui sifflait entre les pierres de sa cabane et le laissait au matin, bleu de froid.

— Je ne vous entends pas Razu ? Vous rêvassez ou quoi. Vous êtes toujours à la cuisine ?

— Oui, miss.

— J'espère que vous avez bien compris ? Les scones et les tasses, demain tout doit être parfait.

— Tout le sera, miss, ne vous inquiétez pas.

13

La pluie ruisselle maintenant sur le chaume. Une pluie de mousson qui n'en finira pas. Ashmi n'arrive pas à imaginer Manisha avec un autre homme que son frère. Elle tourne mille possibilités dans sa tête et cherche dans les visages connus celui qui a osé venir prendre sa veuve. L'image de l'homme qui était en train de remuer les poutres en vue d'une construction future lui traverse l'esprit quand une toux sèche l'interrompt. Sa mère vient de cracher et elle tente d'essuyer ses lèvres d'un revers de manche pendant que de son autre main libre elle frotte sur la terre la glaire blanchâtre qu'elle n'a pu retenir. Ashmi va chercher un bidon d'eau, en fait couler dans une gamelle de fer et s'apprête à laver le tour de la bouche et les mains de sa mère. Mais au dernier instant, elle n'y arrive pas. Ce simple geste est trop difficile à faire. Elle ne se souvient pas avoir approché le visage de sa mère une seule fois, pas même pour un baiser. Elle se remémore quand, revenant en pleurs après quelque dispute enfantine, elle se faisait rabrouer. « Allez, allez, ne viens pas me raconter, j'ai autre chose à faire. » Ashmi a appris à vivre sans la tendresse de cette mère et imaginer ce simple contact physique avec elle provoque un rejet. Elle le surmonte à grand mal. Ensuite, avec une longue et souple balayette d'herbes, elle tente de pousser le crachat dehors. En vain. Il s'étale plus encore sur la terre du sol et des filets visqueux s'accrochent aux fibres du balai. L'unique pièce est dans un état de saleté et de délabrement avancé. Avant, c'était toujours impeccable. Sa mère nettoyait tout à fond une fois par semaine, Ashmi l'aidait à sortir les affaires, à balayer le moindre recoin à l'aide du balai d'herbes souple et à passer une couche d'argile propre mélangée à de l'eau et de la bouse de yak séchée. Une fois sec, le sol redevenait net, neuf. Ashmi aimait ce moment, quand la terre était unie, lisse et d'un beau brun doré. Aujourd'hui il est taché, la poussière s'est amassée en tas, des morceaux de plastique déchirés traînent. Écœurée, Ashmi se retrousse les manches et va chercher la balayette. Mais après en avoir donné deux coups, elle la repose. Il faudrait trop de temps, elle n'est pas venue pour ça.

— Ne bouge pas Ama, dit-elle d'une voix étranglée. Je reviens.

Dehors, Ida n'est plus là pour lui donner des explications. Contrariée, Ashmi se rend à la ferme voisine. Seule, assise en tailleur à même le sol de terre battue, une vieille femme trie les pommes de terre entourées d'une marmaille qui court en tous sens, et d'un petit dernier qu'elle retient grâce à une corde attachée à son pied. Habituée à ce que l'un ou l'autre passe pour un service ou une commission, elle hèle Ashmi de loin avant même que celle-ci ait eu le temps de lui poser la moindre question.

— Ils sont partis dégager le chemin du bas. Il y a eu des coulées de boue… Tu les trouveras là-bas. On ne peut plus passer ni remonter les chèvres.

110

— Je ne viens pas les voir, dit Ashmi en s'approchant. Je viens pour Manisha.

La grand-mère porte sa main à son oreille. Elle entend mal et Ashmi doit crier.

— Je... cherche... Manisha !

— Ah ! Manisha ! sursaute la vieille femme interrompant un instant son travail. Elle est partie.

— Partie ! Où ça ?

— À Gord.

— Gord !

— Oui. Ses frères sont venus la chercher.

Ses frères ! Ashmi accuse le coup. Au début de la guerre les frères de Manisha sont partis travailler dans les pays du Golfe et on ne les a jamais revus. Que sont-ils venus faire ici ?

— Demande à Ida, indique la vieille femme d'une voix chevrotante. Elle a parlé avec eux, et avec Manisha. Elle te dira.

— Ida n'est pas là.

— Oh, elle doit pas être loin, elle va revenir vite et...

— Je n'ai pas le temps. Je vais aller à Gord.

— Maintenant ! Sous cette pluie ?

Ashmi fait un geste vague pour lui signifier que ça n'a pas d'importance et s'en va.

— N'y va pas ! C'est dangereux ! lui crie la vieille affolée en cessant de trier les pommes de terre. Avec les coulées de boue, vu le sentier étroit, tu ne pourras pas passer, et la nuit tombe. C'est dangereux, tu le sais, tu peux faire de mauvaises rencontres.

Mais Ashmi est déjà sortie. La vieille se lève et hurle dans sa direction :

— Attends, attends !

Elle crie si fort qu'Ashmi s'arrête et revient sur ses pas. La vieille femme désigne un grand sac de plastique bien plié dans un coin.

— C'est Deepak qui l'a déterré. Il est épais et solide. Je l'ai coupé sur la longueur, mets-le sur ta tête et accroche-le avec la ficelle. Avec la mousson on s'en est servi tous les jours N'oublie pas de me le rendre, j'y tiens. Fais attention…

La voix de la grand-mère s'est perdue derrière les rideaux de pluie. Ashmi a déjà filé. Elle monte vers Gord avec le sac plastique qu'elle a posé sur sa tête comme une cape et l'a ficelé autour de son cou. Il lui couvre le dos et descend jusqu'aux pieds. Elle est bien contente que la grand-mère le lui ait prêté, à condition de le tenir bien serré sous le cou pour qu'il ne s'envole pas et de se courber vers l'avant, il est long, large, et protège bien. Chaque fois qu'ils peuvent, les porteurs récupèrent ce que les groupes d'étrangers enterrent dans la montagne pour ne pas avoir à le ramener. Des bidons vides, des sacs comme celui-là, des bouteilles d'oxygène. Aujourd'hui les règles sont strictes. Les expéditions sont tenues de revenir avec tout ce qu'elles ont emporté mais il y a toujours des exceptions et la surveillance est loin d'être parfaite. Si elle est bien protégée, Ashmi n'aime pas beaucoup l'idée d'arriver devant Manisha dans un tel accoutrement. Depuis qu'elle est à Katmandou elle a appris à s'habiller et a cessé de porter ce qui lui tombait sous la main comme quand elle vivait au village. En revanche ses tennis de toile chinoises sont méconnaissables, trempés et couverts de boue. Au fur et à mesure qu'elle avance, chaque pas est plus lourd. Ils restent collés à la terre gluante du chemin et au pas suivant ses pieds se retrouvent nus à même la bouillasse. Exaspérée, elle finit par

112

se déchausser, et continue à monter pieds nus. Au diable les tennis ! L'important c'est d'arriver chez Manisha, de lui parler. Elle espère que sa belle-sœur sera seule et que ses frères seront occupés dehors. Aucune envie de les rencontrer, surtout dans un pareil état. Les pensées se bousculent dans sa tête. Pourquoi sont-ils venus au village et pourquoi sont-ils rentrés du Qatar où, comme beaucoup de paysans pauvres des montagnes, ils étaient partis travailler ? Auraient-ils gagné suffisamment d'argent ? Ashmi en doute. Les milliers de paysans népalais qui partent travailler en Inde ou dans les pays du Golfe reviennent aussi misérables que lorsqu'ils sont partis. Comment Manisha a-t-elle pu laisser sa mère seule et dans cet état ? Ashmi n'a jamais été très complice de sa belle-sœur, mais elle la sait fiable, solide, et préoccupée de bien faire. Elle n'aurait pas abandonné la maison et sa mère sans une bonne raison. Mais laquelle ?

Au pied des hautes montagnes du Népal, dans ces villages du bout du monde isolés par des heures de marche, la survie des familles prime sur toutes choses et la loi des hommes pour garantir cette survie est toute-puissante. Les choses n'ont jamais changé. Ici chacun a sa place et on ne lâche rien. On laboure avec les mains s'il le faut et avec une hargne insoupçonnable. Sur ces pentes arides où soufflent des vents de glace, l'homme n'a aucun répit. Il ne connaît que la lutte et la peur. Peur des pluies diluviennes et des coulées de boue qui emportent les rizières et les sentiers si difficilement construits au flanc de la montagne, peur des froids mortels, peur des maladies qui surgissent d'un coup et se propagent emportant des familles entières et même des villages. Peur de ne pas voir pousser assez de riz ou de millet pour tenir jusqu'à la prochaine récolte. La lutte est millénaire et incessante. Rares sont les moments qui viennent l'apaiser. Seul le ciel quand il est d'un bleu pur au-dessus des têtes, et le soleil quand il brille sur les champs apportant sa chaleur, allègent pour un court instant au regard des années ce joug sous le poids duquel les paysans des hautes terres se courbent en permanence. Derrière leurs légendaires sourires dans lequel les étrangers de passage croient deviner un bonheur simple se cache la douloureuse volonté d'un peuple qui combat contre la montagne de granit et de glace qui ne veut pas les nourrir. Une montagne si haute que l'être humain ne peut y respirer. Le peuple du Népal vit sous le toit du monde, et s'il accepte de ployer sous toutes les charges possibles, celles des récoltes ou des sacs de trekkeurs, c'est pour pouvoir un jour se tenir droit. Pour accéder au rêve de voir leurs enfants sortir de cette servitude. Pour en faire des hommes libres.

Mais cet incessant et souterrain combat n'est pas sans effet. Aucun être humain ne peut mener pareille lutte sur des générations sans en être profondément et durablement meurtri. Si les muscles et le corps résistent de toutes leurs forces, alors, c'est la part invisible qui est atteinte. Les esprits sont rongés sans que rien n'y paraisse, et il arrive alors qu'une violence foudroyante se libère dans l'ombre avant de retomber brutalement dans le silence et l'anonymat. Cachées sous les sourires et l'apparente douceur naissent dans le cœur de certains des rages invisibles d'autant plus meurtrières qu'elles ne se devinent pas et se manifestent de façon foudroyante contre les plus faibles, les bêtes, les enfants, et surtout les femmes. Premières victimes sous la main, elles restent aux aguets, le jour et la nuit, vigies tourmentées et meurtries. Elles devinent cette violence qui rôde et savent qu'il ne faut pas la réveiller. Elles courbent l'échine et sourient inlassablement comme leurs hommes, face à la montagne et aux dieux qui l'habitent. Elles n'en parlent jamais, ni entre elles, ni aux étrangers, ni à personne.

Par deux fois, au village, Ashmi a été témoin de ces accès de violence, et elle n'a jamais oublié. Une chèvre mal égorgée d'un seul coup de lame par un paysan abruti d'alcool, et une femme au crâne fracassé par son mari pour d'obscures raisons qui a agonisé pendant toute une nuit et tout un jour sans que, dans ce village loin de tout, personne ne puisse faire quoi que ce soit. À part pleurer, prier, allumer les lampes des autels de fortune et écouter, dans le silence, les gémissements atroces de la bête et de la femme mêlées. Ashmi en a gardé une grande méfiance des hommes. Elle se demande toujours ce qu'ils ont derrière la tête. C'est pour ça qu'instinctivement sur le chemin elle s'est cachée, c'est pour ça qu'elle craint en ce moment les frères de Manisha. Mais elle sait qu'il y a des hommes au regard clair.

14

Mlle Bista prend délicatement le cadre d'argent sur la desserte d'acajou massif et fixe froidement le doux visage d'une jeune femme qui la regarde en souriant.

— Pourquoi m'as-tu appelée Jane, maman ? Je hais mon prénom tu le sais. Je suis une Bista, et toi aussi tu l'étais. Pourquoi ce prénom anglais ?

— Maman adorait les étrangers, tu le sais bien. Sa fascination pour tout ce qui venait d'ailleurs n'avait pas de limites.

— Arrête ! Maman était une Bista !

— Oui, une Bista qui voyageait beaucoup trop et qui n'est jamais revenue de son dernier voyage.

Que sa sœur ne cesse de rappeler la disparition étrange de sa mère adorée plonge Jane Bista dans un état de douleur et de rage incontrôlée. C'était il y a bien longtemps, elles étaient encore des petites filles. Comme cela arrivait souvent, leurs parents étaient partis pour un long voyage entre l'Europe et les États-Unis, laissant Jane, sa sœur et ses deux frères avec leurs grands-parents dans l'immense demeure remplie de serviteurs. Mais au bout du voyage, seul le père était revenu. Il avait raconté le terrible accident de voiture, le chauffeur et sa femme morts sur le coup, et lui qui s'en était miraculeusement sorti. Pourquoi n'avait-il rien dit avant son retour ? Et puis il y avait eu cette petite urne funéraire ramenée par leur père et ces cendres jetées sur les eaux de la rivière Bagmati. Les enfants n'avaient pas pleuré, ils ne connaissaient pas vraiment cette mère qui ne s'occupait pas d'eux. Mais la haine des terres étrangères vers lesquelles elle partait régulièrement était entrée dans leurs cœurs, s'ajoutant au mépris dans lequel ils tenaient déjà tous ceux qui n'étaient pas de leur caste.

Prisonniers de leur univers, Jane, sa sœur et ses frères fréquentaient exclusivement des amis de leur milieu et ne quittaient leur demeure de Katmandou que pour de longs séjours de villégiature dans leur belle maison de Pokhara, près du grand lac et du parc naturel de Chitwan. Là, ils reproduisaient les mêmes conversations et les mêmes soirées. Ils avaient de l'argent et des activités réduites, aucun ne travaillait réellement. Hormis Jane qui avait tenu à faire des études sérieuses et à devenir directrice de l'université. Transmettre aux jeunes de son pays les codes de castes et les valeurs des siens, ne pas se laisser contaminer par les mirages d'Occident, c'était son but.

— As-tu revu le journaliste ?

— Non.

— A-t-il réussi à recruter des étudiantes ?

— Aucune. Je l'avais averti. Ces filles n'ont aucune envie de se faire tuer au coin d'une rue. C'est déjà bien beau qu'elles puissent devenir enseignantes.

Affalée dans un large sofa la sœur de Jane pioche négligemment de petites sucreries et les porte à sa bouche.

— Je me demande pourquoi nous avons financé le journal, si c'est pour le faire diriger par un étranger qui ne connaît rien à nos coutumes. Vouloir recruter des filles, des Gurungs ! Quel scandale ! Je n'ai jamais compris que tu te mêles de tout ça. À quoi servent toutes ces études ? dit-elle en croquant une sucrerie avec un air absent. Si tu n'avais pas passé ton temps dans les livres tu serais déjà mariée et tu aurais des enfants, comme moi. Ce sont les étrangers qui nous ont donné l'obsession des études, on voit ce que ça donne. Maintenant les maoïstes sont au gouvernement ! Des va-nu-pieds !

Jane n'a pas envie d'aborder ce sujet. Ses études lui ont valu dans sa famille des discussions à n'en plus finir et des reproches acerbes. Elle regarde sa sœur affalée qui passe ses journées à échanger les derniers ragots avec ses amies et à se plaindre des infidélités répétées de son mari. Le parcours de Jane a modifié ses rapports avec les siens. Elle a beau être bien née, elle est devenue une femme libre et les garçons de sa caste qui la courtisaient du temps de sa jeunesse se sont lassés d'attendre qu'elle termine ses longues études. Aujourd'hui ils ont femme et enfants. Il arrive que Jane les envie, pourtant pour rien au monde elle ne voudrait revenir en arrière et être, comme sa sœur et ses amies, une femme à disposition, quémandant à son mari pour le moindre achat, n'ayant aucune latitude pour prendre la moindre décision. Elle qui pourrait s'offrir tout ce qu'elle voudrait avec la fortune de son père, qui pourrait vivre sans travailler et voyager, elle gagne sa vie et lui donne un sens que personne ne lui impose. Celui auquel elle croit. Mais en même temps que l'immense richesse d'un pareil choix, elle a découvert la solitude. Elle rêve de douceur, or elle est sans cesse en train de combattre. Comme avec ce journaliste qui l'a toisée et méprisée, alors qu'elle tenait simplement son rang. Comme il se doit.

— Je ne serai jamais celle qu'il faut. Traître à ma caste pour les miens, trop fière pour les autres. Si seulement maman m'avait expliqué, si seulement elle ne nous avait pas laissés !

— Au fait Jane, l'interpelle sa sœur interrompant ses pensées, je ne retrouve pas le livre des Ranas que nous a offert notre cousin, sais-tu où il est ?

— Non, pourquoi veux-tu que je le sache, lui répond-elle en rougissant.

— Il me semblait que tu l'avais pris pour le regarder.

— Tu te trompes, vois avec père.

— Il dit qu'il ne l'a pas.

— Bon, eh bien fais-en envoyer un autre, on ne va pas en parler pendant des heures ! Quelle importance !

Et elle quitta la pièce en claquant la porte derrière elle, laissant sa sœur abasourdie.

Le soir, dans la grande demeure blanche, dans la belle chambre au balcon donnant sur la pelouse fraîche d'un parc impeccablement entretenu, Jane Bista pense à sa vie. Elle n'en revient pas d'avoir été capable d'envoyer à Karan Vidal ce livre des Ranas et ce mot pour lui signifier ce que fut la grandeur d'une lignée au-delà de ses défaillances. Elle a voulu lui faire comprendre d'où elle venait, et maintenant elle attend sa réponse, comme elle attendrait celle d'un amoureux. Après leur première entrevue ils se sont revus deux ou trois fois, mais à chaque fois il a montré cette distance blessante. Jane Bista ne se l'avoue pas mais le magnétisme de Karan a eu sur elle un impact indéniable. Elle l'a encore observé à la dérobée plusieurs fois, enfoncée dans son rickshaw conduit par le Rai auquel elle a fait promettre le secret

de ses déambulations. Pour cela elle le paie très largement. Mais récemment elle a eu une frayeur, alors qu'il
la conduisait dans Thamel ils se sont trouvés face à
Karan planté au beau milieu de la rue. Le Rai l'a
klaxonné sans qu'elle ait pu l'en empêcher et Karan a
failli la découvrir. Mais elle s'est dissimulée juste à temps
derrière le voile de son sari. Au fil de ces surveillances
secrètes, Jane Bista s'est mise à admirer son allure, sa
façon si masculine de marcher avec les mains enfoncées
dans les poches de son pantalon. Il paraissait toujours
soucieux, préoccupé, et contrairement aux touristes
n'accordait aucune importance aux souvenirs brillants
des vitrines. Par ses nombreuses relations elle savait qu'il
travaillait beaucoup et croyait en l'avenir du Népal.
Elle l'a vu souvent sortir du journal un livre à la main,
c'est de là que lui est venue l'idée de lui faire parvenir
le sien. Un aussi beau livre, même assorti d'une lettre
quelque peu cinglante, ça reste un cadeau. Jour après
jour ses sentiments à l'égard de Karan se sont teintés
d'une certaine ambiguïté. Car si le jeune homme lui
plaît, c'est aussi un étranger. Or Jane n'aime pas les
étrangers. Ils lui rappellent sa mère disparue qui partait
dans leurs pays et qui les abandonnait. Il se pourrait
même qu'elle se soit remariée avec l'un d'entre eux et
que leur père leur ait menti… Alors elle se met à haïr
Karan et tout ce qu'il représente. Et du haut de son
balcon sur le parc, tout en suivant au loin dans le ciel
nocturne le vol insaisissable des hirondelles à longue
queue, elle rêve à un avenir aux côtés d'un homme de
sa caste qui la comprendrait, et qu'elle aimerait. Ils
auraient des enfants et elle ne les abandonnerait jamais.
Surtout pas pour un étranger.

15

Il pleut toujours quand Ashmi s'arrête à la fontaine de Gord au pied des escaliers de pierre. Avec la pluie les dalles sont très glissantes. Épuisée, elle redouble d'attention. Là, dans une position inconfortable, tout en maintenant d'une main le sac de plastique sur sa tête, à l'aide de sa main libre elle passe d'abord les tennis, puis ses pieds pleins de boue sous le filet d'eau glacée. Le froid est si vif qu'il lui brûle la peau et son visage se plisse d'une affreuse grimace. Elle se retient de hurler. Mais la boue est partie et elle parvient à se rechausser. Pas question d'arriver chez Manisha comme une souillon. Ashmi est fière, elle tient à montrer que sa vie s'améliore, qu'elle a fait du chemin à Katmandou pendant ces deux années. Sur la pierre les tennis mouillés font entendre un drôle de chuintement, elle monte marche après marche, prudemment. Mais les semelles de plastique glissent sur la pierre et les marches sont hautes, dures, et les angles saillants. Si Ashmi tombait, elle s'y fracasserait le crâne. Enfin la maison de Manisha apparaît. Mais à la place de la vieille maison de terre et de chaume qu'elle a toujours connue, s'en dresse une autre, toute neuve, en ciment, avec des fenêtres et un toit de tôle qui brille sous la pluie. Ashmi est stupéfaite du changement mais elle n'a pas le temps de se poser davantage de questions, ni même d'enlever le sac de plastique de dessus sa tête. La porte s'ouvre, Manisha apparaît.

— Mon dieu Ashmi ! C'est toi ! Entre vite, viens, tu es trempée.

Ashmi est prise de court. Mais plutôt que d'embrasser cordialement sa belle-sœur qui lui tend les bras, contrariée d'être surprise en pareil accoutrement, elle préfère se débarrasser précipitamment du sac de plastique qu'elle dépose à égoutter sous l'auvent.

Manisha ne semble pas surprise par la visite d'Ashmi.

— Viens, entre et assieds-toi près du feu, s'empresse-t-elle. Je suis contente de te voir. Il y a si longtemps, deux ans, c'est ça ? Les *chapatis* sont chauds, je les fais cuire pour la semaine. Je prépare le thé.

La chaleur de son accueil apaise un peu l'inquiétude d'Ashmi. La bonne odeur des *chapatis* emplit l'unique pièce de la maison et le grésillement du feu se mêle au bruit de la pluie qui tambourine sur le toit. La maison vit, comme vivent toutes les maisons bien tenues des villages, et comme vivait autrefois la maison d'Ashmi. Humble mais chaude, un refuge. La maman de Manisha est en train de tourner un mélange de riz et de levure dans une énorme marmite. Elle cesse son travail et s'avance, mains jointes :

— *Namasté*, Ashmi, dit-elle en s'inclinant.

— *Namasté*, répond Ashmi en s'inclinant à son tour.

La vieille maman sourit de son large sourire édenté et prend les mains d'Ashmi entre les siennes en signe d'affection. Elle lui désigne la banquette près du feu et, tout en continuant à sourire, reprend son travail.

Elle est contente de sa venue. Elle aussi semblait l'attendre.

Ashmi connaît les usages. Elle sait qu'avant de parler il va falloir boire le thé et manger la galette. Elle n'en a aucune envie, sa hâte de comprendre est plus grande que sa faim. Elle n'a jamais eu le calme qu'on attribue à son peuple comme s'il était une seule et même personne avec les mêmes aspirations et la même nature. Au contraire, elle a beaucoup de mal à contenir ses colères. Pourtant elle s'y contraint, refrène son impatience et prend place sur la banquette. Le thé de Manisha est parfumé et amer. C'est un thé de pauvre, les miettes que laisse la récolte une fois vendue. Il s'y mêle une poussière impossible à enlever tant elle est fine. Mais c'est un thé blanc. Le meilleur. Celui que les familles du village de Manisha cultivent dans le haut Himalaya. Manisha lui fait une faveur en le lui servant car il y en a très peu, et cette faveur inattendue réveille l'inquiétude d'Ashmi. Mais elle laisse le thé couler lentement dans sa gorge et sa douce chaleur l'envahir. La mère parle fort afin d'être entendue. Elle ne peut abandonner sa tâche sinon le *chang* fermentera mal, il sera raté et les hommes seront mécontents. Ashmi comprend. Une maison bien tenue doit toujours avoir du *chang* à proposer, un tonneau est prévu à cet usage. On le sert à la louche dans une tasse de fer-blanc. Tous les hommes ici, et même les femmes, boivent cet alcool de riz qu'on sert en toutes occasions. Ashmi sait cela, et elle sait aussi qu'il ne faut rien brusquer. Il y a des années, la vieille maman de Manisha a payé cher de ne pas avoir fait assez de *chang*. Son mari en colère lui a cassé le bras d'un coup de bûche. Elle a souffert le martyre, longtemps, très longtemps. Son bras est resté maintenu à une attelle de bois pendant deux longues années, et les os se sont ressoudés comme ils ont pu. Il est resté tout tordu et elle en souffre encore. Mais il est encore assez bon pour continuer à tourner le *chang* et son mari n'en a plus jamais manqué tant qu'il a vécu, et aujourd'hui ses fils, et les invités. En signe de remerciement Ashmi lui sourit et aussi à Manisha qui retourne les galettes sur le feu de bois. La pluie sur le toit de tôle fait un bruit assourdissant, il est impossible de parler, on ne s'entendrait pas à moins de crier. Chacune est isolée. Manisha et sa mère à leur tâche et Ashmi dans ses pensées. La nuit sera tout à fait noire quand elle redescendra, et le sentier de terre sera encore plus glissant. Peut-être même, à cause de cette pluie qui n'en finit pas, il y aura eu des coulées de boue comme sur le chemin du bas. Et alors entre les murailles de pierre d'un côté et le ravin de l'autre il sera impossible de passer. La vieille voisine disait vrai. Mais Ashmi patiente. Les minutes s'écoulent, interminables. Elle observe tour à tour Manisha, puis sa mère. Comment peuvent-elles rester ainsi tous les jours de leur vie à tourner du *chang* et à cuire des *chapatis* ? Depuis qu'elle vit à Katmandou, le regard d'Ashmi sur la vie des siens a été bouleversé. Elle regarde les mains ravinées de la mère, les pieds tordus de Manisha dans les mauvaises sandales, les corps lourds, et les *kurtas* crasseux. Toujours les mêmes depuis tout ce temps. Ici on ne possède rien, juste ce qu'on porte. On n'a pas de meuble non plus, pas de coffre. Qu'y rangerait-on ? Enfant Ashmi allait à la rivière avec les femmes aux premiers beaux jours. Elles se cachaient et se déshabillaient, se lavaient puis lavaient les saris et les *kurtas*, les étalaient sur les cailloux et attendaient qu'ils sèchent. Puis, elles les enfilaient à nouveau avec des cris de joie et repartaient, propres, si contentes. C'était une journée où les femmes étaient heureuses, Ashmi s'en souvient. Aujourd'hui elle se remémore ces corps et ces visages de paysannes, affreusement marqués. La différence avec les silhouettes des femmes de Katmandou est encore plus criante. Ashmi a mal, pour rien au monde elle ne deviendrait comme Manisha. Avant elle ne connaissait rien d'autre.

La pluie a cessé, on n'entend plus qu'un chant de gouttes éparses sur la tôle.

— Il en faut beaucoup pour tenir la semaine, dit Manisha en essuyant avec le coin de son tablier son front ruisselant et ses joues rougies par la chaleur des braises. Les enfants dévorent en grandissant.

Ashmi approuve par correction, mais elle se rend compte que Manisha a fait durer la cuisson volontairement et qu'elle lui parle comme à une fille de la ville qui a oublié les rudes tâches des femmes de la montagne. Mais elle se trompe, Manisha n'a aucune envie de critiquer sa belle-sœur, même à mots couverts. Elle aussi veut éviter tout conflit car ce qu'elle doit annoncer ne va pas passer sans difficulté. Connaissant le tempérament d'Ashmi, elle se méfie. Elle a préparé son discours de longue date et s'est convaincue de son bien-fondé. Seulement au moment de le faire, elle s'est mise à douter de ses arguments et retarde le moment de parler. Alors elle remet du bois dans le four de terre, sert un autre bol de thé et offre une dernière galette. Ashmi en a assez. Elle n'est pas dupe, si on lui fait tant de manières, c'est que ce qu'on doit lui annoncer n'est pas une bonne nouvelle. Elle veut parler, mais la vieille maman est contente de nourrir Ashmi et la réchauffer. Elle sourit et approuve de la tête sans cesser de tourner son *chang*. Alors Ashmi boit le thé et mange la deuxième galette. Elle n'a plus à attendre longtemps. Après avoir rangé ses ustensiles, Manisha ne peut plus reculer. Elle vient s'asseoir.

— Tu es passée à la maison, tu as vu ta mère ?

Elle mesure ses mots et Ashmi le sent. Sa méfiance monte d'un cran.

— Oui, je l'ai vue répond-elle sur le même ton impassible.

— Comment allait-elle ?

Ashmi a envie de hurler, de secouer Manisha, elle est à vif. Mais elle parvient à garder son calme et à répondre normalement.

— Elle ne va pas bien du tout. La maison est vide, il n'y a plus les bêtes, ni le lit de Tej. Que s'est-il passé ?

Aucune trace de reproche dans le ton de sa voix. Elle a juste pris soin de dire « le lit de Tej » et non « ton lit ». Manisha baisse la tête et tord ses mains l'une dans l'autre. Ashmi la regarde et attend.

— Mes frères sont revenus d'Irak.

— Comment cela ? sursaute Ashmi. Mais je les croyais en Jordanie.

— Nous aussi, s'empresse Manisha soudain loquace, saisissant l'occasion bénie de ne pas avoir à affronter directement le véritable sujet. Mais on les a trompés. On a confisqué leurs papiers et on les a fait travailler sur les bases militaires américaines d'Irak. Ils n'avaient pas d'argent, ils ont été contraints d'accepter. Mais ils sont revenus. Heureusement ! Dans le village voisin ils ont eu moins de chance, cinq garçons étaient partis par le même convoi, ils ont tous été tués. Si tu avais entendu les hurlements des mères Ashmi, leurs fils c'était tout ce qu'elles avaient, tu le sais.

« Encore un mensonge », se dit Ashmi.

Or Manisha dit vrai. Ses frères ont fait partie de ces voyages organisés par une entreprise américaine qui faisait miroiter aux jeunes Népalais un travail dans les cuisines des hôtels en Jordanie. Puis sans prévenir elle détournait leur route et les envoyait illégalement et contre leur volonté travailler dans une base américaine en Irak. Elle les faisait atterrir en Jordanie, confisquait leurs passeports, puis les embarquait jusqu'en Irak par la route dans des voitures de civils. Jusqu'à ce jour de 2004 où douze de ces jeunes ont froidement été exécutés. Ils voulaient aider leurs familles misérables, ils avaient entre dix-huit et vingt-sept ans. Ils ont été tués sur la route par une bande de l'armée Ansar al-Sunna qui a arrêté leur voiture et s'est présentée comme la police irakienne. Le monde n'aurait sans doute jamais rien su de cette histoire de trafics d'êtres humains, si un des jeunes n'avait réussi à s'enfuir, puis à rentrer au Népal après un périple invraisemblable. C'était le treizième homme, il s'appelait Prasad Gurung, il a tout raconté. L'affaire a fait du bruit, le peuple est descendu dans les rues de Katmandou et le gouvernement du Népal a interdit l'envoi de Népalais à l'étranger. Puis une commission d'enquête a été ouverte contre l'entreprise américaine par le Bureau général de l'inspecteur du Département de la Défense du Gouvernement américain. Cela a pris du temps. La commission a fini par conclure que l'entreprise n'était pas responsable de la mort de ces jeunes puisqu'ils ne travaillaient pas encore pour elle au moment où ils furent tués. Les familles n'eurent que leurs yeux pour pleurer. Les frères de Manisha étaient pauvres, ils ont été embarqués contre leur gré comme eux et ils n'avaient aucun moyen de résister.

Mais Ashmi est venue pour connaître une autre histoire que celle des frères. C'est ce qui est arrivé à sa mère qui l'intéresse.

— Et alors ? dit-elle d'un ton sceptique quand Manisha eut terminé.

Fébrile, Manisha fait un geste las de la main. Elle se dit que plus le récit serait long et compliqué plus l'explication serait noyée dans ses méandres et moins Ashmi réagirait à ce qu'elle devait lui annoncer.

— Attends, attends, écoute... Ils ont travaillé dans les cuisines et à l'entretien. Ils ont été payés mais c'était la guerre et il y a eu des bombardements sur les bases. Ils sont bien contents que ce soit fini. Eux aussi ils auraient pu mourir.

— Ici aussi il y avait la guerre, l'interrompt brusquement Ashmi. Ici aussi il y a eu des morts.

— Justement, s'enflamme Manisha. Ils ont appris que ton père et Tej avaient été tués et que j'étais seule avec ta mère et les petits. C'est pour ça qu'à la fin de la guerre d'Irak, au lieu d'aller en Jordanie comme ils l'avaient prévu au début, ils sont revenus.

— Mais... pourquoi ? s'étonne Ashmi. Tu avais besoin d'eux ? Tu le leur as fait dire ?

— Pas du tout ! se récrie Manisha. Mais... ils se sont sentis responsables.

Ashmi manque s'étrangler. Responsables, les frères de Manisha ! Des buveurs de *chang*, oui

— N'oublie pas que je suis leur sœur et que les petits sont leurs neveux. Ils sont comme leurs fils, maintenant que Tej n'est plus là.

Une boule serre la gorge d'Ashmi. Elle voudrait répliquer que les enfants sont les fils de Tej et de personne d'autre, mais elle n'y arrive pas. Comme à chaque fois qu'elle se remémore son frère, des larmes montent à ses yeux. La sentant affaiblie, Manisha s'enhardit et pousse plus loin son récit :

— Mes frères ont rénové la maison de mon père avec l'argent qu'ils avaient mis de côté, et ils ont décidé qu'on allait tous vivre ici

— Ici ? s'exclame Ashmi, surmontant sa peine. Avec vos trois parcelles ! Mais les terres de ton père n'ont jamais pu vous faire vivre. C'est pour ça que tes frères sont partis, non ?

Manisha se dit que le moment est venu de dire l'essentiel. Elle estime sacrifier sa vie personnelle à tenir la maison qui garantit le bien-être de tous et pense que si Ashmi n'est pas une mauvaise fille, elle ne se rend pas compte des difficultés d'être une jeune veuve avec deux enfants, une mère vieillissante, deux frères à nourrir, et une belle-mère à aller voir. Convaincue de sa bonne foi elle veut dire les choses le plus normalement possible mais pressée d'en finir elle se jette à l'eau d'un seul coup. Maladroitement.

— Les terres de mon père sont trop petites, oui. Mais ajoutées à celles du tien, ça fait une bonne propriété, tente Manisha.

— Les terres de mon père !!!

Ashmi est sonnée. Les idées se bousculent dans sa tête. Impossible d'avoir une pensée cohérente. Dans son esprit, une réalité émerge, insoutenable, et une peur très ancienne surgit. Celle des femmes dépossédées de leur bien pour cause d'héritage.

À l'université Ashmi a ouvert les yeux sur la réalité de la vie des femmes dans son pays qu'elle a pu comparer avec la vie des femmes en Occident. Et la différence l'a sidérée. Avant elle ne se posait pas la question. Elle ne connaissait la condition des femmes qu'à travers celles de son pays. Qu'elles n'aient pas droit sur l'héritage, qu'elles puissent être violentées par leurs mains sans qu'une loi les condamne lui paraissait normal. L'homme est seul maître à bord. Ashmi avait été élevée avec cette certitude. Quand le père de Manisha a brisé le bras de sa femme personne ne s'en est étonné, et quand ses fils sont revenus ils lui ont repris la maison. Mais ils la gardent et la soignent, et elle en est contente. Ce sont de bons fils, s'ils avaient été mauvais ils l'auraient jetée dehors et elle n'aurait rien eu à dire. Aujourd'hui Ashmi sait que les choses peuvent se passer autrement. En tout cas ce dont elle est sûre, c'est que, puisque son frère et son père ne sont plus là, les biens reviennent à sa mère. Or les frères de Manisha se les sont appropriés. Ils ont osé.

— Ils font leur devoir Ashmi, s'empresse Manisha effrayée par le visage blême de sa belle-sœur. Craignant cette fois une réaction violente elle se dit qu'il faut continuer à parler, vite. Il ne faut pas laisser à Ashmi le temps de s'emporter, il faut tout dire, dévoiler les bonnes raisons et le bien-fondé des actes de ses frères et de leurs décisions.

— Mes frères m'ont expliqué que ton père est mort avant Tej et...

Ashmi voudrait hurler, mais elle n'en trouve pas la force.

— Ils ont été tués le même jour ! dit-elle d'une voix retournée. Pourquoi parles-tu d'eux comme ça ?

Manisha est lancée.

— Oui, le même jour, mais ton père a été tué avant Tej. C'est très important. Même une heure, une minute, mes frères disent que ça suffit... avant de mourir Tej a hérité de lui et de ses terres.

Manisha est de plus en plus déterminée. Maintenant qu'elle a commencé, elle va jusqu'au bout. Elle veut tout expliquer, dire son droit.

— Puisque Tej a hérité, continue-t-elle, mes frères disent que les terres reviennent à son fils aîné, et comme il est encore trop jeune, ce sont eux qui héritent de la charge. C'est la tradition.

Elle a gardé ce mot pour la fin comme on lance un ultime argument. Si lourd que contre lui personne ne peut rien. Sur ces terres à l'écart du monde, la tradition est plus puissante que toute loi. Sa seule évocation clôt toute discussion. Un silence s'installe. Épais. Sur les tôles la pluie tambourine à nouveau de plus en plus fort, la vieille mère a cessé de tourner le *chang*. Son visage est grave. Elle a vu le visage d'Ashmi devenir d'une extrême pâleur. Ashmi a enfin compris : les frères de Manisha viennent de voler à sa mère, et donc aussi à elle, tous les biens de son père mort, et ils sont dans leur droit.

On dit qu'au moment même où l'être humain subit un choc si grand qu'il ne peut le supporter, il entre dans une sorte de sidération. Ses forces vitales sont anéanties, un grand froid entre en lui. L'esprit n'est plus en état d'aider à passer le choc. Tout se fige. Ashmi est dans cet état.

— Ils ont parlé avec ta mère, reprend Manisha cette fois d'une voix douce destinée à montrer sa bienveillance et celle de ses frères. Ils voulaient qu'elle vienne vivre avec nous...

De compatissante Manisha devient insensiblement plus péremptoire. Comme si elle parlait à une enfant déraisonnable et qui allait retrouver la raison, elle explique que tout le monde a à gagner dans cette solution.

133

— ... Au début, poursuit-elle, ta mère était un peu perdue, mais elle a fini par accepter. Elle a compris que c'était mieux pour elle de venir vivre avec nous que de rester seule en bas. Mes frères ont transporté ici son lit et le mien, les couvertures, les gamelles et les bidons. J'étais heureuse de nous savoir rassemblés, et les petits aussi étaient contents. La maison est tellement plus solide. Tu vois, il y a des fenêtres, c'est grand. Avec le béton le vent ne passe plus comme chez toi entre les pierres. Et la tôle protège mieux de la pluie que le chaume qu'il faut toujours combler. On n'a plus de rats et de chenilles qui y font les nids et nous tombent dessus la nuit.

Tout en détaillant avec enthousiasme les bienfaits de la nouvelle maison, Manisha désigne avec orgueil les murs de ciment, les fenêtres, le toit de tôle. Ashmi est sonnée, elle écoute sa belle-sœur avec cette insupportable voix, elle la regarde montrer fièrement tour à tour le toit, la porte, les fenêtres.

— Et maman ? lâche-t-elle soudain d'une voix blanche.

Mais il en faut plus que cette question au ton indirectement accusateur pour déstabiliser Manisha. Maintenant qu'elle a tout dit, elle se sent forte, prête pour ses fils et ses frères à défendre son nouveau patrimoine, bec et ongles. Elle pourrait tuer pour sa progéniture, pour engranger du bien quitte à en spolier les autres, fussent-ils de la même famille, fussent-ils leur tante, leur grand-mère ou leur sœur. Dans les méandres de son cerveau, elle enfouit ce qui pourrait la faire douter et lui dire que ce qu'elle fait n'est pas bien, n'est pas juste. Parce qu'elle est restée au pays, fidèle au rôle assigné par les siens, parce qu'elle tient la maison, élève les enfants, garde les parents, elle s'estime seule garante du patrimoine de la famille. La logique le veut, la tradition aussi. Elle n'a pas trahi. Ashmi a quitté le village pour étudier à Katmandou, elle a fait un autre choix. Qu'elle se débrouille !

— Ta mère n'a pas voulu rester ici, reprend-elle, soucieuse de montrer qu'elle a fait son devoir. On n'a pas pu la retenir. Et ça ne me facilite pas la vie. Je lui rends visite deux fois par semaine, même tard après ma journée de travail. Je lui porte des *chapatis* et je lui prépare le bois. Je fais du feu aussi. Tu ne t'en rends pas compte parce que tu n'es jamais là, mais elle n'est plus capable de rien. Elle n'est plus avec nous. J'ai même pensé au début retourner vivre en bas, près d'elle, mais il y a les petits. Ils sont mieux ici. Elle est têtue, elle ne pense qu'à elle en voulant rester là-bas...

— Elle a le droit de vouloir vivre dans sa maison ! Il faut la laisser tranquille !

C'est la vieille Népalaise qui a interrompu sa fille d'un cri de rage qu'elle retenait depuis longtemps.

— On lui a tout pris. Elle veut rejoindre son homme et son fils. Laissez-la ! Je comprends.

Choquée par ce ton violent, Manisha ne peut réprimer un rictus.

— Mais on n'a rien pris qui n'était pas à nous, et ici elle était bien.

— Ici elle n'était rien.

La vieille maman a crié ces mots avec une rage surprenante dans sa bouche si longtemps habituée à se taire. La pluie a cessé et le thé est froid. Dehors la nuit a fini de tomber, elle est d'un noir profond. On n'entend plus que le frottement de la longue cuiller de bois. La vieille maman a repris sa tâche comme si elle ne l'avait jamais laissée. La tête baissée elle tourne le *chang* dans la marmite. Elle sait ce qui vient de se jouer là. Aucune femme n'est épargnée par la loi des hommes et des traditions. Quand son mari et ses fils sont partis et que sa fille s'est mariée, elle s'est retrouvée seule. Sans argent pour vivre et personne pour l'aider. Aujourd'hui, elle est heureuse que la roue ait tourné et que ses fils soient revenus, et avec eux la vie et la chaleur du feu et la nourriture. Mais elle comprend la mère d'Ashmi. Elle aussi avait espéré la mort, seulement les dieux ne l'ont pas voulu. Voilà ce que pense la vieille Népalaise en continuant à tourner inlassablement le *chang* qui rend les hommes fous.

Pour Ashmi le choc est plus violent que tout ce à quoi elle s'était préparée. Elle avait imaginé la maladie, la folie, un autre homme pour Manisha, mais pas le vol des biens de sa famille. La douleur a atteint en elle des couches profondes. Elle est incapable de réagir.

— Il se fait tard, reprend Manisha comme si elles avaient parlé de choses sans importance. Il est temps de rentrer. Il faut faire attention tu sais, avec tout ce qui rôde…

Ashmi la regarde et dans ce visage elle voit ce qu'elle n'y avait jamais vu : l'égoïsme, celui qui peut aller jusqu'à tuer. Ce mal ordinaire qui se cache derrière les bonnes intentions, derrière les chaleureuses odeurs de cuisine, dans le visage de madone et la voix accueillante de cette Manisha, merveilleuse épouse et mère.

Ashmi voudrait lui jeter à la face sa véritable nature, mais elle n'y arrive pas. Un voile s'est déchiré qui lui cachait un monde de ténèbres. Un monde près duquel elle avait vécu sans jamais le savoir, sans même soupçonner une seconde son existence. Si bien caché qu'il était sous la douce et rassurante apparence des repas de famille, des maisons bien tenues et du travail bien fait. Manisha a ouvert une porte sur ce monde noir, et le cœur d'Ashmi tremble. Elle ne pourra rien contre ce qui vient d'avoir lieu. Alors, sans rien dire, elle se lève et s'en va. Manisha ne la retient pas. Mais la vieille maman népalaise est sortie sur le pas de sa porte et elle crie dans sa direction.

— Ne reviens jamais dans les montagnes, Ashmi ! Tu m'entends, jamais !

Accompagnant ses exhortations la vieille femme fait maintenant de grands gestes avec les bras. Elle crie fort et gesticule, on la croirait gagnée par une folie. Elle tient à la main le sac de plastique, Ashmi remonte le prendre.

— Pars à la ville… ne reviens jamais. Fuis-nous, fuis-les…

Effrayée, Ashmi descend les marches au plus vite au risque de glisser à chacune d'elles, dépasse le village. Les maisons disparaissent, happées dans la nuit derrière les rideaux de brume. On n'entend plus que l'aboiement aigu d'un chien dérangé dans son sommeil. La gorge nouée, des larmes plein le visage, elle s'éloigne sur le sentier boueux. Elle est seule, elle a froid, le vent siffle à la cime des arbres et le sang dans son cerveau cogne à lui en faire éclater la tête.

16

Karan a quitté le journal après la conférence pour se rendre chez miss Barney. Sa journée a été difficile. Réunions, conflits d'opinions, comptes rendus d'assemblées diverses, accidents et faits divers, reportages humanitaires, que du quotidien sans grandes avancées. Le papier de Suresh sur les chiffres du tourisme en augmentation est passé et a plu en haut lieu. Il a eu des compliments qui ne lui ont pas fait plus de plaisir que ça, au contraire il a eu le sentiment d'être rentré dans le rang, de s'être conformé à ce qu'il ne voulait surtout pas faire. Aucun commentaire ne lui a été rapporté sur l'encadré consacré à l'assassinat de Durga. Il a bien fait de passer les deux papiers en même temps car le danger de se voir menacé de mort est réel.

Scooters zigzagants, voitures cornant à tout bout de champ, trottoirs surchargés de piétons indisciplinés, comme toujours en fin de journée la grande artère qui traverse Katmandou de part en part est un joyeux bazar. Karan a mis son orgueil de côté, et choisi d'oublier l'accueil froid de miss Barney, la veille. Il a besoin d'informations sur les femmes alpinistes. Il est de plus en plus persuadé qu'il va pouvoir faire passer aux femmes de son pays un message autre que misérabiliste ou victimaire. Des femmes conquérantes, ça changera des femmes battues et violées. Il faut des informations positives. Karan croit en la force des symboles. Il regarde l'heure sur son portable.

— 18 heures ! Parfait. Cette fois au moins miss Barney ne va pas me reprocher d'arriver trop tôt ou trop tard.

Il quitte la grande artère et passe le coin de la rue, puis s'arrête devant une longue allée pavée bordée de poinsettias qui semble, par une magie inexplicable, échapper au capharnaüm général. Rien de sale et de bruyant ne semble avoir pénétré en ce lieu. Un chant d'oiseau anime l'air de son gazouillis léger et une herbe rase a poussé au milieu de la longue allée comme dans un domaine ancien sublimé par le temps. De part et d'autre, de grandes et fières maisons à étage, construites sur un même modèle architectural des années vingt, alignent le blanc délavé de leurs structures géométriques. Sous leurs toits en terrasses, de fins bandeaux en creux ont été peints d'un jaune encore intense par endroits malgré les années et, çà et là, des fleurs de poinsettias étalent avec harmonie le rouge vif de leurs pétales. Rien, en ce lieu exceptionnel, ne semble avoir subi la moindre transformation depuis un temps lointain. Seuls des fils électriques ont fait leur apparition, traversant les géométries sans aucun complexe, enceignant les rotondes, passant au plein milieu de certaines fenêtres sans y prêter aucune attention, les condamnant à ne s'ouvrir que partiellement. Dans les jardins attenants, de grands pins au vert sombre ont poussé haut, donnant à l'ensemble de ce lieu stupéfiant un air lointain de Méditerranée.

— Quelle rue magnifique !

Miss Barney est flattée de son étonnement.

— Vous avez sans doute raison sir Karan, cet endroit est un peu à part. Mais depuis plus de cinquante ans que je vis ici je ne le vois plus. Cela dit, je ne pourrais vivre ailleurs.

— Je ne connaissais pas ce quartier. Y a-t-il plusieurs rues comme celle-ci ?

Dans son fauteuil de cuir, par endroits bruni de patine, miss Elisabeth Barney a pris un air malicieux.

— Vous êtes venu jusqu'ici pour avoir des informations sur le quartier ? C'est peu commun. Cela me change terriblement des questions habituelles sur le dernier touriste qui a grimpé l'Everest avec ou sans oxygène.

Karan paraît surpris.

— Un alpiniste est un « touriste » ?

— Oui, pourquoi ? Vous voulez que je dise quoi ? « L'explorateur, l'aventurier » ? Au cas où vous ne le sauriez pas, autant vous le dire tout de suite, ici les exploits s'achètent cher et on se bouscule au portillon.

Quelque peu gêné par cette introduction aux précisions rapides auxquelles il ne s'attendait pas de la part d'une dame de cet âge et de si grande réputation, Karan esquisse un sourire de politesse un peu crispé. Vu le personnage, ce n'est peut-être pas la peine de tourner en rond et autant aller droit au but.

— En fait, miss Barney je ne viens pas vous parler ni d'exploits ni d'héroïsme.

— North Face !

— Pardon ?

— North Face. Ça ne vous dit rien ? Vous ne connaissez pas ?

— Euh…

— Je vois. Vous êtes un véritable novice, je voulais vérifier. Sachez qu'ici tous les touristes futurs héros conquérants de l'Everest, portent un équipement North Face. À part quelques égarés qui n'ont pas compris où ils se trouvaient, vous ne verrez rien d'autre. Vous vous imaginez en haut du toit du monde avec un Quechua sur le dos ? Soyons sérieux. Ici vous êtes sur les terres du « North Face ».

Karan ne sait plus quoi penser. Il écoute sans bien tout comprendre ce discours surprenant, décousu.

— La face nord d'une montagne, continue miss Barney imperturbable, c'est en général la face d'une montagne la plus difficile à escalader. Et il est évident que le touriste qui se destine à l'exploit adore la difficulté. Mais je vous rassure, personne ne monte par la face nord. Tous grimpent par la voie classique à la file indienne en se tenant aux cordes et aux échelles. Un homme, le philanthrope de l'écologie, Douglas Tompkins, a bien compris cette aspiration qui sommeille en chaque héros potentiel et vu le bénéfice qu'il pourrait en tirer. Un vieil adage, « l'habit fait le moine », a fait sa richesse. L'être humain est très simple, sir Karan. Il rêve d'aller plus haut, d'être plus beau, etc. Tompkins lui a fourni l'habit et le décor de son rêve. Blousons, doudounes, gants, bonnets, sacs à dos. Sa prestigieuse marque « North Face » comble pour ces touristes l'aspiration à l'unique, à l'excellence. Car tout est à vendre, surtout le rêve. En fait, nous sommes tous à vendre, n'est-ce pas sir Karan ?

Depuis qu'il a posé le pied dans ce bureau Karan n'a pas eu le temps d'ouvrir la bouche, pas même pour se présenter. Miss Barney l'a cueilli d'entrée. Mais là, sa réponse fuse :

— Non, miss Barney. Tout le monde n'est pas à vendre.

Le ton est ferme, sans ambiguïté. Elle n'attendait pas une réponse aussi nette. En fait elle n'attendait rien. Mais cette fois c'est elle qui semble déstabilisée. Ses bons mots faciles font habituellement leur effet. En général ses interlocuteurs rient et approuvent. En rajoutent même. Mais dans son costume de coupe européenne, sir Karan n'a pas l'air de rire.

— Bon, se reprend-elle, consciente d'avoir été un peu loin. Je ne vais pas vous ennuyer plus longtemps avec mes digressions. Je vous ai interrompu. Vous étiez venu me demander quelque chose.

— Oui, je...

— Vous aimez le thé ?

— Euh... oui.

— Razu !

Karan ne sait plus quelle attitude adopter. En l'interrompant à nouveau, Miss Barney le prend encore une fois au dépourvu. Il voudrait parler mais voilà qu'un serviteur fait son entrée. *Topi* traditionnel sur la tête, *kurta* claire et pantalons *shalwar* blancs, il semble droit sorti d'une page de *Tintin au Tibet.*

— Oui, miss. Vous m'avez appelé ? dit-il en s'inclinant

— Vous pouvez servir le thé, Razu.

— Bien, miss.

Tout y est, la vieille Anglaise plus anglaise que jamais, le serviteur exotique et zélé, et le décor de bois et d'acajou vieilli du bureau chargé de livres et de papiers, avec la vieille Coronet Super 12 des années cinquante et sa housse de plastique jaunie.

— Je vous écoute sir Karan. Vous disiez ?

Cette fois il ira jusqu'au bout.

— Je venais vous parler des femmes, miss Barney. Je pense que vous en croisez beaucoup et des alpinistes

143

les plus célèbres. Je voudrais avoir des informations sur leurs caractères, leurs expéditions…

— Encore ! Ah non ! Assez ! (Très contrariée, elle s'est levée d'un bond.) On ne me parle que de femmes ces temps-ci. Comme s'il suffisait d'en être une pour que les choses deviennent intéressantes.

À ce qu'on lui avait dit de miss Barney, Karan s'était préparé à diverses éventualités, se faire rabrouer, balader, mais il n'avait pas imaginé une personnalité aussi déroutante ni une réaction aussi virulente.

Depuis qu'il a été introduit dans ce bureau, rien ne se passe normalement. Cette miss Barney lui paraît sortie d'un vieux documentaire, quand l'exotisme du monde se découvrait sur pellicule, et qu'il suffisait d'aller sur les traces d'une vieille Anglaise au Népal pour que le voyage commence. Quand l'ailleurs était magique. Sauf que, cette fois, le voyage est plus complexe. Karan n'est pas un Occidental découvrant le Népal. Il est à la fois népalais et occidental. La magie de l'ailleurs n'opère pas sur lui et les voyages d'aujourd'hui ne sont pas ceux du passé. Un simple billet d'avion et on se retrouve sur un autre continent, plusieurs fois dans une vie si on veut, plusieurs fois dans un mois et même dans une semaine. Surtout quand on a deux pays, voire plusieurs. En revanche, un voyage dans le temps, c'est beaucoup plus rare. Exceptionnel, et même inespéré. Les conditions pour que pareil voyage ait lieu sont hautement improbables. Or Karan est en train de vivre ce moment. La découverte de cette invraisemblable miss Barney est à elle seule un voyage ahurissant. Beaucoup d'années ont défilé sur le pavé de cette rue aux poinsettias rouges, et sur les murs de ces villas fanées. Des années de vent, de pluies et de soleil délavant les peintures, emportant le présent à jamais. Combien de temps s'est envolé de ce bureau ciré encombré de livres anciens et de revues d'alpinisme, de ces photographies et décorations encadrées avec des écritures gravées en capitales d'or pour des noms majestueux qui signent une époque, « Queen Elisabeth » et « King Albert » ? Des journalistes comme miss Barney, statufiées dans leur rôle ; Karan n'en a jamais rencontré ailleurs que dans des livres ou des films. Il est très ému. Comme s'il voyageait loin, au temps des Ranas. Un temps passé dont la proximité le bouleverse. Comment un pays si vivant peut-il être aussi antique ? Ce pays qui est le sien. Le serviteur de bande dessinée vient de revenir. Il installe cérémonieusement sur une table à thé une multitude de plateaux et d'assiettes chargées de toutes sortes de mets et gâteaux et pose devant Karan une tasse à fleurs comme il ne s'en fait plus, tout en le regardant d'un œil étrangement réprobateur. Peut-être même un œil noir.

— Je ne vous comprends pas sir Karan. Pourquoi les hommes semblent-ils aussi intéressés quand les femmes prennent le même chemin qu'eux ? Dites-moi ? Veulent-ils donc qu'elles deviennent comme eux ?

Miss Barney le prend encore de court. Elle semble pourtant calmée et sourit. Perturbé par ses pensées confuses, Karan n'essaie pas de répondre.

Elle s'est calée tout au fond de son fauteuil de cuir et Karan la regarde maintenant boire son thé, bien droite avec son petit doigt en l'air. Il essaie de rassembler ses idées, il ne sait plus ce qu'il doit dire et il a presque oublié ce qu'il est venu faire.

— Razu !
— Oui, miss ?
— Un nuage s'il vous plaît.

Razu verse délicatement quelques gouttes de lait dans la tasse à l'aide d'un pichet d'argent ciselé. Sa patronne est contrariée. Quand tout va bien, elle ne boit pas de lait.

Effectivement Razu voit juste, miss Barney a surmonté sa contrariété mais elle n'est pas sereine. Dernièrement plusieurs journalistes sont venus l'interroger. Un défi a été lancé et il n'est pas pour rien dans cet intérêt soudain. Dans l'année trois alpinistes aguerries, l'Italienne Nives Meroi, l'Autrichienne Gerlinde Kaltenbrunner et l'Espagnole Edurne Pasaban se sont lancées à la conquête du titre de première femme au monde à gravir les 14 sommets de plus de 8 000 mètres. Depuis que cette « course aux 14 » est lancée, miss Barney a senti un net changement. Le milieu des journalistes spécialisés ne parle plus que de ces « amazones » et les termes de comparaison physique habituels fleurissent. Plus belle, moins belle, plus fine, plus nerveuse, moins gracieuse, plus gracieuse, ils plongent avec volupté dans tous les poncifs. Ce qui n'est pas pour plaire à miss Barney. En s'enfermant dans sa tour d'ivoire népalaise elle pensait avoir laissé définitivement derrière elle tous ces codes de séduction féminine qui lui faisaient horreur quand, dans les soirées de sa jeunesse et dans le monde du journalisme de son époque, il était bien vu de faire la jolie, et parfois bien plus pour attirer l'attention des supérieurs masculins. Jeu asservissant qui laissait de côté celles qui ne s'y soumettaient pas et avaient le malheur d'avoir des ambitions. Le rude milieu masculin de l'alpinisme l'avait lavée de toutes ces niaiseries. Ce fut vrai, pour un temps. L'arrivée des femmes changea tout. Or ce que miss Barney aimait par-dessus tout sans se l'avouer, c'était aussi d'être seule dans ce monde d'hommes. Au monde fermé du grand alpinisme elle n'est pas n'importe qui. Monter sur le toit du monde est une chose, être inscrit sur sa liste officielle en est une autre. Aucune ascension du mythique sommet n'en est une si elle ne l'a pas approuvée. Miss Barney s'est forgé un pouvoir reconnu par les hommes les plus rudes qui soient. Une immense victoire. Quand elle est entrée dans la vie professionnelle ils occupaient tous les postes, faisant et défaisant les carrières féminines à leur gré. Ils disaient oui, ou non. Elle a vite compris que vu son manque de souplesse à leur égard ce serait plus souvent non que oui. C'est pourquoi le jour où elle est arrivée au Népal un peu par hasard, et qu'elle a vu qu'ici les niaiseries n'avaient pas cours, elle est restée. Elle sait bien que çà et là on imagine une histoire d'amour qui l'aurait retenue, un homme qui aurait péri dans les neiges. Elle resterait là par fidélité. La légende est romanesque mais il n'en est rien. Miss Barney a fui ses origines et elle est restée au Népal parce qu'elle y a acquis un rôle incontournable pour l'obtention duquel elle n'a eu personne à séduire.

Aussi étonnant que cela puisse être pour une dame qui ne quitte sa maison que pour se rendre aux cocktails, c'est elle qui sanctionne les exploits masculins. Pour cela elle n'a même pas cherché à prouver qu'elle aussi pouvait grimper l'Everest, chose qui lui est parfaitement étrangère et la laisse indifférente. Elle n'accorde pas plus d'importance aux exploits qu'aux héros. Elle ne leur a pas demandé leur assentiment pour obtenir son pouvoir, elle le leur a imposé. Les contraindre à reconnaître sa compétence fut un chemin exigeant, long, et la plus grande de ses victoires. Personne à part elle n'a réussi ce tour de force de débusquer les menteurs. Ceux qui disaient avoir accédé au sommet et qui n'y étaient pas parvenus. Interrogatoires des postulants et des sherpas, recoupements détaillés, photographies, au fil des années l'arsenal de vérification de miss Barney forgé par une immense patience a imposé sa complexe minutie et son efficacité. Dans un monde toujours à plus de quatre-vingt-dix pour cent masculin, elle s'est construit un royaume. L'âge qui avance n'y fait rien, ils viennent toujours chercher son approbation. Les nouveaux médias ont failli lui être fatals. Aujourd'hui on peut se filmer en direct du haut de l'Everest, On n'a plus besoin de l'arsenal de miss Barney pour prouver qu'on est en haut. On le montre. Mais la marque qu'elle a créée est si profondément ancrée dans l'imaginaire himalayen que tous veulent paraître sur sa liste. C'est le Graal. Sans ce sésame l'exploit n'en est pas vraiment un. Il y manque la légende. Miss Barney a gagné contre les nouveaux médias. Or voilà qu'arrivent les nouvelles héroïnes. Des jeunes femmes qui ne se sont pas libérées du pouvoir masculin pour s'encombrer de celui d'une vieille journaliste. Elles n'ont que faire de son avis. Miss Barney le sait et cette fois elle en est sûre, son royaume est perdu. Mais qui pourrait comprendre ?

— En fait, sir Karan, je ne suis peut-être pas la meilleure personne pour vous parler des femmes et de la montagne. À part vous dire qu'il y en a de toutes sortes, des courageuses et des irresponsables, certaines qui font du tourisme et d'autres qui font des exploits, je ne vous apprendrai rien que des banalités.

La malice de miss Barney a disparu, Karan décèle une pointe de tristesse dans sa voix. Tout en dégustant son thé et remarquant qu'il parfume inhabituellement tout son palais et jusqu'à ses narines, il sent que quelque chose a profondément touché la vieille journaliste, mais il n'arrive pas à comprendre ce que c'est. Il désire poursuivre la conversation pour en savoir plus, et cherche à rattraper la situation sans bien savoir cependant comment s'y prendre.

— Ce thé est délicieux, dit-il spontanément en reposant sa tasse. Il dégage comme un parfum de mandarine. J'en ai rarement bu d'aussi fin.

Miss Barney retrouve le sourire instantanément. Karan ne pouvait trouver meilleure entrée.

— Je suis heureuse que vous le remarquiez. C'est un thé blanc, très rare. On le cultive sur les hauteurs de l'Himalaya pour une prestigieuse maison française qui m'en offre chaque année quelques grammes.

— Quelques grammes que vous me faites partager ! Quel honneur, merci miss Barney.

— Je ne vous cacherai pas que j'ai hésité, mais j'ai eu une bonne intuition. Puisque vous ne portez pas du North Face comme le tout un chacun qui débarque ici, j'ai pensé que vous aviez peut-être des exigences autres que l'apparence des choses.

— En fait c'est plus simple que ça. Je ne fais ni trek ni alpinisme. Sinon je porterais un équipement North Face, comme tout le monde. Vous aussi d'ailleurs, miss. Non ? Qu'en pensez-vous ?

Il rit, et elle aussi. Cette fois, ils venaient vraiment de faire connaissance.

Ils burent le thé et parlèrent longtemps. Miss Barney expliqua à Karan combien le milieu de l'alpinisme avait changé. Elle, qu'on disait si avare de ses informations, fut intarissable. Parce qu'il n'était pas du milieu, qu'elle ne risquait pas de le heurter et qu'il lui inspirait confiance, elle déversa un flot de choses qu'elle avait sur le cœur et n'avait jamais dites. Cette rare liberté de parole la soulageait, Karan ne l'interrompait pas. Il l'écoutait avidement, stupéfait du monde qu'il découvrait et dont il ne connaissait qu'une seule image. Toujours la même. Une image d'alpinistes engoncés dans des anoraks sur le haut de montagnes enneigées. En équipe, en solo, sous des tentes, accrochés à des cordes, grosses lunettes, ou visages cramés par le soleil, leurs exploits et même leurs drames l'indifféraient. Le milieu de l'alpinisme ne l'avait jamais intéressé et il n'aurait pas soupçonné qu'il fût si intéressant.

Razu faisait des allers-retours et remplissait les tasses, ses scones eurent du succès, il regardait Karan s'en empiffrer sans retenue tout en dévorant les récits de miss Barney. Plus elle parlait, plus il mangeait. Sa patronne fut bavarde comme il y a bien longtemps qu'elle ne l'avait été. Elle avait l'air heureuse de raconter, on aurait dit qu'elle se libérait de quelque chose. Rien que pour ça, Karan était le bienvenu. Et même s'il ne lui revenait pas tout à fait à cause de sa tête de Népalais qui le perturbait puisqu'il était censé venir d'Europe, Razu ne regrettait pas d'avoir sorti les tasses.

Lorsque Karan quitte la maison de miss Barney, la nuit n'est pas loin. C'est une heure entre chien et loup. Une heure où les derniers passants ne traînent plus dans les rues et se hâtent de rejoindre leurs appartements. Depuis les fenêtres de la cuisine, Razu regarde le journaliste qui s'éloigne dans l'allée et tourne au coin de la grande rue. Mais au lieu d'aller du côté gauche qui mène au pont et rejoint directement le quartier de Thamel, il le voit hésiter et prendre à droite, à l'opposé. Razu sursaute. « Que va-t-il faire de ce côté ? Ce n'est pas du tout le chemin de son hôtel » se dit-il en fronçant les sourcils.

Il a un mauvais pressentiment. Et si cet homme était un menteur, s'il était venu pour tirer les vers du nez à sa patronne. Mais dans quel but, et qu'aurait-elle pu lui dire de si grave et de si secret ?

Quand la nuit tombe, Razu n'est plus le même homme, une intense paranoïa s'empare de son esprit. Derrière chaque passant qui s'attarde il croit deviner la silhouette des ombres qui tuent puis s'évanouissent, et qu'on n'attrape jamais. Karan n'est pas parti dans la bonne direction, c'est suffisant pour déclencher chez lui de noires pensées. Et si ce Karan était une ombre malfaisante ? Bientôt il en est persuadé, et horrifié. Il n'a rien vu, rien deviné. Ce Karan a fait parler miss Barney, elle si discrète sur les failles et les secrets de son milieu n'en avait jamais tant dit. L'ombre est entrée dans la maison avec un visage avenant et sa patronne s'est abandonnée. Miss Barney est en danger. Razu devient blême. Il pose la tasse qu'il était en train de nettoyer et d'un seul coup monte à l'étage en courant, prend le *kukri* dans sa chambre et sort de la maison en claquant la porte derrière lui. Comme un fou, il s'en va seul dans le soir.

17

Karan marche au hasard dans les rues. Sa rencontre avec miss Barney lui a fait du bien et il n'a pas voulu rentrer tout de suite. À l'opposé de Thamel, Patan est une ancienne ville royale, ville d'art. Les constructions anarchiques l'ont soudée à la tentaculaire Katmandou dont elle est devenue une sorte de grand quartier. Karan a envie de déambuler dans ce qui fut le fief de ses ancêtres, les Newars. Il a toute la nuit devant lui. Les journées sont chargées et le journal lui prend tout son temps. Miss Barney lui a ouvert les yeux sur les expéditions actuelles. Sur l'argent roi qui les domine au mépris de toute raison, de tout danger. Il pensait que les trekkeurs venus d'Occident étaient parmi les plus civilisés, les plus sensibles aux questions d'éthique, les plus humanistes qui soient. Il découvrait que les choses n'étaient pas si simples. Il a cru même comprendre qu'elle ne lui avait pas dit le plus grave. « Pour ne pas trop vous désenchanter », lui a-t-elle avoué. Il n'a pas insisté. Il avait envie d'aimer ce pays. Alors il s'en est allé vers Mangal Bazar et Durbar Square, flâner du côté des vieux quartiers, il s'est enfoncé dans les ruelles à la recherche des cours entre les maisons où les Népalais se réunissent, le soir. Les enfants y jouent, les vieux discutent. Il aurait aimé trouver une tranche de vie simple, de celle qu'il n'a jamais connue. Seulement l'heure est tardive, il n'y a plus personne. Des chiens rôdent, inquiétants. Ils grognent et tour à tour le suivent puis le quittent. Çà et là de petites lumières vacillent sur le rebord des temples au coin des rues et sur les places. Karan s'arrête et regarde autour de lui. Il a le sentiment d'être suivi. Ce sont certainement les chiens. Il ne voit pas l'éclair d'une lame briller par instants furtifs sous les porches et dans l'ombre des cours. Il n'a pas peur. Il se sent bien et s'assied sur la margelle d'une petite fontaine. Le bruit de l'eau est agréable. La nuit est profonde mais ses yeux s'habituent. Il est sur les terres très anciennes du premier peuple tibéto-birman venu habiter la vallée. Les newars, des rois chassés par d'autres rois. C'était un temps obscur où il était facile d'être roi et plus facile encore de ne plus l'être. Les dynasties se succédaient. Dans un livre érudit sur l'histoire politique de son pays natal, Karan a découvert l'incroyable diversité des influences qui se sont succédé sur ce bout de terres. D'épaisses forêts, des marais, des montagnes inaccessibles, le territoire ne facilitait pas le rassemblement. Les newars puis les Shas, puis les Ranas et ainsi de suite. Les successions se sont faites au coup de force. Des complots, des trahisons, des massacres, voilà ce que fut le Népal il y a très longtemps. Karan comprend mieux pourquoi l'unité a eu du mal à se faire, le pays n'a même pas attiré les colonisateurs. Trop compliqué, pas assez riche. Quant aux liens privilégiés avec les Britanniques, ils sont dus à l'Histoire. Celle des guerriers gurkas à l'immense réputation, qui manient le *kukri* à faire voler la tête d'un éléphant d'un seul coup de lame. Des hommes qui ne reculaient pas et qui ont fourni à l'Angleterre des régiments entiers pendant les Première et Seconde Guerres mondiales. Des milliers d'hommes. Karan n'a pas envie de retourner sur le passé, mais comment faire autrement quand ici tout parle d'hier ? La veille encore il a ouvert le beau livre. Certaines photographies l'ont meurtri. La chasse était la passion des Ranas, les plaines du Teraï grouillaient d'une faune somptueuse, des tigres fascinants, de souples léopards, de lourds rhinocéros et des éléphants. Des crocodiles. Les rois britanniques et népalais en firent de concert leur terrain de jeux. Ils massacrèrent sans état d'âme et en quelques années l'une des plus belles faunes du monde. Fièrement le livre étale leurs conquêtes. Sur un cliché de 1911, plus de soixante éléphants sont alignés en l'honneur de la chasse du roi Georges V. Au total on en rassembla plus de trois cents. En ce temps-là les parties de chasse étaient prestigieuses, on massacrait le jour et on dansait le soir au son de l'orchestre militaire. On se photographiait. Le prince Edouard pose, altier. « À lui seul », dit la légende du cliché (disons avec l'aide efficace de centaines de rabatteurs) il a tué dix-huit tigres, huit rhinocéros, deux ours et deux léopards. Le roi Georges V, juché sur un *howdah*, cage élégante posée sur un dos d'éléphant « achève un tigre blessé ». On le voit haut et loin, bien à l'abri des coups de griffe du fauve agonisant. Un maharaja pose avec sa collection de trophées, peaux suspendues, cadavres rigides affreusement secs alignés par centaines. Sur un autre cliché, cent soixante-huit léopards somptueux sont aplatis en un immense et royal tapis.

Ce passé est présenté avec tant de fierté que Karan s'interroge. Qu'est-ce qui a poussé ces hommes d'une élite sociale, a priori cultivée, sensibilisée, à massacrer autant ? Voir tant de sang couler, fût-il du sang animal, quel effet cela faisait-il ? Ces hommes portaient-ils encore en eux les gènes des premiers tueurs de mammouths qui tuaient pour manger et survivre ? Ou alors, plus simplement, leur position leur permettait-elle d'assouvir en toute impunité des tendances que tout homme civilisé refrène, et dépasse. La photographie toute récente du roi d'Espagne Juan Carlos posant avec la même fierté devant un éléphant qu'il venait d'abattre au cours d'un safari au Bostwana revient à la mémoire de Karan. La trompe de la bête était coincée contre le tronc d'un arbre le temps de la photo. Le monde entier a été choqué. Pourquoi certaines choses tardent-elles autant à disparaître, et pourquoi certaines barbaries semblent-elles immuables. Étrange chose que les traces de l'histoire qui font la fierté, ou le dégoût.

Karan ne sait toujours pas qui lui a offert ce livre des anciennes élites. Ni pourquoi. Le vieux Ram n'a encore rien pu lui dire de précis. Il lui a avoué avoir une petite idée mais il attend d'être sûr.

Des aboiements de chiens lui font soudain dresser l'oreille. On dirait une meute qui part en chasse. Karan se lève et frotte le derrière de son pantalon, la margelle était humide. Il sourit et, mains aux poches, reprend tranquillement son chemin en remontant cette fois vers Thamel. Il est temps de rentrer dormir. Soudain une brûlure le cloue sur place, du sang coule sur ses mains. Son dos lui fait horriblement mal. Il entend la meute arrivant à la course en hurlant et tombe au sol. Il ne voit pas le premier des chiens fauves débouler sur la place et planter ses crocs dans une ombre qui s'évanouit dans les ruelles en hurlant à la mort.

La nuit est retombée sur la place antique. Les chiens dévorent les immondices. On entend des grognements et le bruit sec de leurs mâchoires qui se referment en arrachant des lambeaux indistincts. Un grand chien au pelage sombre tourne en rond autour de Karan, le renifle. On dirait qu'il hésite, puis il finit par se coucher près du corps. Il reste immobile, comme s'il veillait.

18

Miss Barney a entendu claquer la porte. Elle a compris que Razu était sorti et elle l'attend, terriblement inquiète. Les heures passent, interminables. Il ne rentre toujours pas et miss Barney s'endort sur son fauteuil. Quand elle se réveille, le jour est presque levé. Elle court au vestibule. La porte est fermée et les murs sont tachés de sang. Horrifiée, miss Barney monte à l'étage et ouvre la porte de la chambre de Razu. Il est allongé en travers du lit, son bras déchiré est ensanglanté. Elle pousse un cri affreux.

— Mais qu'est-ce qu'il s'est passé ? Qu'avez-vous fait ? Vite, je vais vous conduire à l'hôpital. J'appelle le docteur Pracha.

Il agrippe sa jupe de sa main libre.

— Non, hurle-t-il avec une voix de désespéré. Non, miss, non.

Elle n'en saura pas plus, il semblait possédé. Elle l'a menacé, elle a crié, en vain. Il n'a rien voulu dire. Comprenant qu'elle n'en tirerait rien elle a appelé dans l'urgence un ami médecin qui a gardé le silence. Ce n'est que le lendemain, quand elle a appris pour Karan, qu'elle a compris. L'ombre qui a planté le *kukri* dans le dos de Karan, c'était Razu. Elle s'est torturée l'esprit, que faire ? Le dénoncer ? C'était l'envoyer au massacre. Les prisons sont mortelles aux hommes de basse caste. On y meurt sous la torture ou les coups. Pracha a fait comme si de rien n'était, il n'a rien demandé et a soigné Razu jusqu'au bout. Et miss Barney s'est tue. Mais dès le lendemain elle est montée parler à Razu. Il dormait, assommé par les médicaments. Encore bouleversée, elle s'est assise dans un fauteuil et a attendu qu'il se réveille. Pourquoi a-t-il fait ça ? Razu est un mystère pour miss Barney. Sa présence la rassure car, même si elle ne l'avoue pas, il lui arrive d'avoir des peurs. Elle fait mine de râler après lui, mais elle aime qu'il vienne la récupérer avec une lampe quand elle rentre tard. D'autres fois, curieusement, il lui est arrivé de ressentir à son encontre une certaine inquiétude qu'elle ne s'explique pas. Certaines nuits elle l'a entendu marcher dans la maison. Elle appelait mais il ne répondait jamais. Au matin il niait s'être levé. Cette fois la chose est grave, elle veut comprendre.

La lumière du jour qui filtre au travers des rideaux éclaire doucement la chambre où elle ne vient jamais. C'est le domaine privé de Razu et elle n'a jamais eu envie ni besoin d'enfreindre leur règle tacite de discrétion. Elle revoit avec plaisir les beaux meubles anglais qui appartenaient à sa mère et qui étaient ceux de la chambre d'amis de Boston. Le lit à bois tourné, la grande armoire et les confortables fauteuils de cretonne, le bureau de palissandre, le tapis de laine. Les rideaux fleuris sont ceux qui appartenaient à sa grand-mère et que sa mère avait recyclés à Boston. Miss Barney les a fait raccourcir pour qu'ils s'ajustent à la hauteur des fenêtres. Elle constate avec plaisir qu'ils sont encore bons. Elle aime que les choses durent, qu'elles fassent leur temps. Elle aime entretenir, montrer du respect aux choses qu'elle possède et qui viennent de si loin. Razu a une respiration saccadée, il rêve, se met à pousser des cris, il est en nage. Elle court chercher une serviette, de l'eau et les lui passe sur le visage. Il se réveille, hagard. Il a besoin d'un certain temps pour retrouver ses esprits. Il ne comprend pas ce que miss Barney fait là, penchée sur lui. Puis, soudain, il se souvient et s'affole.

— Pardon miss, pardon, je n'ai pas voulu, je...

Il hoquette, il n'arrive pas à parler. Elle le sent dans une extrême tension, si intense qu'il pourrait ne pas y survivre. Pracha l'a avertie. Razu est très faible, il a perdu beaucoup de sang, il lui faut du calme sinon il ne répond pas de sa vie. L'infection est grave.

— Calmez-vous Razu, vous me direz plus tard. Rien ne presse. Je suis là.

Maintenant c'est elle qui a peur de le perdre. Elle ne peut imaginer sa vie sans lui.

— Je sais que vous avez voulu tuer Karan cette nuit Razu. J'ai trouvé un *kukri* ensanglanté sous votre lit.

— J'ai eu peur miss.

— De quoi ? Qu'avait-il fait ?

— Il vous voulait du mal.

— Vous êtes fou Razu, vous êtes dangereux.

Il s'était récrié, horrifié qu'elle lui parle ainsi.

— Non miss, non. J'ai eu peur.

— Peur ! peur ! Mais de quoi à la fin, allez-vous le dire !

Il lui expliqua qu'il avait toujours eu peur, depuis l'enfance. Il croyait que c'était passé, mais la peur était revenue. Il avait peur de la perdre, peur des ombres qui tuent. Certaines nuits il était persuadé qu'elles étaient rentrées dans la maison pour la tuer. Alors il se levait et les cherchait, *kukri* à la main, pour les tuer avant qu'elles ne la trouvent.

Razu avait toujours été celui qui la protégeait. À partir de maintenant, miss Barney se dit que c'était à elle de veiller sur lui. Elle devrait se montrer vigilante, il était fragile, elle le sentait. Mais elle ne voulait pas qu'on le lui prenne, elle allait s'en occuper. Elle devait lui enlever la peur. Pour la première fois de sa vie elle eut le sentiment d'avoir quelqu'un à protéger et ce sentiment nouveau lui donnait une grande force. Une étonnante paix.

19

Des filets de brume s'accrochent aux parois de la gigantesque montagne. La veille Ashmi est rentrée de chez Manisha, trempée. Sa mère était endormie à même le sol. Personne vers qui se tourner, personne à qui parler. Ashmi a peur. Hier encore elle avait une famille, une maison, des terres. Aujourd'hui elle n'a plus rien que sa mère folle. Son pays lui semble venir du fond des âges, dur, avec ses villages et ses maisons chargées de menaces anciennes, de violences souterraines.

Elle se revoit enfant quand, blottie parmi les siens, elle se croyait à jamais protégée de tout, du froid, de la pluie, et des dangers qui rôdent dans la nuit. Tout en tournant elle aussi des galettes de *chapatis* sur le feu, sa grand-mère lui expliquait que la vie et la mort étaient un cycle interminable. Qu'il fallait le savoir, et l'accepter. Que rien n'est éternel. Que tout passe... Aujourd'hui ses mots résonnent : « Tout passe... » Elle disait aussi autre chose, à propos des hommes, mais Ashmi ne se souvient plus de ses mots précis. Elle sait juste qu'ils l'apaisaient.

Le vent siffle entre les pierres mal jointes des murs et l'eau s'infiltre dans la paille du toit de chaume que personne ne répare plus. Rien n'a bougé dans la maison. Le four de terre est toujours éteint, l'humidité a gagné le sol et la résistance de sa mère, qu'on disait aussi dure que la haute montagne au pied de laquelle elle était née et qui a survécu aux pires douleurs et affronté les pires tempêtes, s'est brisée. Tout a basculé. Si vite ! L'air siffle plus fort encore entre les pierres, et l'humidité qui monte des entrailles de la montagne étale de larges taches sombres sur le sol de terre battue. Son fin sari de coton bleu trempé de pluie lui colle au corps, Ashmi est glacée. Les rizières luisent. Çà et là, posées à intervalles réguliers, des meules de paille semblent de jolies petites maisons. L'eau du ciel glisse sur leur dôme pentu jusque dans les rigoles qui longent les champs, puis court au fleuve à travers tout le pays et l'Inde voisine pour s'en aller se noyer dans les grands océans. Les minutes et les heures passent, l'air est froid, à l'intérieur la mère fixe toujours l'horizon, perdue. Ashmi a mal, peur, et froid.

— Tu es allée à Gord ? Tu as vu Manisha ?

Ida vient d'entrer avec un petit aux yeux vifs, tout crasseux, accroché à son sari. Elle s'est accroupie près d'Ashmi.

— Tu as parlé à Manisha ? insiste Ida.

Ashmi se redresse. Elle n'a pas envie de répondre. Elle se sent sale, elle voudrait juste ne pas penser aux événements de la veille et prendre une douche. Mais Ida insiste, veut savoir. Elle est fébrile, tendue.

— Manisha ne reviendra pas. C'est ça ? poursuit Ida. J'ai compris va.

Ashmi se lève, défroisse son sari et remet ses cheveux en place d'un geste précis. Elle essaie de reprendre ses esprits mais Ida la presse.

— J'ai vu ses frères conduire les bêtes aux champs, poursuit-elle. Ils ont labouré en bas. Ici tout le monde a dit que pour ta mère et Manisha c'est une chance qu'ils soient revenus. Mais... nous... on sait qu'il y a eu des disputes. On en a parlé à la fontaine.

Ashmi n'a pas la force de poser la moindre question. Ida continue.

— Les frères avaient déjà tout emporté là-haut, son lit, ses affaires, mais ta mère ne voulait plus partir, mais que pouvait-elle dire ? C'est plus elle qui décide.

Ashmi écoute Ida raconter le moment où la vie de sa mère a basculé, le moment où il lui a fallu obéir à des hommes plus jeunes qu'elle et qui ne lui sont rien, qui n'ont rien partagé de ses difficultés, et qui pourtant sont désormais les gardiens de sa maison, de ses terres, et de ses petits-fils.

— Je l'ai vue pleurer quand elle a fermé la porte avant de s'en aller avec eux. Tu te rends compte Ashmi... j'ai vu ta mère pleurer.

Accroché à son sari, le petit tire sur le tissu et un gros filet de morve coule sur sa joue. Mais Ida ne fait aucune attention à lui.

— Quand ta mère est revenue, je lui ai dit qu'elle aurait dû rester là-bas, qu'ils ne viendraient plus la voir, qu'il y avait le travail. Les voisines aussi sont venues lui parler. Mais elle n'a pas écouté. Et maintenant elle a perdu la tête. Oui, on lui avait dit... elle aurait dû rester là-bas...

Rien ne peut changer ce qui vient d'arriver. Ashmi le sait. Un homme au Népal a tous les droits sur sa femme et sur les filles et autres femmes de sa famille. À quelque degré de lien que ce soit, il est le seul garant de la survie des familles et de la communauté.

— Et toi ? demande Ida. Tu vas rester ?

Pas une seconde Ashmi n'a pensé à demain.

— Tu vas rester Ashmi ? Dis ? Tu vas rester ? Tu ne peux pas la laisser.

Le cerveau d'Ashmi n'est qu'un immense chaos, elle n'a pas envie de parler. Mais Ida insiste, s'accroche comme s'il en allait de sa propre vie.

— Ashmi, tu vas rester ? Dis, tu restes ?

Ashmi la regarde, hébétée. Elle étouffe, l'air lui manque. Elle voit les jours et les années défiler dans la vieille maison, elle entend les rats grignoter le chaume et courir au-dessus de sa tête, elle sent les chenilles tomber et courir sur sa peau laissant derrière elles un filet de bave brûlant. Elle gratte son crâne et son visage jusqu'au sang, comme avant. Comme avant l'école, comme avant que les touristes étrangers lui apprennent à se laver, quand elle faisait comme tous ici, quand elle buvait l'eau sale et marchait pieds nus dans la boue souillée d'excréments de toutes sortes, quand après avoir aidé aux bêtes et aux champs elle essuyait son visage de ses mains crasseuses, qu'elle déféquait n'importe où et s'essuyait avec les mains, et que venaient les croûtes noires, le pus, les maladies. Le passé resurgit dans sa violente et silencieuse misère. Ashmi tremble.

Un matin, dans un jour, dans un mois, dans un an, sa mère qui s'affaiblit et divague mourra. Un jour, une semaine, un an peu importe, alors Ashmi aura tout perdu. Impossible de reprendre le cours de ses études. Sa vie ne sera plus qu'un chemin de labeur à des heures de marche de l'unique route où hier encore était son avenir. Les longues années d'études, les examens si difficilement obtenus un à un, n'auront servi à rien. Elle sera une paysanne sans terres, seule, sans famille ni mari, couverte de crasse, les mains dans le fumier, juste bonne à travailler chez les autres pour quelques roupies et à regarder défiler sur l'horizon les années de vent. Les choses sont ainsi quand on n'a rien. Ashmi sent couler l'incessante pluie des moussons qui colle les saris sur les corps et glace jusqu'aux os. Elle sent brûler sur sa peau le froid perçant de l'hiver, elle voit les nuits solitaires, interminables.

Le claquement d'une gifle interrompt ses pensées :

— Sale gosse ! Pas là, pas là !

Le petit garçon plein de morve s'est mis à déféquer debout, d'un mélange puant, liquide et sombre qui coule sur ses jambes, et éclabousse jusqu'aux pieds d'Ashmi.

Ida hurle et son gosse hurle à son tour en pataugeant dans ses souillures. Il frotte ses jambes et son visage et se couvre d'excréments. L'odeur est pestilentielle.

— Il a attrapé la diarrhée comme les autres. Je vais nettoyer…

— Non Ida, laisse, je vais le faire.

Ida est partie en maugréant, son gosse puant accroché à son sari. Ashmi a gratté la terre avec une pelle jusqu'à faire disparaître la moindre trace. Mais l'odeur est restée. Du fond de la vallée montent les bruits de la vie, les braiements d'une chèvre, le cri d'un oiseau qui trace dans le ciel, l'appel d'un paysan dans les rizières. Ashmi regarde sur le sentier en contrebas sa famille qui descend le rejoindre. Les enfants vont pieds nus et la femme porte le dernier sur son dos. Ashmi ne veut pour rien au monde de ce destin qui la broierait sans état d'âme si seulement elle se laissait aller à lui trouver la moindre parcelle de justification. Elle sait qu'il lui faut prendre une décision, tout de suite. La culpabilité, elle n'en veut pas. Aujourd'hui elle connaît le prix qu'ont payé tant de femmes avant elle, elle sait qu'il est possible de vivre autrement. Alors elle s'approche de sa mère qui a prié devant l'autel toute la nuit et s'est endormie d'épuisement. D'un geste délicat elle soulève une lourde mèche de cheveux qui était retombée sur sa bouche et la gênait. Sa mère reprend une respiration régulière. Son visage paraît plus reposé. Ashmi pense aux jours de son enfance, à ses études et à la vie pleine de promesses qui s'ouvre devant elle à Katmandou. Petit à petit elle retrouve son calme. Son visage épuisé ne porte plus la marque d'aucune émotion. Machinalement, elle range quelques bidons épars dans la pièce, rassemble quelques affaires. Puis elle regarde une dernière fois le visage de sa mère endormie, le sol de terre battue, le four de terre, la pénombre de la maison où elle a passé toute sa jeunesse et, sans réfléchir davantage, calmement, elle s'en va sans se retourner.

Elle traverse le village, descend les escaliers de pierre, le sentier, longe les rizières et les champs, passe les villages les uns après les autres, puis d'autres rizières et d'autres champs. Elle part sans un mot, sans rien regarder, ni les familles qui arrachent le riz dans les champs, ni les enfants qui jouent pieds nus dans la boue et ceux qui partent à l'école dans leurs uniformes usés et leurs sandales trop grandes, sans même voir le chien jaune couché en boule qui ouvre un œil sur son passage. Elle traverse un troupeau de chèvres qui reviennent de boire à la fontaine et croise des files d'étrangers heureux qui montent vers les camps d'expéditions himalayennes. Les porteurs disparaissent, écrasés sous l'énorme charge des cantines et des sacs. Les étrangers respirent la santé, leurs cheveux brillent, leurs dents sont intactes et leurs yeux sont protégés de la lumière par de bonnes lunettes sombres. Ils marchent droits, ne portent presque rien sur leur dos et sont bien chaussés, chaudement vêtus de vêtements aux couleurs vives. Ils saluent Ashmi avec de joyeux *Namasté*. Mais elle ne leur rend ni leur bonjour ni leur sourire. Ashmi avance, indifférente. Elle ne veut plus sourire à ces riches étrangers de passage, elle ne veut plus aller dans la pluie sur les chemins de boue, elle ne veut pas vieillir et mourir ici, oubliée de tous, dans la misère.

Aujourd'hui, contre tout, contre le salut de son âme et contre les souvenirs, contre les siens, contre les traditions et la morale qui lui commandent de rester et de faire le sacrifice de sa vie, elle choisit de partir et de sauver sa peau.

20

Le soleil dans les rues de Katmandou ne sera plus jamais le même. Le monde s'est désenchanté. Qu'Ashmi lève les yeux vers le bleu du ciel ou qu'elle les ferme le soir dans sa petite chambre, elle ne voit plus désormais qu'une seule chose : la silhouette décharnée de sa mère dans la maison ouverte à tout vent.

Elle n'est pas retournée à la faculté pour passer ses examens. Elle n'en a pas eu la force. Neia a eu beau la supplier, rien n'y a fait. Une mélancolie douloureuse l'a envahie et la culpabilité l'a rattrapée, rongeant son cerveau jour et nuit. Et puis au matin du troisième jour, le téléphone a sonné.

— On vient de retrouver le corps de ta mère sur les galets au bord de la rivière. Elle a dû s'y jeter dans la nuit, lui a expliqué Deepak.

Dans un cauchemar Ashmi a vu s'ouvrir des gouffres noirs, elle a sombré. Le monde autour d'elle est devenu flou. Elle a marché avec sa mère en pleine nuit. Elle a posé comme elle ses pieds nus dans la boue, elle a vu la maigreur de son corps se dessiner sous le sari trempé, le visage creusé et les yeux trop grands. Elle est descendue sous la pluie battante jusqu'à la rivière, elle est rentrée dans l'eau glacée et a senti le froid l'envahir. Mais elle est restée sur la berge et a regardé sa mère partir dans le courant qui l'a emportée sans effort, comme il aurait emporté une brindille sèche tombée là sous le souffle du vent. Les eaux couraient autour du corps fragile, charriant des ombres incertaines qui flottaient un instant puis coulaient dans un remous. Elle a vu le corps de sa mère s'enfoncer, puis disparaître. Les eaux du fleuve l'ont emporté comme elles ont emporté un jour les cendres de la jeune princesse et comme elles emportent toutes choses, indifféremment, dans leur interminable voyage.

— Ashmi ! Ashmi ! Je sais que tu es là ! Réponds ! Ashmi !

C'est la voix inquiète de Neia au matin, c'est son obstination, son acharnement à faire ouvrir la porte de sa chambre qui ont sauvé Ashmi. Ils l'ont emportée à l'hôpital et ont réussi à la sortir de la nuit dans laquelle elle s'enfonçait sans retour.

— Pourquoi tu as fait ça ? Pourquoi tu n'es pas venue aux examens ?

— Tout passe…

— Oui, tout passe. Mais tous les matins le jour se lève, alors toi aussi tu dois te lever, sortir de ce lit. Il ne faut plus pleurer. La directrice commence à trouver le temps long. La pension ferme après les examens, tu le sais. Dans quelques jours on rentre dans nos familles. Il faut faire quelque chose avant qu'il ne soit trop tard et qu'on donne ta chambre à une autre. On va faire une demande écrite à la directrice pour que tu restes une année de plus et que tu repasses les examens. Tu es une bonne étudiante, tu n'as jamais raté de cours. Elle fera une exception, elle comprendra. Viens…

Ashmi ne croit pas à ce que lui dit Neia. Ici il y a trop de cas particuliers et graves pour s'occuper d'un seul. On donne sa chance une fois, c'est déjà beaucoup. Ashmi l'a ratée, elle le sait. Rien ne pourra changer ça. Mais Neia est têtue. Elle ne lâche pas et Ashmi a fini par céder. Elle est revenue avec elle parmi ses compagnes de l'université.

Dans l'attente des résultats le petit groupe des étudiantes a décidé de se retrouver pour une balade sur les collines. Elles accueillent Ashmi sans lui parler de ce qu'il s'est passé. Mais Laxmi ne comprend pas qu'Ashmi ne soit pas venue passer ses examens.

— Elle était rentrée, sa mère ne s'était pas encore jetée dans le fleuve. Elle n'avait raté qu'une épreuve, elle pouvait rattraper ses points. Elle s'est butée et enfermée, c'est sa faute. Si on s'enfermait chaque fois que ça ne va pas, on serait toutes à la rue.

Laxmi sait de quoi elle parle. Sa famille aussi a été décimée durant la guerre. Elle seule y a échappé parce qu'elle était à l'école. Ses petits frères n'ont pas eu cette chance et ils n'ont pas été épargnés par la furie meurtrière des ombres. Là non plus, on n'a rien pu dire de précis. Les meurtriers se sont évanouis et personne n'a vu leurs visages. Laxmi est la plus virulente, la plus obstinée à réussir. Elle est aussi la moins compréhensive de toutes vis-à-vis d'Ashmi. Mais Neia lui a fait promettre de se taire.

— Vous vous souvenez du journaliste qui était venu nous proposer de travailler dans son journal ? demanda-t-elle.

— Oui.

— On l'a retrouvé blessé dans une rue près de chez lui.

— Ça alors !

173

Les étudiantes sont sous le choc.

— Qu'est-ce qui lui est arrivé ?

— Comme d'habitude, explique gravement Laxmi, on ne sait pas. Il rentrait tout seul, il était tard. On dit que ce sont des chiens qui l'ont sauvé, une meute sauvage de chiens affamés qui a fait fuir les tueurs. Des chiens qui sauvent un journaliste, moi je n'y crois pas beaucoup.

Ashmi regarde ses tennis de toile. Elle ne veut plus entendre parler de crimes et de mort. Alors elle ne s'intéresse qu'à ses tennis. Elles sont sèches, et propres. À son retour du village elle les a frottées pour enlever jusqu'à la moindre trace de boue qui y serait restée accrochée, fût-elle infime. Cela fait au moins dix fois qu'elle les nettoie, elle ne peut pas s'en empêcher. Elle croit y voir toujours quelque reste de trace de boue. Elles l'obsèdent.

Neia n'aime pas voir Ashmi repartir dans ses pensées. Laxmi, elle, en est exaspérée.

— Qu'est-ce que tu en penses, toi, Ashmi ?

— Penser quoi ?

— Tu n'écoutes pas. On parlait du journaliste. Réveille-toi !

— Ah oui. Je ne sais pas. Peut-être que c'est bien, répond machinalement Ashmi.

— Se faire tuer à tous les coins de rue, tu trouves ça bien ? s'énerve Laxmi virulente. Tu ne trouves pas qu'il y a eu assez de morts comme ça ! Tu n'as pas eu ta part ? Tu en veux encore, toi aussi ?

Surprise par cette agression, Ashmi ne trouve rien à répondre et Neia tente en vain de changer de conversation. Laxmi est lancée, et comme toujours quand elle est en colère rien ne peut l'arrêter.

174

— « Dans mon journal vous parlerez des femmes, de leurs préoccupations, de leurs problèmes ! », qu'il disait. « De leurs problèmes » ! Il aurait dû penser aux siens. À quoi ça sert de faire le malin pour finir sous les balles ? Il trouve peut-être qu'on n'a pas assez souffert ? Qu'il ne compte pas sur moi !

Laxmi domine le petit groupe de sa forte personnalité. Chez elle la violence des années de guerre a décuplé une féroce volonté de vivre.

Ashmi avait oublié ce moment ou Karan Vidal était venu leur faire sa proposition. Il s'est passé tant de choses depuis ce jour-là. Après les événements qu'elle vient de vivre, cette proposition lui revient et lui semble miraculeuse. Inespérée puisqu'elle n'a plus rien, que son avenir est compromis et qu'elle a peu de chances de pouvoir repasser ses examens. Mais voudra-t-il d'elle sans son diplôme ?

— Vous vous souvenez où ce journaliste a dit qu'on pouvait aller le voir ? demande-t-elle.

— À son journal, répond Laxmi vaguement ironique. Pourquoi ? Tu vas t'inscrire ?

— Peut-être. S'il veut bien m'embaucher. Qui sait ?

Neia croit avoir mal entendu et les étudiantes présentes, galvanisées par le réquisitoire de Laxmi poussent les hauts cris et la mettent en garde. Que connaît-elle du journalisme, de la justice, de l'économie et de la politique ! Des milieux qu'elle n'a jamais côtoyés ni de près ni de loin. Elle, une fille de paysans née dans un village perdu et hier encore pieds nus dans la boue des chemins de montagne. Elle a déjà raté ses examens, ce sera déjà beau si l'université l'accepte une nouvelle année. Ne veut-elle pas un bon métier, et une famille comme elle l'a dit si souvent ? Ashmi ne les entend pas. Pour la première fois depuis plusieurs jours, elle entrevoit la lumière. Dans l'état physique et mental de souffrance et de désespoir dans lequel elle se trouve, la proposition du journaliste est sa dernière chance ! Hier encore au fond du trou, elle sent monter en elle une volonté nouvelle et rien ne pourra la faire changer d'avis, pas même la douce Neia qui l'observe, effarée.

21

Quand Ashmi entre pour la première fois dans l'im-meuble de verre du *Summit News* au cœur de Thamel, la lumière inonde le grand hall. Ici tout est clair, neuf. C'est un autre monde. Impressionnée, bien droite, elle s'avance vers l'homme assis derrière le bureau d'accueil.

— *Namasté*, dit-elle d'un ton qui se veut ferme, je viens voir M. Karan Vidal.

Le gardien la dévisage sans répondre ni faire le moindre geste. Cette fille de basse caste avec ses tennis de toile usés jusqu'à la corde n'a rien à faire en ces lieux. Doit-il la renvoyer de son propre chef ou appeler le service des journalistes ? Il hésite. Pas Ashmi. Le fil lointain qui la maintenait dans un état d'humilité et de soumission, s'est rompu.

— M. Vidal m'a demandé de venir. Je suis là. Pouvez-vous le prévenir ?

Déstabilisé par ce ton inattendu, le gardien s'exécute. Mais ce faisant il la regarde d'un œil peu amène. Cette fille de basse caste lui a donné un ordre auquel il s'est plié sans trop savoir pourquoi, il lui en garde déjà une sale rancune.

Karan accueille Ashmi avec surprise. Il n'y croyait plus. Son agression l'a fortement perturbé et il s'en remet à peine. Voir une étudiante rejoindre le journal lui redonne du courage. Il a eu raison d'y croire et de s'obstiner. Malgré l'assurance qu'elle affiche, Ashmi s'attendait à se voir éconduire vu qu'elle n'avait même pas passé ses examens. Paradoxalement, l'accueil chaleureux de Karan la déstabilise.

— Donc vous êtes d'accord, demande-t-elle d'une voix mal assurée, je peux venir travailler dans votre journal ?

— Je viens de te le dire et je te le confirme. Je vais te montrer le journal, tu vas assister à une conférence et, d'ici deux jours, si ça te convient, tu es embauchée. Pour moi tu l'es dès maintenant, mais je veux que tu saches où tu mets les pieds.

Ashmi n'a jamais eu dans sa vie l'occasion de croire aux miracles. La gorge nouée, elle insiste maladroitement.

— Et... ça se passe comment, je viens quand ?

— Tout de suite. La conférence de rédaction est dans une minute, je vais te présenter à l'équipe de rédaction. Comme ça ce sera fait, tu seras la première recrue féminine.

— Une conférence ?

— Viens, c'est maintenant.

Elle le suivit presque en courant dans le couloir tant il marchait vite, et quand il s'arrêta brusquement devant une porte, mit la main sur la poignée et se retourna vers elle avec un large sourire, une fois encore elle eut une mauvaise intuition. Qu'allait-il se passer ? Ashmi ne peut imaginer qu'un jour le ciel s'éclaire. Les mauvaises nouvelles n'ont cessé de s'accumuler, elle a pris l'habitude de douter des bonnes.

D'un geste sûr Karan ouvrit largement la porte et elle se retrouva face à une quinzaine d'hommes tous vêtus de costumes à l'occidentale. Ils la regardèrent entrer avec stupéfaction. Ses jambes se dérobèrent et une seule pensée lui vint, celle qui la ramenait à sa place : « J'aurais dû mettre mon sari. »

Fier de la présenter Karan avait agi dans la précipitation. Il n'avait pas du tout mesuré l'impact qu'aurait la présence inattendue d'une jeune femme dans ce cercle d'hommes élevés, certes dans la modernité, mais tous issus d'une société traditionnelle et peu enclins à accepter qu'on impose aussi brutalement une femme dans leur rédaction. Surtout une jeune en blue-jean. Saisie, recroquevillée sur sa chaise, non seulement elle n'osa rien dire, mais elle baissa les yeux tout au long de la conférence. L'atmosphère était tendue, les journalistes se regardaient incrédules. Mesurant son erreur, Karan qui avait prévu de la faire parler fit tout, au contraire, pour qu'on l'oublie. Il écourta la conférence et, quand les journalistes quittèrent la salle les uns après les autres, tout en retournant avec Ashmi vers son bureau pour finaliser l'embauche, il lui expliqua qu'elle commencerait petit à petit la première semaine pour s'habituer, il lui confierait un travail à l'extérieur, des sujets de société.

— Tu vas aller sur le terrain. Les conférences ce n'est pas la priorité pour toi, lui dit-il. Je vais te donner des contacts dans des organisations humanitaires qui font beaucoup de choses ici et tu verras ce que tu peux faire à partir de là.

Elle trouva la force de lui poser la question.

— Vous ne voulez plus de moi ?

Il la détrompa avec conviction. Sur la question de son embauche il ne transigerait pas, il imposerait son point de vue. Il ressentait une colère sourde contre son équipe. Ashmi était sa première recrue, elle ferait l'affaire, il était sûr de lui.

— Ils s'habitueront, dit-il avec force, ne t'inquiète pas. C'est ma faute s'ils ont réagi ainsi, j'aurais dû les prévenir.

Ashmi s'en alla, profondément remuée. Elle aurait dû être heureuse, elle avait un travail, elle allait gagner enfin sa vie. Dans sa situation c'était un miracle. Karan Vidal lui avait parlé du montant de son salaire et, bien qu'il fût des plus modestes, il lui parut extraordinaire. Mais elle avait senti qu'encore une fois, ce ne serait pas simple. Face à ces hommes elle s'était sentie minuscule, écrasée. Encore une fois elle avait éprouvé la souffrance du rejet, la même que celle de l'enfance quand sa mère disait : « On n'a pas besoin de toi. » La plaie était à vif. Ça n'en finirait donc jamais, il y aurait toujours quelqu'un pour lui dire qu'elle était en trop. La force qui l'avait portée jusqu'au journal et lui avait donné le courage de se battre pour son avenir, avait fondu au premier regard de ces hommes hostiles. Le chemin qu'elle avait parcouru pour acquérir sa légitimité se dérobait sous ses pas. Et comme si cela ne suffisait pas, au moment où elle quitta le journal, le gardien lui jeta un œil noir chargé de mauvaises pensées. Elle se dépêcha de quitter les lieux.

Ashmi croise les passants sans les voir. La foule l'enveloppe, les gens rient, la musique de Thamel est à fond. Plus elle pense à la conférence, plus elle en mesure l'injustice. Et sa peine se transforme en colère. Sur la grande place son pas déterminé dérange les oiseaux. Ils s'éparpillent bruyamment et s'envolent à coups d'ailes rapides. Elle les regarde qui montent vers le ciel, libres et légers. Repoussés sans cesse par les milliers de pas de milliers de passants ils sont toujours revenus. Ils ne quittent jamais l'immense place d'où on les chasse jour après jour. Et les habitants de Katmandou ont appris à vivre avec eux. Ashmi serre les dents. Elle fera comme les oiseaux, elle s'imposera.

Dans le bureau de Karan, Suresh fait les cent pas.

— Qu'est-ce que tu croyais, qu'ils allaient l'accueillir à bras ouverts ?

— Je ne les pensais pas si arriérés.

— Ils ne sont pas arriérés Karan, ils n'ont pas vécu en Occident comme toi et moi, c'est tout. Ils n'ont pas la même histoire. La mondialisation s'est peut-être installée dans les affaires, mais dans les esprits c'est plus difficile. On ne change pas en si peu de temps les mentalités, c'est toute une culture dont il s'agit… Les révoltes n'étaient pas au programme, mais elles éclatent au hasard et partout. Même si tu penses que ce n'est pas pour les bonnes raisons !

Karan admet son erreur.

— Je ferai venir Ashmi petit à petit. Elle va commencer par travailler sur les ONG avec de petits sujets sur l'éducation, les aides aux mères. Ça ne manque pas. Elle sera toujours dehors et on la verra peu. On ira en douceur.

— Il vaut mieux. Les femmes c'est une poudrière. N'allume pas la mèche. Rien que le fait qu'elle soit venue en jean les a heurtés. Pour eux, elle renie les traditions. Pire, elle les renie, eux.

— Elle est bien bonne celle-là, ils sont tous en costume comme à Wall Street. Pas un ne porte l'habit traditionnel que je sache.

Suresh balaie la remarque d'un revers de main :

— Ne joue pas à ça. Il pourrait arriver malheur à ton étudiante, tu le sais.

Karan n'a pas envie de poursuivre la conversation. Il se dit qu'une fois passé, le choc qu'il a provoqué sera peut-être salutaire. Une erreur efficace en somme. Son équipe s'habituera. En tout cas ils ne gâcheront pas sa joie d'avoir réussi à recruter une fille. Il va l'encourager à s'engager sur des sujets forts.

22

Demander des rendez-vous et les obtenir, poser des questions à des professionnels, aller vers l'inconnu tout en laissant penser qu'on maîtrise le sujet, Ashmi découvrit que le métier de journaliste était exigeant.

— Que voulez vous savoir exactement ? lui demanda le responsable d'une importante ONG.

— Euh... répondit-elle en cherchant ses mots, un peu tout... ce que vous faites.

— Ce qu'on fait ? Mais vous ne le savez pas ?

Surprise par cette réponse, Ashmi resta muette. Le responsable, qui n'avait pas voulu être désagréable, se reprit.

— Je veux dire, qu'est-ce qui vous intéresse ? Nos programmes sont vastes, vous comprenez ?

Elle s'empressa d'approuver et dit la première chose qui lui passa par la tête.

— Je m'intéresse aux enfants.

Il la regarda, cette fois stupéfait.

— Aux enfants ! Mais qui vous a envoyée chez nous ?

— Mon journal.

— Je ne comprends pas. J'ai déjà un contact chez vous, le même depuis le début. Un journaliste qui suit notre programme d'aide aux paysans des petites vallées. Il a déjà fait des papiers. Je veux bien parler avec vous, mais nous n'avons pas de programme qui concernent les enfants.

Ashmi fit des erreurs de débutante. Elle se fit souvent éconduire plus ou moins poliment. Les professionnels des organisations humanitaires n'avaient pas de temps à perdre à tout expliquer à une novice. Elle n'avait pas mesuré la volonté pugnace que demandait le métier. Karan la laissa faire sans la guider.

— Les erreurs, ça forme, lui dit-il quand elle s'étonna.

Toujours aller de l'avant, ouvrir des portes fermées, ne jamais se décourager devant les obstacles successifs et les réponses sans intérêt. Et, surtout, démêler soi-même les fils que personne ne démêle à votre place, tenter d'y voir clair quand tout vous embrouille. Heureusement certaines rencontres peuvent être d'une grande aide, et ce fut le cas de celle de Céline, une jeune femme en poste à Katmandou dans une organisation humanitaire qui veillait à la réinsertion des femmes et des jeunes filles. Elle accueillit Ashmi avec un grand sourire. Elle fit mieux, elle ouvrit ses dossiers et accepta de passer du temps à lui expliquer tout ce qu'elle-même avait appris : les violences les plus répandues faites aux femmes, dans tous les pays où elles n'ont pas encore les moyens de se défendre. Coups, brutalité, viols, enlèvements, envoi sans retour de jeunes filles et de fillettes dans les cages sordides de la prostitution en Chine ou en Inde, meurtres impunis, la liste des horreurs ordinaires s'accumulait au fur et à mesure dans l'esprit d'Ashmi. Elle découvrait le monde. Mais le plus grand choc, ce fut les images sur Internet.

— Il y a beaucoup de vidéos sur Internet, tu sais, il suffit de taper « trafic filles Népal » ou « prostitution Népal ». Regarde ! lui dit Céline.

Une douce musique, une rue aux belles ombres nocturnes et une limousine, la pluie, un homme souriant enlaçant une belle jeune femme, les images hautement impeccables de la publicité du parfum de luxe qui passa avant la première vidéo était d'une féerie absolue. Juste après, ce fut l'horreur. Des images chaotiques tournées à la volée lors de la découverte d'un gourbi en sous-sol, sans fenêtre, ou s'entassaient dans moins de neuf mètres carrés plus de dix jeunes filles, à peine sorties de l'enfance. Tirées de leur sordide cachette, elles sortaient à la lumière du jour en tentant de se protéger à l'aide d'un bras replié sur leur visage, apeurées, pleurant, effrayées de ce qu'on allait encore leur faire subir. Le flou des images, les cris des policiers, les visages très abîmés des jeunes filles, leurs yeux agrandis par la peur, les plans sur des détails affreux, de la cachette où les proxénètes les enfermaient, cafards, humidité, moisissures, Ashmi vit tout en une fois. Elle en fut effondrée.

— Tu ne savais pas que cela existait ? questionna Céline étonnée.

— Si, répondit-elle d'une voix blanche, mais je ne l'avais jamais vu.

On était loin des cours de l'université, loin des études de texte et de linguistique, loin des rigueurs rassurantes des mathématiques et des langues étrangères que l'on découvre émerveillée, loin de la magie du savoir. On était dans un réel violent, sale, l'une des pires visions de l'humanité. Tout ce qu'elle connaissait vaguement par des rumeurs, tout s'étalait dans ces images dans la réalité la plus crue, sur ces réseaux modernes qui jetaient au visage du monde entier : « Vous ne pourrez plus dire que vous ne saviez pas ! »

Après plusieurs mois de travail et de larmes ravalées, Ashmi commença à se sentir vraiment journaliste. Elle finit par avoir ses entrées dans la plupart des ONG et eut le sentiment d'être utile, d'écrire des papiers dans lesquels elle prenait le relais de tout le travail de ceux qu'elle rencontrait. Karan l'encourageait, ses papiers passaient sans aucun problème, dès qu'il y avait de la place. Elle avait trouvé sa voie. Elle ne s'était jamais sentie aussi forte de toute sa vie. Un matin Karan la fit appeler d'urgence :

— Tu vas aller sur un meurtre qui vient de se produire dans la province de Bhaktapur. Un conflit entre paysans pour une affaire de terres. Suresh et tous les autres sont déjà sur d'autres reportages, je n'ai que toi. File vite, et je veux des détails. C'est très important. Le papier est pour l'édition de demain.

Ashmi commençait à éprouver pour son supérieur une admiration toute particulière. Plus âgé qu'elle d'une dizaine d'années, il représentait à ses yeux un idéal masculin inaccessible. Grand, cultivé, il avait du pouvoir et une élégance qu'elle n'avait jamais vue chez aucun autre homme. Il se tenait bien droit, portait des costumes sombres sur des chemises claires qui lui donnaient beaucoup d'allure. Ses cravates étaient sobres, bien nouées, et ses chaussures toujours impeccables. Elle n'avait jamais vu des chaussures d'hommes aussi bien cirées, aussi brillantes. Comment faisait-il ?

— Tu rêves ?

— Non, j'y vais lui répondit-elle, prise en flagrant délit de béatitude. Et elle partit en courant. Ce reportage était une chance inespérée de montrer à Karan le

186

chemin qu'elle avait parcouru. Pour la première fois elle allait sur le terrain des reporters masculins et comptait bien montrer qu'elle aurait autant d'informations qu'eux, et dans un temps aussi court. Le chauffeur de la voiture du journal l'attendait. Les autres bénéficiaient souvent de cette voiture, elle, c'était la première fois. Elle y monta avec émotion, cela représentait pour elle une incroyable promotion. Elle partait sur une actualité brûlante, et son papier passerait sans attendre, à la une. Habituée aux dernières pages intérieures, Ashmi se sentit pousser des ailes. Elle n'allait pas se laisser impressionner par les refus qu'elle ne manquerait pas d'essuyer sur le terrain, elle allait être combative pour ramener tout ce qu'il était possible de savoir sur la question des terres qui passionnait Karan. Elle avait beaucoup changé depuis qu'elle était entrée au journal, elle était devenue plus aguerrie, plus femme aussi, il allait la découvrir sous un autre jour. Elle n'allait pas le décevoir.

Quand elle arriva au village, elle n'eut aucun mal à trouver le lieu du drame. Une foule entourait la maison où on avait transporté le corps du paysan assassiné. Son petit magnétophone dans une main, son stylo et son carnet dans l'autre elle s'avança franchement vers la voiture de police qui stationnait à proximité.

— *Namasté*, dit-elle en s'inclinant poliment et en montrant sa carte, je suis journaliste au *Summit News* et je viens couvrir le meurtre. Pouvez-vous me dire ce qu'il s'est passé exactement ? Les dépêches ne disent rien de précis.

Ils la regardèrent, puis se regardèrent, incrédules. Bien décidée à ne pas se laisser démonter par leur attitude, elle poursuivit.

— On sait qui l'a tué ? Un autre paysan, pour des terres ?

Ils parurent déstabilisés par ces questions directes et restèrent silencieux.

— Y a-t-il une enquête ? Qui puis-je interroger ?

Mais visiblement ils n'avaient aucune intention de lui répondre. Ashmi avait fait du chemin mais elle n'avait jamais traité de sujets aussi sensibles, et jamais eu affaire à des policiers. Leur silence la prit de court. Elle insista, brandissant sa carte de presse.

— Je suis journaliste, vous le voyez bien.

Sans un mot, l'un s'avança, prit la carte et l'examina sous toutes les coutures. Puis, toujours sans un mot, il la passa aux autres pour qu'ils vérifient à leur tour. Cette fille était bien journaliste. Mais visiblement pour eux cela ne changeait rien. Elle n'avait rien à faire là. Les terres sont affaire d'hommes. Exclusivement.

— Vos confrères sont déjà passés, lancèrent-ils enfin. On n'a rien pour vous.

Le ton n'était pas agressif ni particulièrement méchant, mais Ashmi n'insista plus. L'un avait la main sur un pistolet accroché à sa taille.

Elle revint à la voiture où le chauffeur l'attendait.

— On rentre ?

— Non, je réfléchis, on va attendre un peu et je vais voir ce que je peux faire.

Il eut un sourire narquois en jetant un coup d'œil dans le rétroviseur intérieur. Cette fille ne lui plaisait pas. Le gardien lui avait expliqué l'arrogance dont elle avait fait preuve le premier jour en insistant pour voir Karan et, s'il se pliait aux ordres en la conduisant, il en éprouvait une humiliation intérieure très grande. Ashmi était de plus basse caste que lui, il n'avait pas à être à ses ordres, pas plus que le gardien. Il la surveillait et la vit cacher son carnet et son stylo dans les plis de sa longue écharpe de soie bleue. Qu'allait-elle faire ?

— Emmenez-moi de l'autre côté, à la sortie du village.

Il s'exécuta, la rage au ventre. De loin les policiers les regardèrent partir. Elle lui indiqua la direction à prendre et ses ordres successifs l'exaspérèrent.

— Attendez-moi là, lui dit-elle en lui montrant un emplacement en bordure du village. Je reviens.

Perplexe, il la regarda s'éloigner dans une ruelle vide, à l'opposé de la maison où avait eu lieu le drame. Il l'attendit longtemps, et hésita de nombreuses fois à la laisser sur place. Mais l'actualité primait et il craignait Karan. Que lui aurait-il dit ? Il se raisonna mais quand il la vit réapparaître avec le sourire aux lèvres il regretta de ne pas être parti. Que cette fille s'occupe d'un conflit entre hommes pour des terres, c'était une aberration, insoutenable.

Tout à son travail, heureuse d'avoir réussi à obtenir des informations en cachant son statut de journaliste et en questionnant à gauche à droite, elle avait réussi à en savoir davantage que ses confrères passés avant elle et qui ne s'étaient adressés qu'aux policiers et aux officiels.

Très surpris, Karan la félicita. Son reportage était excellent, très précis. Il parut en première page, provoquant la jalousie de certains qui virent leurs articles relégués dans les pages intérieures. Le matin même de la parution, Ashmi passa fièrement dans le hall devant le gardien qui, tous les jours, lisait minutieusement la moindre ligne du quotidien qu'il étalait devant lui sur le bureau d'accueil. Visiblement il avait lu son article. Il porta sur elle un regard si dur et si noir qu'elle en fut déstabilisée. Que lui voulait cet homme qui la toisait toujours avec un air méchant ? Réussissant à dominer sa crainte, elle se dirigea droit vers lui pour lui poser la question. Mais quand elle fut à moins d'un mètre, les mots qu'elle avait préparés restèrent coincés dans sa gorge. Une froide lueur noire transperçait les pupilles de l'homme. Il la fixait et elle baissa les yeux puis repartit sans avoir dit un mot, tremblante.

23

Sur son bureau à l'université Jane Bista termine la lecture de l'article d'Ashmi. Son frère vient d'entrer sans prévenir, furieux. Il lui a jeté à la figure la dernière édition du *Summit News* et il la regarde, accusateur.

— Comment cette fille a-t-elle pu avoir accès à toutes ces informations ? Qui lui a parlé ? Comment a-t-elle osé empiéter sur nos terres ? Comment peut-on la laisser faire ?

— Comment veux-tu que je sache ?

— C'est une de tes étudiantes ? Qu'est-ce qu'elle fait dans ce journal ?

— Elle a été embauchée, je n'y suis pour rien.

— Tu n'aurais pas dû la laisser partir, ces filles n'étudient pas pour venir nous mettre des bâtons dans les roues. Je croyais qu'elles devaient toutes devenir enseignantes dans leurs montagnes. On t'avait bien dit que les études, pour ces filles-là, ce n'était pas bon ! Tu vois où ça nous mène. Tu vois !

Il pointait vers elle un doigt menaçant. Elle se leva, en colère à son tour.

— Je suis aussi choquée que toi par cet article. Cette fille n'a pas à se mêler de nos problèmes. Elle n'y connaît rien. Mais moi je n'ai pas d'ordre à recevoir de toi, et au cas où tu ne l'aurais pas encore bien compris, on a changé de gouvernement. Un journal embauche qui bon lui semble sans me demander mon avis.

— Alors il va entendre parler de nous et de sa protégée. Elle ne fera pas long feu.

— Qu'est-ce que tu veux dire ?

— Que tout doit rentrer dans l'ordre. Que les femmes doivent rester à leur place.

Il était hors de lui et Jane comprit qu'il valait mieux tenter de le raisonner. Elle ne connaissait que trop les colères des hommes auxquels les femmes n'obéissent pas et si elle était passée entre les orages c'est tout simplement que sa position l'avait toujours protégée. Elle y vit soudain l'occasion de détourner sa colère vers Karan.

— Ce n'est pas cette étudiante qu'il faut remettre à sa place, dit-elle l'air de rien. Mais celui qui lui donne les ordres, ce Karan Vidal. Pour qui se prend-il ?

Il parut étonné de ne pas y avoir pensé avant et eut un mauvais rire.

— Tu as raison, on va s'occuper de lui.

Elle comprit trop tard qu'elle venait de faire une grosse erreur. Son frère ne s'embarassait pas de morale. Or elle n'avait aucune envie qu'il arrive quelque chose d'irréversible à ce journaliste. Au contraire. Mais il n'avait toujours pas répondu au mot qu'elle lui avait écrit et glissé à l'intérieur du livre dans une enveloppe. Elle en était meurtrie, et ne pouvait en parler à personne. Offrir un cadeau à un homme, cela ne se fait pas. Lui écrire encore moins, fût-ce pour le remettre à sa place. Jane Bista ne pouvait savoir que son enveloppe n'était jamais parvenue à Karan et qu'il n'avait jamais pu lire son mot pour la simple raison qu'en prenant le livre pour le donner à Ram, le Rai avait laissé l'enveloppe tomber dans la rue sans la voir. Elle prenait d'autant plus mal qu'il ne lui réponde pas. Mais de là à lui vouloir du mal ! Or elle soupçonnait son frère de manipuler certaines « ombres » à son avantage. Du haut de l'échelle jusqu'au plus bas, tant de comptes se réglaient dans la nuit de Katmandou.

— Attention, s'empressa-t-elle. S'il arrive quoi que ce soit à ce Karan, nous aurons des problèmes. Il a des appuis. Laisse-moi faire. Personne ne veut qu'on touche aux terres, pas même ces nouveaux démocrates. Je vais aller parler aux uns et aux autres, ils lui mettront la pression et s'il ne veut pas qu'on retire notre argent de cette affaire, il pliera.

Dès qu'on la contrariait Jane Bista retrouvait vite les réflexes d'autorité de son clan. Son frère se radoucit.

— Tu es intelligente, la plus futée de la famille, lui dit-il. Les études n'ont pas que du mauvais

S'il s'énervait d'un rien, il s'émerveillait aussi d'un rien. Elle en eut presque de la peine pour lui. Il était son frère et elle l'aimait, même s'il pouvait se révéler incontrôlable et dangereux, comme ses amis avec lesquels il passait son temps à la chasse. Elle se promit de le surveiller. Et pour Karan, elle allait enfin faire ce qu'il faut. Elle avait les relations et l'entregent. Il allait voir ce dont elle était capable.

24

Le résultat des stratégies de Jane Bista ne se fit pas attendre.

— Tu es au courant pour Ashmi ?

Suresh vient d'entrer dans le bureau de Karan sans même faire semblant de frapper. Surpris, celui-ci relève la tête.

— Elle court tout Katmandou pour trouver Indra, l'avocate qui fait parler d'elle.

— Oui, peut-être, et alors ? Elle fait son enquête...

— Quelle enquête ? Tu savais pour l'avocate ?

— Pas précisément mais elle est sur le problème des terres alors...

— Le problème des terres ? Tu es sûr ? Cette avocate qu'elle cherche à joindre est celle qui fait du bruit autour de l'héritage des terres, celle qui veut que les femmes aient de nouveaux droits.

Karan fronce les sourcils.

— Ashmi part dans tous les sens et tu ne la maîtrises pas. Que veux-tu ? Nous faire trancher la gorge par des paysans et des propriétaires furieux qu'on ne verra pas venir ? Tu te souviens de Durga ? Et toi, tu n'as pas eu ta part en manquant te faire assassiner par on ne sait qui ni pourquoi ?

Karan sait que Suresh n'a pas tort. Ashmi a fait un chemin plus rapide qu'il ne l'aurait pensé et, depuis quelque temps, on ne lui adresse que des reproches à ce sujet. Une pluie de pressions. Il conseille à Ashmi de faire très attention, de ralentir. Il a compris que la spoliation des terres durant les années de guerre est un sujet éminemment sensible. Or Ashmi mène l'enquête avec une détermination qu'il trouve très justifiée mais qui peut sembler excessive. Les maoïstes font maintenant partie du gouvernement et il ne tient pas à se les mettre à dos. D'autant qu'à la fin de la guerre ils n'ont ni réquisitionné ni distribué tant de terres que ça. La plupart ont même été restituées à leurs anciens propriétaires. Karan l'a expliqué à Ashmi et regrette de l'avoir encouragée à se lancer sur le sujet car elle est partie dans une direction plus large qu'il n'avait pas envisagée : la propriété foncière au Népal. Or sur ce terrain les enjeux mettent en cause aussi bien les rebelles maoïstes que les puissantes familles du pays et les anciens *birtas*, ces grands domaines qui appartiennent à la caste conservatrice des bahuns. Karan a senti la menace sur les subsides donnés au journal. Dans le passé les bahuns ont réussi à contourner une loi sur la réforme agraire datant de 1963 dont le but était de démanteler le foncier en établissant une superficie plafond. Pour garder toutes leurs terres, il a suffi aux grands propriétaires de les fragmenter entre les différents membres de leurs familles. Au début, l'enquête d'une jeune fille aussi inexpérimentée qu'Ashmi n'a dérangé personne. Mais depuis qu'elle cherche à joindre cette avocate qui pourrait la renseigner sur la loi passée aux environs de 2000 qui concerne l'héritage des femmes, les retours ont été menaçants. Karan en est même surpris, pourquoi cet ensemble de réactions aussi soudaines et aussi virulentes ? Plusieurs propriétaires de haute caste ont fait savoir en haut lieu leur grand mécontentement. Cette journaliste avait osé leur demander un rendez-vous à ce sujet. Quelle indécence ! Une fille de basse caste pour couronner le tout ! Karan doit tempérer, rassurer. Il se sent pris au piège et sait qu'il doit être très prudent. L'agression qu'il a subie l'a fragilisé. Cette nuit-là, à Patan, sa vie aurait pu se terminer sur un tas d'immondices. Il n'a eu la vie sauve que grâce à des chiens affamés qui ont déboulé en meute, hurlant à la mort. Les policiers lui ont expliqué que les chiens étaient déchaînés parce que Karan et son agresseur étaient sur leur territoire de nuit.

Il a pu s'en sortir car les chiens l'ont cru mort, mais il n'a pas oublié.

— Les journalistes tombent comme des mouches en ce moment, a précisé le policier. Ne traînez pas seul le soir hors de Thamel. Il n'y aura pas toujours des chiens pour venir à votre secours.

L'agression et les récentes pressions ont affaibli la détermination de Karan. Il lui arrive d'avoir peur. La veille encore on a retrouvé un cadavre qui pourrissait dans un bois à l'ouest du pays. C'était celui d'un journaliste. Il s'appelait Jagat Prasah Joshi, il avait trente-deux ans. Karan est jeune, son avenir est devant lui, il n'a pas envie de mourir. Suresh non plus.

— J'ai une famille, insiste ce dernier, et je ne veux pas me faire tuer parce que cette fille fait cette enquête dans le journal où je travaille.

— N'exagère pas. Tu sais bien qu'ici les enquêtes tournent vite court. On a du mal à avoir des rendez-vous, des renseignements. Et si quelqu'un risque quelque chose, c'est elle, pas toi.

— C'est trop dangereux. Il y a plus urgent que l'héritage des femmes. Le sang a coulé, les liens sont défaits, on a un pays à rassembler après ces onze années de tueries. Ce n'est pas gagné. Les femmes, ce n'est pas la priorité. Je veux te mettre face à tes responsabilités. Le nouveau gouvernement a déjà ratifié des conventions majeures sur le respect des droits de l'homme. Ce n'est pas suffisant, mais c'est déjà ça. On ne peut pas aller trop vite, ni tout écrire. Tout le monde n'est pas prêt à tout entendre. On n'est pas en Occident ici.

Suresh dit vrai, Karan le sait. En ce moment même un autre journaliste très connu, Jil Man Basnet, paie au prix fort son engagement dans la vie civile du Népal. Prisonnier des maoïstes, puis de l'armée, emprisonné, torturé, il y aurait laissé la peau s'il ne s'était exilé en Inde. Karan a lu le compte rendu qu'à la demande de l'Unesco, le forum de développement des journalistes vient de faire paraître sur l'état des lieux de la presse au Népal après le conflit armé. Enlèvements, menaces, meurtres inexpliqués, saccages des journaux, la liste des dégâts est longue, quotidienne, et les meurtriers restent impunis.

On ne sait jamais qui tue, on sait seulement qui meurt.

— Je ne pensais pas qu'Ashmi irait si loin, dit Karan en forme d'excuse. Mais ne t'inquiète pas, je vais m'en occuper.

— Je te le dis brutalement, sur ce coup tu t'es fait déborder.

Karan se raidit. Il regrette d'avoir avoué sa faiblesse. Personne dans son journal ne doit et ne peut le déborder.

— Mon rôle est de donner sa chance à chacun et de recadrer si besoin, réplique-t-il vivement. Mais toi à propos, où en est-ce ? Tu avances sur Monsanto ?

— Bof...

— Ne me dis pas que tu n'as rien. Je te préviens, des manifestations se préparent. Tu es allé voir du côté des Américains ?

— Si tu crois que c'est facile. Ils me baladent.

— Retourne à la charge. Le sujet doit être prêt dès que ça bougera. Oublie Ashmi. C'est mon affaire. Occupe-toi vite de Monsanto parce que de ce côté, en revanche, on sera soutenus. Personne ne veut de leurs semences. Surtout pas les grands propriétaires. À cause des dégâts qu'ils ont faits en Égypte avec le coton, ils ne sont pas bien vus.

Le sujet est brûlant. Depuis deux ans, alors que les autorités népalaises ont fait savoir qu'elles souhaiteraient la culture d'OGM, la gigantesque firme américaine spécialisée dans les biotechnologies agricoles a réussi à exporter ses semences au Népal en les faisant acheter illégalement à des paysans chez leurs voisins indiens. La récolte a été catastrophique, comme pour le coton transgénique B-Terminator qui a acculé les paysans indiens au suicide. Malgré ces échecs il est encore question d'un projet pilote où Monsanto introduirait du maïs hybride sur les terres de vingt mille paysans dans une zone de trois districts. Mais, cette fois, la société civile a violemment réagi. Il y a eu une levée de boucliers, des manifestations, une marche sur Katmandou. Curieusement, les politiques, maoïstes compris, n'ont pas réagi. Le Népal n'a aucune législation sur les semences hybrides et le pays vit sous perfusion de l'aide humanitaire, notamment de l'Usaid (l'Agence des États-Unis pour le développement international).

— Le lobby américain est très puissant, laisse tomber Suresh. L'Usaid milite en faveur du maïs hybride de Monsanto, le Népal n'aura pas les moyens de contrer leur décision finale.

— Tu t'es renseigné sur nos importations ? Au ministère ils disent qu'on a des manques en production. Ça, c'est plutôt un argument en faveur de Monsanto, non ?

— Penses-tu ! Les Occidentaux exagèrent volontairement la situation. J'ai rencontré Bhola Mansingh au centre de recherche agricole. Il dit que quand il y a eu des manques nos paysans ont toujours su les combler. Ils se sont toujours débrouillés, et ça bien avant que les Occidentaux n'arrivent pour leur donner des leçons.

— Et que disent les associations ?

— Que ça va se passer comme en Inde pour le coton. Monsanto va introduire un maïs qui une fois récolté sera stérile. Les paysans ne pourront pas replanter. Avant ils récoltaient leurs propres semences, là ils seront obligés de les racheter chaque année à Monsanto. Et au moindre problème, ils seront ruinés.

— Et les politiques ?

— On n'en entend aucun sur le sujet. Ils sont occupés ailleurs.

— Qu'en penses-tu ?

— Difficile de se faire une idée quand on n'est pas spécialiste en agronomie. Mais si je raisonne par simple bon sens je dirai que jusqu'ici le pays a réussi à se nourrir. On a deux mille neuf cent soixante-quatre variétés de riz que des générations de paysans ont adaptées aux climats et aux sols. Une incroyable richesse. Une merveille de biodiversité. Les associations disent qu'on devrait la classer au patrimoine mondial de l'humanité, au même titre que nos temples. Ça couperait l'herbe sous le pied de Monsanto. On se demande même si ces variétés ne les intéressent pas. Ils pourraient tenter de se les approprier et les breveter.

— Pas de paranoïa, reste sur le maïs, ça, c'est concret. Ils veulent l'introduire, ils l'ont dit. Suis l'affaire de près.

Suresh quitte le bureau préoccupé par Monsanto, il a oublié Ashmi et Karan est soulagé. On ne l'y reprendra plus. Karan ne comprend pas que le gouvernement soit toujours aussi peu préoccupé de l'affaire Monsanto. Pas même les maoïstes. Il leur serait facile pourtant de saisir l'occasion pour taper sur « l'impérialisme capitaliste ». Mais rien ne filtre, et l'ambassade américaine est un véritable bunker.

Dehors, dans la rue, le bruit de la foule monte inhabituellement. Il doit se passer quelque chose. Karan s'approche des fenêtres. La roue arrière d'un rickshaw s'est malencontreusement accrochée à celle d'un autre et il y a embouteillage. Les conducteurs sont descendus pour tenter de les décrocher et les voitures, motos et taxis sont coincés. Les piétons s'agglutinent pour observer. Karan regarde la foule sans la voir. Il réfléchit. Il a rappelé qu'il dirigeait cette rédaction et montré qu'il veillait à tout mais au fond de lui il est perplexe. Que dire à Ashmi ? C'est lui qui l'a encouragée à s'engager sur des sujets difficiles. Quand il a pris la direction du journal, il croyait avoir évalué les enjeux à venir. Mais le Népal a basculé trop vite. Le grand écart est douloureux. Sous le règne des rois, les injustices étaient criantes et la diversité sociale, culturelle et religieuse totale. Mais chacun s'en accommodait et le Népal affichait aux yeux du monde un visage amical, tolérant. Le fameux « sourire népalais » était sur toutes les lèvres. Personne ne voulait voir la dure réalité. Paradoxalement, le processus démocratique enclenché à la fin de la guerre a fait naître des conflits jusqu'alors étouffés. Les ethnies et les castes défavorisées osent désormais revendiquer l'égalité. Suresh a couvert des conflits sérieux à ce sujet dans la plaine du Teraï. Il y eut des violences, beaucoup de morts. Les organisations humanitaires ont révélé de sérieuses failles dans l'enseignement, la santé, et le droit. Après des siècles de silence, les sujets graves se succèdent. Il faut les gérer jour après jour, rester vigilant, choisir les priorités, ne pas en rajouter. Ce n'est pas facile de s'y retrouver.

L'attente est immense mais Karan sait aujourd'hui qu'il n'est pas prêt à mourir. Pas même pour le Népal.

Entre-temps l'embouteillage s'est résorbé. La rue a retrouvé son rythme normal. Karan s'apprête à retourner à son bureau quand il remarque que le conducteur du premier rickshaw est toujours là, en pleine conversation avec Ram, son veilleur de nuit. Visiblement ils sont agités. Intrigué, il ouvre la fenêtre, prêt à les appeler. Mais dès que le conducteur l'aperçoit il file avec son rickshaw sans demander son reste. Ram ne comprend pas ce départ précipité et fait de grands gestes, en vain. Karan, lui, a bien vu que l'étrange conducteur avait fui en l'apercevant et il se demande si ça ne serait pas celui qui a porté le livre. « Quel lien a ce Rai avec le mystérieux donateur du beau livre sur les Ranas ? » se demanda-t-il. Et il se promit de demander des explications à Ram.

Mais pour l'instant il doit trouver une solution pour Ashmi, et vite. Il doit l'éloigner pour éviter les ennuis.

— Pourquoi pas un trek ? se dit-il soudain. Un reportage dans la montagne pendant un bon mois.

25

Il est tard quand Ashmi quitte le journal. Si elle ne veut pas rentrer seule à pied pour rejoindre sa nouvelle chambre à l'autre bout de la ville, elle doit attraper le dernier bus qui passe de l'autre côté de Thamel, sur la grande rue Kantipah. Son métier lui prend tout son temps, mais elle ne reviendrait en arrière pour rien au monde. À l'université elle était dans une bulle à part, hors des réalités, le journalisme l'a jetée sur le terrain, et si les débuts ont été difficiles, elle a beaucoup appris en peu de temps. Sa plongée dans l'univers des ONG a été pour elle un révélateur. Elle a découvert son pays sous un autre jour, la vie des siens s'est éclairée autrement. Quand elle est partie enquêter sur le conflit des terres et qu'elle a compris qu'il était possible de se faire légalement restituer des terres, les anciennes souffrances se sont réveillées. Ce jour-là, la pensée de reprendre à Manisha et à ses frères les terres volées à sa mère a fait son chemin dans son esprit et n'en est plus sortie. Avec le nouveau gouvernement, des lois ont été votées et ratifiées. Quand elle a su que l'une d'elles pourrait tout changer, Ashmi a décidé d'aller jusqu'au bout. Elle veut récupérer ses terres. Elle n'a pas réfléchi à ce qu'elle en fera, mais elle les veut. C'est viscéral. Manisha et ses frères doivent les lui rendre officiellement. Elle veut tenir le papier signé entre ses mains. Engrangeant les notes les unes après les autres, arrachant les rendez-vous, s'acharnant à démêler les rouages complexes d'une administration pléthorique afin de parvenir au bon bureau qui lui donnera les bonnes informations, rien ne la rebute. Mais jusqu'ici il lui a été quasi impossible d'avoir le moindre renseignement officiel sur cette loi. Tout le monde se tait. Elle se heurte à pire qu'à un mur. La seule qui a accepté de parler est cette avocate dont elle a appris l'existence par hasard. Elle a mis beaucoup de temps à retrouver son nom et son adresse.

La restitution des terres des siens est au centre de sa vie depuis qu'elle s'est rendu compte d'une chose essentielle. La réelle spoliation des terres a commencé en des temps immémoriaux et elle concerne une partie très précise de la population : les femmes. Celles-ci ne peuvent ni posséder ni hériter. Les souffrances et la misère dans laquelle elles vivent se sont révélées à Ashmi au cours de ses enquêtes. Avant, Ashmi pensait que les choses étaient ainsi. Qu'on ne les changeait pas. Au contact des femmes occidentales qui travaillent dans les ONG elle a compris qu'on pouvait changer les choses. La comparaison avec la vie des femmes dans des pays riches a bouleversé son regard. Elle n'est plus retournée à l'université voir ses autres camarades et a peu revu Neia. Leurs liens se sont dissous naturellement, Ashmi n'en a pas souffert. Il n'y avait plus de place dans sa vie pour une amitié qui demandait des explications sur son travail et des justifications à n'en plus finir. Ashmi sait ce qu'elle doit à son amie, mais aujourd'hui plus rien ni personne n'existe, à part son combat. Elle a rangé son jean et son tee-shirt, et remis son sari comme on enfilerait une tenue de combat. Pour ne jamais oublier ce qui entrave ses pas. Ce sari qui l'empêche d'être libre de ses mouvements est devenu le symbole de ce qui l'empêche d'avancer. Elle l'enlèvera le jour où elle sera libérée de sa dette envers les siens, envers sa mère dont elle n'a pas su comprendre la souffrance. Peut-être que si elle avait su, Ashmi aurait pu lui parler, peut-être que les choses entre elles se seraient passées autrement. Mais il est trop tard, elle était trop jeune.

26

L'idée d'envoyer Ashmi avec une équipe de touristes comme ceux qui passent à l'hôtel paraît idéale à Karan. Mais quelle raison valable lui avancer pour un tel voyage ? Il a entendu dire que ça bougeait du côté des femmes en montagne. Il n'en sait pas plus mais décide de rendre une nouvelle visite à miss Barney. Elle sait tout sur tout dès qu'il s'agit des grimpeurs de l'Himalaya. Ses rapports avec la vieille Anglaise sont des plus agréables. Il se rend souvent chez elle, pour le thé. Dès qu'il arrive dans l'allée des poinsettias rouges il respire un autre air. Un air d'Europe qui lui fait du bien. Si dans les premiers temps il a retrouvé Katmandou avec une immense émotion et s'est perdu dans ses ruelles avec volupté, depuis son agression il est réticent. Au fil des jours et des mois, des années maintenant, c'est un autre horizon qui lui manque. Londres, Paris. Les élégantes rues de la capitale française. Les beaux immeubles de pierre, les terrasses des cafés au printemps, les discussions animées, les cinémas et le parfum des femmes. Karan a parfois d'immenses nostalgies. L'agression a changé sa perception des choses. Le travail l'accapare tout entier, la situation politique est d'une extrême confusion, il n'a de temps pour rien. Il ne sait plus qui il est vraiment. En France il se croyait népalais, au Népal il se sent redevenir français. Finalement il n'y a que chez miss Barney qu'il trouve sa place, et quand il boit le thé servi par son majordome en habit, il retrouve une sorte d'unité. Quand miss Barney a su qu'il s'était fait agresser en rentrant de chez elle, elle n'a cessé de lui rendre visite à l'hôpital jusqu'à ce qu'il soit rétabli. Elle s'excusait, il n'a pas compris. Elle n'y était pour rien. Mais elle continuait à s'excuser. Aujourd'hui il peut lui demander ce qu'il veut.

— Vous voulez envoyer votre protégée en trek, sir Karan. Bonne idée. Mais où exactement ?

— J'hésite à lui faire faire le tour des Annapurna ou à l'envoyer par le premier vol pour Lukla vers le camp de base de l'Everest. Il arrive des groupes tous les jours, elle pourra partir avec l'un d'eux, je m'arrangerai. L'important c'est qu'elle soit éloignée le plus longtemps possible.

— Je comprends. Depuis quelques jours, dans les familles à Katmandou on ne parle que de son article sur les terres. Qu'est-ce qui vous a pris de la faire travailler sur un tel sujet ?

— Il n'y avait aucun autre journaliste disponible ce matin-là. Je n'ai pas pensé qu'elle doublerait la police en prenant seule ses renseignements. Je reconnais que je n'aurais pas dû la laisser prendre tous ces risques mais elle a fait du bon travail

— Bon, maintenant le mal est fait. Je suis d'accord avec vous, pour sa propre sécurité elle doit être absente de la rédaction et de la ville le plus longtemps possible. Ici les rancœurs sont tenaces et, parfois, meurtrières.

— Comme vous y allez !

— Ne soyez pas naïf. Votre Ashmi doit partir au plus vite et j'ai une idée.

— Parfait, s'exclame Karan soulagé.

— Vous vous souvenez de ces trois Européennes dont je vous ai parlé et qui font la course pour décrocher le titre de « première femme à avoir grimpé les 14 sommets de plus de 8 000 mètres » ?

— Oui, très bien.

— Il y a du nouveau. L'Italienne, l'Autrichienne et l'Espagnole sont en train de se faire déborder par deux Coréennes qui enfilent les 8 000 comme des perles. Elles grimpent à la vitesse du vent. Dans le milieu on ne parle que d'elles. Elles viennent à peine de se mettre sur les rangs qu'elles ont déjà rattrapé les trois autres. C'est dire. Avec ces Coréennes ce n'est pas un sommet en deux ans, c'est deux sommets en un mois. Rien que pour cette année la première, Oh Eun-sun, a fait le Makalu a plus de 8 480 mètres le 13 mai dernier, et le Lhotse à 8 516 mètres le 26 mai. Soit deux sommets à quinze jours d'intervalle. De la folie !

— Elles ont un secret ?

— Je n'en ai aucune idée.

— Allez, dites-moi, je suis sûr que vous le connaissez !

— Non. Même avec les hélicoptères qui les déposent au camp de base et leur évitent des jours de marche, même avec l'assistance oxygène et toute l'équipe de porteurs, ça reste inexplicable.

— Du dopage ?

— Je ne vois pas pourquoi l'alpinisme y échapperait. Ça a toujours été un sport très médicalisé, ne serait-ce qu'à cause des conditions exceptionnelles d'altitude. Les membres de l'équipe victorieuse du Nanga Parbat en 1953 n'ont jamais caché qu'ils avaient pris des amphétamines pour stimuler le cœur, améliorer la circulation sanguine et ventiler les poumons à cause du manque d'oxygène. Mais la frontière entre médecine de montagne et dopage est des plus floues. À partir de quand se dope-t-on ? En prenant de l'aspirine ?

— Les Coréennes prennent de l'aspirine ?

— Ne vous moquez pas, sir Karan. Tout ce que je peux vous dire c'est que leurs records sont excessifs. Ça ne me dit rien de bon. Elles devraient se méfier.

— Et ma journaliste dans tout ça ?

— J'y viens. Le 12 octobre la Coréenne Oh Eun-sun tente son troisième sommet de la saison. Elle s'attaque au Manaslu. Pas le plus impressionnant des sommets à première vue, l'un des moins connus des non-initiés, mais le plus sensible.

Le Manaslu est la montagne des avalanches. Au Népal certains disent qu'elle emporte les audacieux de plus en plus nombreux, qui croient pouvoir la gravir impunément. Alors elle les ensevelit dans son grand manteau blanc, au hasard, et souvent.

— Cette montagne a des colères immenses. C'est la Montagne de l'Esprit. Celle que les Tibétains appellent « Kurung ».

— Et vous voulez que j'envoie Ashmi là-bas ?

— Seulement au camp de base. Ce serait une très bonne expérience pour elle et pour votre journal. Un groupe de Suisses et de Belges y part dans une semaine. Ils m'ont contactée, ils veulent être là-bas avant l'attaque du sommet par la Coréenne. Votre Ashmi sera sur une actualité. Pour une journaliste, c'est idéal. Avec son portable elle peut faire un compte rendu en temps et en heure et vous pourrez le revendre. Les agences n'ont envoyé personne. Trop cher de faire partir si longtemps les spécialistes pour un sommet pas spectaculaire. Ils attendent les sommets mythiques pour accourir au combat final. Mais, à mon avis, ils seront quand même très intéressés. Le parcours des Coréennes est exceptionnel.

Karan n'en espérait pas tant. Miss Barney s'est montrée plus que généreuse, elle lui a mâché le travail. Il s'étonne encore de cette immense sollicitude à son égard mais ne cherche pas plus loin. Il va préparer l'expédition d'Ashmi.

— Bien évidemment sir Karan, elle ne doit pas aller plus loin que le camp de base. N'oubliez pas que pour elle ce sera déjà un effort.

— Bien sûr miss Barney, mais Ashmi est née tout là-haut, dans un des plus hauts villages du massif himalayen. La montagne, elle connaît.

— Ce n'est pas la même chose. Les paysans népalais qui vivent très haut sont vigilants par expérience. Ils savent que la montagne est dangereuse. Les touristes ne sont pas là pour être prudents, au contraire. Certains n'ont qu'une idée en tête, aller toujours plus haut. Dites bien à votre Ashmi de rester au camp de base. Tant pis si d'autres dans le groupe veulent pousser au premier camp. Soyez ferme. La montagne sous laquelle on vit en se courbant depuis des générations et la montagne qu'on attaque à l'assaut ne réagissent pas de la même façon.

Karan a un petit rire :

— Quoi ? Elle va se mettre en colère ?

— Elle pourrait.

— Allons miss Barney, ne me dites pas que vous croyez aux esprits.

— Non. Pas quand je suis ici en bas, dans la vallée. Mais si j'étais tout là-haut, je crois que je me méfierais.

27

Le lendemain matin, un peu mal à l'aise, Karan a convoqué Ashmi. Dès qu'elle entre dans son bureau il remarque à quel point elle a changé, il la trouve plus belle, plus rayonnante. Entre les réunions et les tâches administratives il y a un moment qu'il ne l'a pas vue, ou plutôt regardée, et la métamorphose de l'étudiante timide en cette jeune femme, journaliste affirmée, lui saute maintenant aux yeux. Il faillit lui faire un compliment mais se retient à temps. Ce n'est pas le moment.

De son côté, rougissante, elle attend. Il la fascine de plus en plus. Depuis que son reportage lui a valu des compliments de sa part, elle ne cesse de quêter son assentiment pour toutes choses. Mais il est toujours occupé, et quand elle le croise elle sent bien qu'il ne la voit pas.

— J'ai quelque chose pour toi.

Elle s'étonne.

— Ah bon ?

— Tu vas faire un très beau voyage. Tu pars avec un groupe de touristes dans l'Himalaya. Un sujet d'actualité passionnant et urgent.

Pour elle c'est la douche froide.

— Je pars ? Mais...

— Tu n'es pas enthousiaste à l'idée d'aller te promener avec les touristes ? Tu n'as jamais fait ce genre
de chose. Ça te changera.

Ashmi ne veut pas partir. Elle veut rester près de lui,
elle est devenue ce qu'il voulait qu'elle soit, une journaliste engagée. Maintenant c'est trop tard pour revenir
en arrière, son enquête sur les terres avance et la pas-
sionne. Se promener, elle n'a aucune idée de ce que ça
veut dire et n'en a aucune envie. Elle veut travailler.
Troublé par sa détermination et sa beauté d'autant plus
évidente dans ce moment où elle lui résiste, Karan
prend sa voix la plus douce pour la persuader.

— Je sais que l'enquête que tu es en train de mener
te tient à cœur. Mais il faut que tu prennes un peu de
recul. Ça fait longtemps que tu es dessus et ça piétine.
Dans ces cas-là il faut passer à autre chose. On a tous
connu ça. Un peu d'air te fera du bien...

Ashmi voudrait lui dire que, justement, elle vient
d'obtenir un rendez-vous très important avec une avocate reconnue pour la suite de son enquête, mais il
ne lui en laisse pas le temps. Il lui explique que des
Coréennes et des Européennes courent les sommets.
Elle est perplexe. Des étrangères qui grimpent l'Himalaya, ce n'est pas nouveau. Il y en a des centaines par
an. Mais Karan enchaîne :

— Leurs équipes sont sur place pour préparer le
terrain. Il paraît qu'un camp de base à ce niveau, c'est
une véritable usine. Tu pars avec un groupe de
trekkeurs. Ils parlent tous anglais, tu n'auras pas de
mal pour la conversation. De toute façon les guides
t'aideront. Ils sont parfaitement bilingues, les Suisses
engagent les meilleurs. Pour le tourisme, cette course
au Manaslu, c'est très important. On a eu des baisses

de fréquentation considérables à cause de la guerre. On doit remonter la pente, faire savoir aux étrangers que tout va bien.

Ashmi ne comprend pas où il veut en venir. Si elle doit faire un reportage au camp de base du Manaslu, elle doit quitter la rédaction pour un bon moment.

— Un mois, au moins.

Elle est effrayée.

— Un mois ! Mais je vais perdre tous mes contacts, les décevoir, je suis en train de réussir quelque chose et...

— Écoute n'insiste pas, c'est moi qui décide. Tu pars.

Le ton est encore amical, mais ferme. Karan sent qu'il doit se protéger car il pourrait flancher. Il voudrait l'encourager à continuer, or il est obligé de l'éloigner. Mais elle lui résiste, et son trouble grandit.

Déstabilisée, elle le questionne :

— Qu'est-ce que je vais faire pendant tout ce temps ?

— Les suivre et écrire plusieurs papiers. Sur la Coréenne, et aussi sur le camp de base, son organisation, et sur les touristes. Surtout les femmes, c'est capital pour notre économie. Tu vas les interroger, savoir pourquoi elles sont là, ce qu'elles font, quel est leur métier en Occident, ce qu'elles viennent chercher au Népal.

Ashmi ne comprend plus quel est le véritable sujet. Les touristes, les femmes alpinistes, ou les deux ? Elle est un peu perdue et surtout trop novice dans le métier pour comprendre que Karan n'a pas approfondi la question. Un professionnel aguerri saisirait tout de suite qu'il veut tout simplement la sortir de son enquête sur le foncier. Ashmi ne le voit pas. De son côté Karan s'est radouci, il a réussi à se convaincre qu'il lui confie un travail intéressant. Il se dit qu'elle sera au cœur de l'actualité, mondiale de surcroît, et qu'ainsi il montrera sa bonne volonté aux dirigeants du pays, très sensibles à la question du tourisme. Il n'a pas envie de voir plus loin. Pour lui tout le monde est gagnant. Surtout Ashmi qui risque gros en restant à Katmandou après son papier sur la propriété. Étonnée de ce revirement, Ashmi tente encore de lui expliquer qu'elle n'a pas besoin d'aller parler avec ces touristes pour savoir ce qu'elles viennent faire au Népal. Elle le sait déjà. Lui-même le sait puisqu'il vient de le lui dire. Elles viennent pour la même chose que tous les autres : grimper. Alors à quoi bon aller leur poser la question ? Elle doit voir Indra.

Karan est mal à l'aise. Ashmi a suivi ses conseils au-delà de ses espérances, elle s'est passionnée et s'est révélée.

— Tu verras cette avocate plus tard. Occupe-toi des touristes.

Ashmi s'obstine.

— Mais vous m'avez toujours dit qu'il ne fallait pas me décourager, aller jusqu'au bout. Ce n'est pas intéressant, les touristes…

Cette fois Karan est déstabilisé. Ses sentiments sont contradictoires. D'un côté Ashmi le trouble, mais d'un autre il comprend qu'il a fait une grosse erreur. Cela fait deux fois qu'elle insiste sur le fait qu'il l'a encouragée à aller jusqu'au bout de ses enquêtes. Or il ne peut être mis en cause. C'est tout le travail fait pour que le journal existe qui serait anéanti. Il se fait violence et durcit le ton.

— Qu'est-ce que tu dis ? Mais si tu es là aujourd'hui tu le dois justement aux touristes. Et au tout premier d'entre eux. Sir Edmund Hillary. Ton école au fond de la montagne, c'est lui qui a donné l'argent pour la construire. Où seraient les jeunes filles comme toi sans eux ?

Bien qu'intimidée par le ton inhabituel de Karan, bouleversée à l'idée de ne pas poursuivre son travail sur les terres, Ashmi trouve la force d'insister à nouveau.

— Je préférerais continuer mon enquête, ose-t-elle d'une voix à peine audible.

— Je me fiche de ce que tu préfères ! réplique-t-il cinglant. Ce qui compte, c'est l'actualité. Et l'actualité c'est le défi mondial de ces Coréennes et les foules qui vont se déplacer pour les voir. Ce que nous avons personne d'autre au monde ne l'a et aucun pays ne peut se l'offrir, même en y mettant des fortunes. Le Népal, Ashmi, c'est la revanche des misérables. C'est l'un des pays les plus pauvres du monde, il ne vaut rien, il n'a jamais intéressé personne ! Mais il possède le plus haut sommet du monde. Un symbole qui ne s'achète pas. Le toit du monde, l'Everest ! Sagarmatha ! Et il y a tous les autres, les plus hauts après lui. Retient bien leurs noms, le Cho Oyu, le Lhotse, le Kangchenjunga, le Makalu, le Daulagiri, le Manaslu, l'Annapurna. Je me demande si tu mesures bien ce que ça signifie de posséder ces sommets à plus de 8 000 mètres ! Alors comme je veux que tu comprennes, tu vas partir sans discuter.

Karan s'est enflammé, il a une ferveur qu'Ashmi ne lui connaît pas. Intimidée, elle se tait.

— Un des guides du groupe vient te chercher cet après-midi au journal pour tout t'expliquer. Après il t'emmènera choisir ton équipement, chaussures, anorak, sac à dos, duvet. Tu pars demain matin.

— Mais, ose-t-elle d'une voix timide, je ne peux pas acheter tout ça.

— Le journal couvre tes frais. Tu es en mission. Mais il me faut du résultat. Je te conseille d'écrire un peu tous les jours pour ne rien oublier. Tu vas chercher à savoir pourquoi ces femmes viennent, et comment elles font pour ne pas avoir peur alors qu'elles risquent leur vie. C'est très important ça, la peur, n'oublie pas. Pareil pour la Coréenne. Quand vous arriverez au camp de base elle y sera déjà. On m'a dit qu'elle parlait bien l'anglais, tu te débrouilles pour obtenir une inter-view et des photos. Demande-lui comment elle fait pour grimper aussi vite et aussi souvent. Demande-lui si elle croit aux esprits et aux dieux de la montagne qui pourraient se venger de sa hardiesse. Je veux que les Népalais comprennent que ces femmes-là n'ont pas peur des esprits. Et qu'elles vivent très bien sans eux. Tu entends ?

Karan est énervé, il parle vite, et fort. Il veut montrer à Ashmi et se prouver à lui-même que le sujet est valable. Qu'il a de l'importance. Que c'est pour cette raison qu'il l'envoie en trek. Il en oublie que son pre-mier but est de l'éloigner de l'enquête sur les terres. Et il ne veut pas s'avouer qu'en fait, en cet instant, il préférerait la garder au journal, pas trop loin de lui.

Ashmi n'a rien compris à son discours. Les sommets, les esprits, la peur, les femmes. Tout est confus. Mais elle acquiesce.

— Oui, dit-elle sobrement.

28

Le soir tombe. Ashmi est triste. Le jour où il l'a embauchée, Karan l'a sauvée. Elle n'avait plus rien, ni famille, ni diplôme, ni travail. S'il n'avait pas été là, sa vie aurait basculé. Elle a reporté sur lui toute sa confiance, aujourd'hui il est tout pour elle, sa famille, son père disparu. Depuis Tej, personne ne lui avait accordé autant d'attention. Karan est le premier. Et son journal, c'est sa maison à elle désormais. Pourtant, ce soir, son intuition lui dit que les choses ne seront plus jamais les mêmes, et elle ne comprend pas pourquoi. La colère de Karan, son autorité soudaine l'ont bouleversée. Il ne lui avait jamais parlé comme ça. Voilà que ce matin, alors qu'elle venait de recevoir la confirmation d'un rendez-vous avec l'avocate, Karan l'oblige à partir. Elle marche dans les rues de Katmandou tête haute. Elle va obéir à Karan et aller au camp de base du Manaslu, mais elle continuera son enquête en parallèle. Ça prendra du temps, mais rien ne l'arrêtera. Karan dit que le Népal a changé.

— Ça tombe bien, marmonne-t-elle entre ses dents, moi aussi j'ai changé.

Désormais, elle sait où elle va.

— *Namasté !*

Le jeune Tamang du Kathmandou Guest House la salue tout en refermant le lourd portail de ferronnerie noire derrière deux grosses Range Rover qui se garent au bout de l'allée. Ashmi a juste le temps d'en voir descendre un groupe de trekkeurs chaudement habillés et chaussés. Une expédition arrivée par l'avion du soir. Peut-être ce groupe de Suisses que Karan lui a demandé de rencontrer ? Ils ont dû réserver à l'avance. Le KGH, comme on l'appelle, est un hôtel toujours complet. Avant de grimper vers les sommets et de connaître l'inconfort des campements de haute altitude, les étrangers aiment passer leur nuit dans ce lieu mythique qui a vu défiler les plus grands conquérants de sommets. Le jeune portier tamang les dévisage au passage. Il cherche un signe. Il se demande lequel ne repartira jamais dans son pays. Lequel la montagne gardera à jamais dans ses crevasses glacées. Ou laquelle, car il y a de plus en plus de femmes et le jeune portier les croyait plus sages. Dans sa religion on ne brave pas la demeure des neiges. On la regarde de loin, on l'admire et on brûle des branches de genévrier en son honneur. Ce soir il n'a pas pu dévisager les passagers. Ashmi l'a distrait de son habitude et c'est une autre question qui l'occupe :

— Que fait cette fille dans les rues tous les soirs à cette heure tardive ?

Elle répond à son salut d'un sourire discret et passe, puis se ravise. Depuis le temps qu'elle passe devant lui matin et soir, elle devine ses pensées. Elle s'approche de lui.

— *Namasté.*

Surpris, il s'incline en souriant.

— *Namasté.*

— Tu peux faire quelque chose pour moi ?

Il ne sait quelle contenance avoir.

— Ce n'est pas grand-chose, insiste-t-elle, juste un service que personne à part toi ne peut me rendre.

Flatté de cette importance soudaine qu'il ne soupçonnait pas, le gamin l'écoute, oreilles grandes ouvertes.

— Demain matin je te laisserai une lettre. Tu pourras la porter à l'adresse qui sera écrite sur l'enveloppe ? Je travaille au journal au bout de la rue, je pars pour longtemps et je n'aurai pas le temps d'y aller. Fais-le pour moi, s'il te plaît. C'est très important.

— Je veux bien, fait-il, mais, au journal il y a bien un gardien le jour, il peut...

— Non, surtout pas lui.

— Et le veilleur Ram, il...

— Écoute, tu veux bien m'aider ?

Elle s'énerve et le jeune Tamang la regarde, subjugué. Ashmi est si jolie quand elle est en colère. Il accepte et elle le remercie mille et mille fois. Il la regarde partir, tout heureux de lui faire plaisir si facilement. Il se dit que les filles sont surprenantes, porter une lettre, ce n'est rien de compliqué.

Ashmi ne sait pas ce qui lui a pris de s'adresser à ce jeune portier, mais elle a confiance. Ram ne sera pas là demain matin et jamais elle ne confierait cette lettre au gardien du journal. Il lui fait peur et il la hait, elle le sent. À la première occasion elle sait qu'il lui fera un mauvais coup, autant rester prudente. Le jeune portier du KGH portera la lettre qu'elle écrira ce soir à l'avocate, Indra. Elle lui dira pourquoi elle ne peut venir au rendez-vous, lui expliquera sa situation, et lui dira qu'à son retour du trek elle ira la voir.

Ashmi marche à petits pas pressés. C'est que la nuit tombe tôt au Népal. Quand elle quitte le journal la musique joue encore dans les restaurants de Thamel, mais en dehors de ce quartier les rues sont désertes et sombres. Il n'y a pas d'éclairage. Une jeune femme doit avoir regagné son foyer ou sa chambre. On ne sait jamais. La guerre est finie mais tout le monde n'a pas rangé les fusils, ni les *kukris* aux lames effilées. La colère est restée enfouie au plus profond des cœurs. Ashmi le sait, mais comme tous les jeunes du Népal qui ont grandi dans les années de guerre, elle veut faire les choses plus librement qu'avant. Rentrer tard le soir ne fait pas particulièrement partie de ses envies de liberté, mais comment faire autrement ? Karan la traite comme les autres journalistes, elle doit assister aux réunions même si elles se terminent tard. Chaque fois elle tente d'attraper le dernier bus qui la prend sur la Kantipah et, au mieux, la laisse à une rue de sa chambre juste de l'autre côté de la rivière Bagmati. Elle a dû quitter la pension et sa chambre, c'est Neia qui la lui a trouvée.

— Tu seras en sécurité chez ma tante, lui a-t-elle dit. Elle est veuve et sera contente de te loger.

Malgré l'exiguïté et le bruit infernal qui monte de la ville, Ashmi se sent bien dans cette chambre et dans sa nouvelle vie. Elle s'est libérée des tragédies du passé et éprouve un incroyable sentiment de liberté. De sa fenêtre elle peut observer l'invraisemblable trafic qui règne sur le pont, avec les taxis, les motos, les rickshaws, les tuk tuk, les camions, les piétons, les vendeurs de légumes qui se faufilent sous des chargements énormes portés à dos d'homme ou accrochés tant bien que mal sur de vieux vélos. Les petites dalits ont disparu de son paysage, leurs cases sont plus haut sur la rivière. Ici les eaux s'écoulent entre les déchets qui s'accumulent le long des berges créant des barrages de saletés accumulées.

— Quand j'étais petite on se lavait tous dans l'eau de la Bagmati, lui a raconté une femme qui vend ses légumes à l'entrée du pont. Mais je n'y vais plus. À cause des sacs plastique. Ça s'accroche partout, ça finit par faire des tas de merde.

Avant que le commerce avec la Chine ne se développe, et avec lui l'afflux de poches de plastique de toutes sortes, la Bagmati emportait tout. Le papier dans lequel les Népalais emballaient fruits et légumes fondait dans l'eau, comme les fruits pourris et les bêtes mortes qu'on y jetait. L'arrivée du plastique a considérablement changé la physionomie de la rivière qui traverse Katmandou. Parfois Ashmi repère une bête morte accrochée à un paquet de saletés et qui reste bloquée entre les plastiques qui font comme des filets. L'odeur monte avec les chaleurs, jusqu'à ce que tombent les pluies diluviennes de la mousson qui d'une rive à l'autre, arrachent la carcasse pourrie et la crasse accumulée. Mais si la pluie ne vient pas, alors la carcasse reste. Elle s'effiloche au fil des jours entre les plastiques sous les coups des becs d'oiseaux et les morsures des rats. Jusqu'à devenir méconnaissable. Pourriture parmi les pourritures. Les déchets sont partout. Dans l'eau et à tous les coins de rue, sur la moindre place, le moindre terre-plein, abandonnés à eux-mêmes et aux chiens. Plastique, lambeaux, restes de nourriture, formes indéchiffrables entassées, écrasées sous des milliers de pas. Personne n'y prête attention.

Ashmi est sortie de Thamel sans s'en apercevoir. La musique des restaurants de touristes ne lui parvient plus que par bribes. Inquiète, elle regarde l'heure sur son portable. 19 h 45. Le bus qui la prend face au palais royal, à l'angle de la Tridevi Marg et de Kantipah passe aux environs de 20 heures Ce n'est jamais précis, parfois c'est avant, parfois après.

— Bon, ça va, se dit-elle, mais il vaut mieux faire vite. S'il est en avance je risque de le rater !

Elle essaie de marcher plus vite mais son sari entrave ses pas. À plusieurs reprises elle tord ses pieds sur le trottoir cassé en plusieurs endroits. Alors qu'elle est presque arrivée, le bus traverse au bout de la rue et s'éloigne sans attendre dans la nuit qui tombe.

— Ça m'apprendra à porter ce sari ! Maudit sari !

Sous le réverbère falot de la rue Kantipah qui distille une lumière incertaine, Ashmi attend le bus suivant. Pas question de prendre un taxi, bien trop cher. Et pas un seul rickshaw en vue. À cette heure ils tournent dans Thamel à la recherche de touristes. Dans l'un d'eux elle reconnaît la directrice de l'université. Ashmi se souvient que tous les soirs il y en avait un qui l'attendait. Toujours le même, très coloré, avec de larges fleurs rouges et jaunes. Celui-là même dans lequel elle la voit s'éloigner entre les voitures. L'université ! Ça lui paraît si loin. Elle a un pincement au cœur et une pensée pour ses amies, Neia si douce, la colérique Laxmi. Une bousculade l'interrompt. Un tuk tuk manque la renverser, les gens se ruent et sautent dedans. Avec le sari impossible pour Ashmi d'être assez rapide pour réussir à y avoir une place. Le tuk tuk repart, bondé. Elle enrage. Décidément, ce sari !

Contrariée, elle se met à l'écart. Elle a hâte de retrouver sa chambre et d'écrire la lettre. Rares à cette heure sont les voitures et motos qui se croisent encore sur la grande rue Kantipah. Les retardataires pressent le pas. Un vent léger s'est levé, il fait bouger la cime des arbres au-dessus des murs d'enceinte du palais royal, juste en face de l'arrêt de bus. Comme toujours à cette heure, le froid tombe vite. Ashmi frissonne. Hier, sous les frondaisons, derrière ces hauts murs, des ombres ont massacré la famille du roi. Ashmi imagine la jeune princesse s'enfuyant dans la nuit du parc. Elle voudrait ne pas regarder ces arbres, ne pas penser à la princesse, mais elle n'y arrive pas. Hypnotisé, son regard fouille les hautes branches. Qu'ont vu les arbres centenaires ? Connaissent-ils le visage des ombres ?

Mais les grands arbres ne parlent pas, ni les hauts murs d'enceinte. Seul le vent est là, qui chante entre les feuilles.

29

— Ça y est ? Elle est partie ?

— Oui.

Ashmi a quitté Katmandou le matin même avec le groupe de Suisses et de Belges, comme promis. Quand il l'a laissée avec les trekkeurs il a eu un pincement au cœur et il s'est aperçu qu'il n'avait qu'une envie, qu'elle revienne.

— J'ai failli vous rappeler pour vous dire de ne pas l'y envoyer, dit miss Barney. Je ne suis pas sûre que votre Ashmi revienne comme elle est partie.

Il sursaute, effrayé.

— Que voulez-vous dire ?

— Que cette jeune fille va vivre un mois durant avec des gens qui lui sont étrangers et qui ne vivent pas comme elle. Ils vont parler.

Ce n'était donc que ça. Il rit :

— Et alors ?

— Rien, mais elle risque de découvrir des choses.

— J'espère bien, miss Barney, dit-il sérieux et vaguement inquiet, c'est même pour ça que je l'y ai envoyée...

— Non. Vous l'y avez envoyée pour l'éloigner de son enquête sur la propriété. Ce n'est pas un reproche, je vous y ai même aidé.

— Et alors, où voulez-vous en venir ? De toute façon quelle que soit la raison pour laquelle je l'y ai envoyée, je suis très content qu'elle soit là-bas. Ashmi a évolué en un an, elle a travaillé avec les ONG. Elle connaît maintenant la différence de niveau de vie qui existe entre les pays. Rien de tel que d'être plongée dans de nouveaux modes de pensée et de vie. Plus les jeunes seront au contact des étrangers, mieux ce sera. N'oubliez pas, miss Barney, que leurs ancêtres ont vécu en vase clos pendant des siècles. Le pays ne s'est ouvert qu'en 1950. Ça ne fait même pas soixante ans, même pas une vie, vous vous rendez compte ?

— Vous me semblez bien enflammé tout à coup.

Il rougit, comme pris en faute.

— Je ne dis que la vérité. Dans la famille d'Ashmi personne n'est descendu plus bas que le village voisin, ils sont restés entre eux depuis la nuit des temps, dans ces régions isolées de l'Annapurna. Ses parents n'ont jamais vu Katmandou. Ils ne savent même pas ce que c'est que l'électricité. Vivre un mois parmi un groupe d'étrangers, pour une jeune Népalaise de vingt ans dont les parents ne sont jamais sortis de chez eux, croyez-moi c'est un spectaculaire voyage. Elle va beaucoup grandir

— Ça a l'air de vous intéresser au plus haut point.

— Écoutez miss Barney, je ne sais pas où vous voulez en venir mais oui, ça m'intéresse au plus haut point comme vous dites. Et c'est normal, Ashmi est une journaliste qui part pour mon journal, elle va avoir beaucoup de choses à apprendre des touristes, beaucoup de choses à écrire.

— Ce n'est pas si simple. Les touristes viennent ici pour marcher et grimper, ils ne vont pas lui raconter leur vie. Ils ne s'intéressent qu'à ce qu'ils font. Les expéditions, les treks, ils ne vont parler que de ça.

— Vous ne m'avez pas habitué à pinailler, miss Barney. Que craignez-vous alors ?

— Et vous ?

— Moi ? se rebiffe-t-il. Rien. Je sais bien qu'il ne faut pas se faire trop d'illusions mais je trouve bien qu'une de mes journalistes soit confrontée à une situation forte, extrême même quand elle sera là-haut.

Karan s'est emballé et miss Barney hésite à poursuivre la conversation. Elle se dit qu'il est un peu tard pour avoir des remords. Mais elle n'avait pas réfléchi à certains aspects. C'est Razu qui l'a mise en garde. Le jour où Karan et elle ont parlé au téléphone de ce trek pour Ashmi, il était en train de servir le thé et, dès qu'elle a raccroché il s'est approché avec un air de conspirateur. Depuis la fameuse nuit de l'agression, les rapports entre elle et lui sont devenus plus sincères.

— Ce n'est pas bon d'envoyer une jeune fille de basse caste avec ces étrangers qui font des expéditions, miss.

— Ça alors, de quoi je me mêle Razu ? Tu écoutes mes conversations maintenant ?

— Non, miss, je n'écoute pas, j'entends. Vous parlez assez fort. Et je vous dis que cette jeune fille ne reviendra pas comme elle est partie.

Elle avait sursauté. Razu parlerait-il d'atteinte à l'honneur d'Ashmi, de viol ?

— Qu'est-ce que tu sous-entends Razu ? Parce que les mœurs en Occident sont plus libres qu'ici, tu vois des violeurs partout dès que tu aperçois un étranger ?

Razu s'était raidi.

231

— Le Manaslu n'est pas une montagne comme les autres miss, les dieux et les esprits l'habitent. Vous parlez toujours des corps, et vous oubliez l'esprit. Si ces étrangers souillent l'esprit de cette jeune fille, ils lui feront beaucoup de mal. Ils la détruiront.

— Allons, tout de suite les grands mots. Que veux-tu qu'ils souillent, qu'est-ce que c'est que ce charabia ? Cette jeune fille vit à Katmandou depuis plusieurs années, ce n'est pas une imbécile, c'est une jeune fille éduquée.

— Une jeune fille éduquée qui vient de la montagne. Vous savez bien, ici dans la vallée on prie dans les temples, là-haut ils prient avec les esprits. Juste sous le ciel. Sur la très haute montagne qu'ils connaissent plus que n'importe qui sur cette terre, il y a une limite sacrée. Ils ne vont jamais au-delà de cette limite. Si les étrangers la font franchir à cette jeune fille, ce sera très mauvais pour elle.

Miss Barney lève les yeux au ciel. Encore ces histoires de sacré, de montagne divine. Mais Razu est tenace.

— Les étrangers ne connaissent pas cette limite, miss, vous le savez. Ils veulent aller partout. Pour les avertir la déesse de la montagne les ensevelit dans son manteau blanc. Mais ils n'entendent pas. Les étrangers n'entendent jamais la voix des esprits.

Il n'en avait pas dit plus et s'était mis à verser le thé comme si de rien n'était, puis il était retourné à sa cuisine. Miss Barney l'avait senti plus contrarié que d'habitude. Depuis qu'elle le connaissait sous un autre jour, elle était plus attentive à ce qu'il disait et elle cherchait davantage à le comprendre entre les mots. Dans l'incertitude elle avait failli rappeler Karan. Mais alors qu'elle avait presque fini de composer son numéro, elle avait renoncé et raccroché. Il aurait questionné. Pourquoi ? Qu'aurait-elle répondu ? Elle n'aurait pas pu lui parler de Razu, et pour cause. Ni su quoi lui dire, à part ce sentiment flou que finalement ce n'était peut-être pas une si bonne idée d'envoyer Ashmi là-bas. Elle n'allait pas lui parler à nouveau des esprits, il aurait fini par la prendre pour une vieille folle, frappée par la révélation comme tous ces mystiques qui arrivent par wagons entiers à la recherche d'on ne sait quelle lumière dans le recueillement des monastères. Miss Barney a eu l'occasion de se rendre dans divers monastères, elle n'en a retenu qu'une chose : il y fait très froid. Élevée dans la religion des sciences exactes par un père mathématicien, elle a longtemps juré comme saint Thomas : « Je ne crois que ce que je vois. »

— Alors si vous sentez une crotte de chien mais que vous ne la voyez pas, c'est qu'elle n'existe pas, lui avait répondu Razu avec un sens de l'à-propos qui cadrait mal avec ses coups de folie. Vous attendez de marcher dessus pour vous dire : « Ah oui, maintenant je la vois, donc il y avait bien une crotte de chien. »

— Vous m'agacez Razu. Bien évidemment que mon odorat me sert et que je crois aussi à ce que je sens.

— Alors nous sommes pareils, miss. Moi je sens la présence des dieux et des esprits, et j'y crois.

Elle lui avait vertement répliqué de ne pas faire ses simagrées plus longtemps et lui avait dit qu'il ne maîtrisait pas assez bien sa langue pour saisir les différentes nuances du mot sentir. Il devait intégrer une bonne fois pour toutes que pour elle, il n'y avait qu'une chose de sacrée : le thé. Et elle lui avait intimé l'ordre de lui en resservir.

Au fil du temps, miss Barney s'était assouplie et l'incident avec Razu avait fini de la rendre moins systématique. Trop d'années de guerre, trop de morts, de violences, trop de changements aussi dans ce milieu de l'alpinisme où elle avait cru trouver une pureté morale et où elle ne voyait plus aujourd'hui que conquêtes stupides, trahisons et coups bas. Un milieu d'alpinisme commercial qui a fait de la montagne un dépotoir d'excréments, et de tonnes de déchets. Tentes et matériels abandonnés. Dans des moments de grande lassitude, il arrive aujourd'hui que miss Barney, autrefois si païenne, se surprenne à faire appel à Dieu, comme le faisait sa mère quand la nostalgie de son Angleterre natale la tourmentait. Mais miss Barney se reprend vite, et comme Karan la fixe avec étonnement elle se hâte de le rassurer.

— Vous dites vrai, sir Karan, ils ne vont parler que de trek et d'ascensions, de technique et de compétition. Et surtout de fric. Je connais ça par cœur. C'est d'un barbant. Votre Ashmi risque d'être déçue.

Karan avait souri et bu à lentes gorgées le thé au goût de mandarine. Elle avait fait de même. Le soleil de ce début novembre filtrait au travers des fenêtres et tombait sur le bureau de chêne qui avait appartenu au grand-père maternel de miss Barney. Les roses de la tasse avaient cet air fané qui sied aux souvenirs et ils avaient tous deux communié en silence dans le manque qu'ils ressentaient, plus encore lorsqu'ils étaient ensemble à déguster le thé, de la lointaine terre d'Europe sur laquelle ni l'un ni l'autre n'avait vu le jour, mais dont l'absence pourtant les faisait souffrir, comme l'enfant souffre de l'absence du parent disparu. Puis Karan avait pris congé.

— Cette fois, miss Barney, je ne vais pas tenter le diable ni les esprits qui rôdent dans les rues la nuit. Je prends un taxi.

Gênée, miss Barney avait eu un petit sourire crispé et Razu avait filé à la cuisine.

Un quart d'heure plus tard le taxi déposait Karan au Katmandou Guest House. En descendant il eut la surprise de voir le vieux Ram en pleine conversation avec le jeune Tamang.

— Alors Ram, on déserte son poste ? Et le journal ?

— J'ai fermé Dhai, j'ai fermé, c'était urgent, dit Ram en s'avançant vers lui.

— Que se passe-t-il ?

— Je sais qui t'a fait le cadeau.

Karan ne réalise pas immédiatement.

— Le cadeau ?

— Oui Dhai. Le livre.

Son visage s'éclaire d'un coup.

— Ah oui ! Alors ?

En deux secondes il est comme un enfant, ses yeux brillent d'impatience.

— Dis-moi. Qui c'est ?

Conscient de son rôle et de l'impact de sa révélation, Ram pèse ses mots.

— Ce n'est pas un journaliste comme je le croyais, ni un commerçant,

— Mais qui alors ? vite !

Mais Ram ne veut pas tout dire en une fois. Il fait durer, pour la surprise.

— Ni un de ces politiques toujours à…

— Mais dis, enfin ! Dis !

— C'est une femme.

Karan tombe des nues.

— Une femme ?

— Oui, Dhai, et pas n'importe laquelle, une belle femme. Tu as de la chance.

Karan s'impatiente.

— Dis-moi qui tout de suite, ou je te tue.

— C'est une mademoiselle Bista.

— Une Bista ! Tu es sûr ? Karan est comme dégrisé bien qu'il n'ait pas bu la moindre goutte d'alcool. Il ne connaît qu'une seule femme Bista et il n'ose penser à qui il pense. Mais Ram ne lui laisse aucun doute.

— C'est la directrice de l'université.

Karan ouvre d'énormes yeux ronds.

— C'est elle, insiste Ram. Le Rai n'a pas voulu me le dire, tu l'as fait fuir. Mais un chauffeur de taxi me l'a raconté. Le Rai conduit la directrice tous les jours dans son rickshaw. Elle lui a demandé de te donner le livre.

— Ça alors !

Karan est sidéré. Les idées se brouillent dans sa tête. Que veut-elle, qu'a-t-elle voulu lui signifier ? Faire son éducation en matière de rois et de princes ? Et pourquoi alors ne pas le lui avoir offert naturellement, pourquoi tant de mystère ?

Ram regarde son patron s'interroger. Il est content. Il savoure sa victoire.

— Ne t'inquiète pas Dhai, lui dit-il, comme s'il entendait ses questions intérieures. Les femmes ici ne sont pas si timides qu'on le dit. Elles ont leur façon de faire comprendre.

— Que veux-tu dire ?

— Je veux dire que tu es aveugle, Dhai.

Karan ne peut croire ce que suggère Ram.

— Aveugle ?

— Oui. Cette mademoiselle Bista, avant que tu sois là, elle ne venait jamais par ici. On ne la connaissait même pas. Depuis elle est toujours fourrée dans le quartier, les chauffeurs et les conducteurs l'ont remarquée aussi. Ils me l'ont dit. Et je crois savoir pour qui elle vient.

Karan n'en revient toujours pas. Dans un pays comme le Népal où les femmes sont encore fortement assujetties aux hommes, cette directrice avec laquelle ses rapports ont été tendus et froids lui aurait offert un livre ?

— Ce que tu dis n'a aucun sens Ram.

— Au contraire Dhai. Ça a un sens très clair, elle te cherche. Et c'est toi qui ne comprends pas.

— Ne dis pas n'importe quoi. Pourquoi me chercherait-elle ? Elle me méprise au contraire, c'est une Bista. Tu sais ce que ça veut dire bien mieux que moi.

— Oui Dhai, je sais. Mais toutes les femmes se ressemblent quand il s'agit de sentiments, elles oublient les castes. Elles ont toutes le même rêve, comme nous les hommes. Elles veulent aimer. Et moi je dis que celle-là, tu ne lui déplais pas.

Bras ballants, bouche ouverte, Karan est planté devant l'entrée de l'hôtel, sans réaction. La nouvelle et les remarques de Ram l'ont perturbé.

— Je pars au journal prendre ma veille, à demain Dhai. Dors bien.

Ram a fait un signe malicieux de la main et s'est perdu dans la foule. La musique des bars et des restaurants joue à fond des airs entêtants.

Le jeune Tamang a entrouvert le grand portail de l'hôtel et regarde Karan en souriant. Des touristes passent dans la rue et rient aux éclats, ils entrent et sortent des bars où ils boivent de la bière népalaise. Comme toujours c'est la fête ininterrompue à Thamel.

— Vous rentrez ? Je vous ouvre ?

— Non.

Pour la première fois Karan fait volte-face et ouvre la porte du premier bar venu. Il n'a plus envie de penser à rien, il a juste envie de boire. À quoi bon penser à une femme et à quoi bon savoir qu'une femme pense à lui. Depuis qu'il a quitté Paris, mis à part ce trouble ressenti pour Ashmi, Karan n'a plus aucune pensée pour aucune femme. Pas même pour celle qu'il a laissée à Paris. Une femme qu'il aimait beaucoup pourtant, mais elle avait un travail, difficilement obtenu en raison du peu de places et du chômage qui gagnait de plus en plus l'Europe. Elle avait fait de belles études et ne voulait pas devenir dépendante de lui. Or ils n'étaient pas sûrs de ce qu'elle pourrait faire au Népal. Ce dont elle était sûre en revanche c'était de ne pas vouloir passer le reste de sa vie au Népal. Lui, il l'envisageait. Alors ils étaient convenus que leur vie commune s'arrêtait là. Elle avait pleuré dans ses bras. Lui aussi avait pleuré, mais en cachette. Le trouble devant Ashmi et la révélation de Ram venaient de rouvrir cette blessure. Le monde changeait si vite. Il se sentait emporté malgré lui d'un endroit à un autre, sa vie était bouleversée. Il rêvait parfois d'une maison avec femme et enfants, d'une bonne voiture qu'il rentrerait tous les soirs dans un garage dont la porte se lèverait au seul toucher d'une télécommande. Il rêvait parfois d'habitudes, d'un univers huilé où tout fonctionnerait, serait bien peint, bien nettoyé, avec des bouquets de fleurs et même un chien qui courrait sur une pelouse bien verte et bien tondue avec des arbres et des points d'eau qui couleraient sans qu'on s'en occupe, comme dans les magazines aux publicités impeccables et les images de films reposants. D'autres fois il riait de lui-même, sachant que soit il en mourrait

d'ennui, soit il croulerait sous le poids de la responsabilité de ses enfants et de l'entretien quotidien et usant
de ces lieux dévorants. Karan n'avait pas trouvé la
solution d'une vie idéale, ce pourquoi il évitait le plus
possible de se laisser aller à ces pensées contradictoires.
Mais parfois elles le rattrapaient, et le submergeaient.

Il finissait par comprendre qu'il aimait être seul et
aller de par les rues, croiser des gens de toutes sortes,
voir le monde.

30

Jamais Ashmi n'était montée si haut. Le groupe avait dépassé depuis longtemps les villages gurungs et kampas, et laissé loin derrière lui les féeriques rhododendrons et les troupeaux de yaks. Ashmi avait marché avec le groupe, de plus en plus difficilement. Elle avait pris des notes et sympathisé avec les étrangers, surtout avec les étrangères qui étaient très amicales, la questionnant sur sa vie, sur le Népal, sur le nom des fleurs le long du sentier, sur les maisons de terre des villages qu'elles croisaient, et sur toutes sortes de détails. Ashmi avait répondu du mieux possible, au début avec beaucoup de mal à cause de la langue, mais entre le français et l'anglais elle avait fini par trouver une méthode efficace qui fonctionnait bien, à condition de parler lentement de part et d'autre. Plus heureuse de ce voyage qu'elle ne l'avait cru au départ, elle n'avait pas oublié sa mission de journaliste et tous les soirs, se souvenant des discussions, elle prenait des notes pour faire une synthèse de chaque journée. Encore une fois elle veut être à la hauteur des souhaits de Karan. Leur dernière entrevue l'a laissée dans un état d'interrogation contradictoire. Il l'a secouée plus rudement que jamais, et en même temps il l'a regardée comme il ne l'avait jamais fait. Il parlait tout en s'attardant longtemps sur son visage, ses mains, sur ses cheveux. Il avait l'air de le faire sans s'en rendre compte. C'était troublant et elle y avait beaucoup repensé après coup. Elle préférait qu'il soit celui qui la conseille et même qui la houspille, pas celui qui la regarde comme un homme. En y repensant elle ressentait encore cette gêne qui l'avait envahie alors, et le visage du jeune porteur au regard clair lui était revenu. Il était à peine un homme, mais elle aurait aimé qu'il la regarde ainsi.

Heureusement le jour du départ elle avait retrouvé Karan tel qu'il avait toujours été, direct et clair. Il lui avait souhaité bonne chance et l'avait embrassée sans aucune ambiguïté.

— Fais du bon travail, lui avait-il dit simplement.

Elle lui avait promis de ramener le meilleur et elle comptait bien tenir cette promesse. Tant qu'il y avait les villages sur leur parcours, le groupe des touristes faisait halte dans les lodges où on leur servait le dîner, et le déjeuner. Jamais Ashmi n'avait été servie, jamais elle n'était allée au restaurant et elle n'avait jamais dormi ailleurs que chez elle au village ou dans sa chambre à Katmandou. Ces choses-là, c'était pour les riches touristes. Elle était mal à l'aise quand ses compatriotes la voyaient s'installer dans une chambre et à la table des étrangers alors que les guides sherpas et les porteurs mangeaient à part et dormaient ensemble dans de grands dortoirs sommaires. Ils la regardaient d'un œil d'autant plus noir qu'ils étaient obligés de la servir. Que faisait là cette fille de basse caste ? Ashmi baissait la tête, n'osant croiser leurs regards.

Certains lodges sur le chemin des expéditions sont de simples baraques construites en parpaings de béton brut, non peintes, avec un confort des plus rudimentaires. Planche de bois en guise de lit sur lequel on étend son duvet, portes qui ferment mal, vent qui s'engouffre et, quand il y en a, le sanitaire à l'extérieur. Toilettes puantes et glaciales, douche unique, sorte de carré étroit en béton brut sur le sol duquel on patauge dans l'eau des précédents utilisateurs, un crochet pour suspendre ses affaires qui sont trempées dès qu'on ouvre les robinets d'eau indifféremment froide sur le mur opposé. Si les membres masculins du groupe s'accommodèrent sans trop de mal de ces installations rustiques, pour les femmes la déception fut grande. La dénomination de lodge leur avait laissé espérer un endroit tel ceux qu'elles admiraient dans leurs revues de luxe.

— Je préfère encore aller faire mes besoins et me laver dans la nature, se lamenta Catherine.

— C'est ce que faisait tout le monde au début, expliqua Peter. Mais au final on marchait plus souvent sur des déjections que sur de la terre. Les Népalais se sont organisés comme ils ont pu, avec très peu de moyens.

— Comment ils faisaient avant l'arrivée des touristes ?

— Comme ils font toujours pardi ! dehors. Par-ci, par-là. Mais entre dix mecs qui se soulagent et dix mille c'est pas pareil, tu comprends ?

— Ils auraient pu faire un effort. Ces toilettes en ciment sont atroces et impraticables.

— Je te rappelle qu'ils montent tout à dos d'homme. Le moindre parpaing, le moindre sac. Tu as déjà porté un sac de ciment ?

Ashmi écoutait les plaintes des uns et des autres qui s'exprimaient surtout au moment des repas. Pour elle, ce confort sommaire dans la montagne était déjà un grand pas vers la modernité. Elle ne comprenait pas pourquoi ils trouvaient tout si laid alors qu'elle au contraire n'en revenait pas des installations et du progrès par rapport à ce qu'elle avait connu dans son village. Et ils exagéraient beaucoup sur la saleté, surtout les femmes. En revanche, ce qui l'étonnait, c'était de voir à quel point les étrangers s'émerveillaient des repas alors qu'ils mangeaient toujours le traditionnel *dal bhat*. Chez Ashmi on ne parlait jamais de ce qu'on mangeait. Il n'y avait rien à en dire, c'était toujours la même chose. Un plat sommaire et solide qui nourrit les Népalais deux fois par jour tous les jours de l'année. Du riz avec des lentilles, des épinards et, pour les étrangers ou pour les jours de fête, un peu de viande. De petits morceaux de poulet ou de mouton coupés fin et revenus longtemps avec des légumes épicés dans de grandes poêles noires. Les trekkeurs du groupe se réjouissaient de voir que les femmes allaient chercher directement les légumes dans leurs parcelles avoisinantes, juste au moment de les cuire.

— C'est normal que ce soit si bon ! s'exclamait Catherine.

Et Ashmi ne comprenait pas ce qu'ils trouvaient de si exceptionnel à ça. Où prenaient-ils les légumes chez eux ?

En regardant le groupe vivre au jour le jour, elle avait déjà beaucoup appris. Autant elle se sentait blessée des remarques sur les lodges de béton et de tôle qui faisaient la fierté de ceux qui les avaient bâties, autant elle était heureuse de les voir manger de bon cœur et vanter le goût exceptionnel des légumes.

L'effort de comprendre les étrangers du groupe, de parler avec eux puis de se souvenir et de noter ses impressions le soir épuisait Ashmi bien plus que la marche. Depuis qu'ils avaient quitté Katmandou, le déroulement de l'expédition avait été une succession de moments intenses qui avaient totalement accaparé son esprit.

Mais c'est en arrivant au camp de base du Manaslu, à plus de 4 400 mètres d'altitude, qu'elle eut le premier grand choc de son voyage. Le camp était un large plateau nu et froid, hostile, qui grouillait de toutes parts de bipèdes en combinaisons de couleurs vives. On aurait dit une immense foire. La grand-mère d'Ashmi lui avait beaucoup parlé de cette montagne qui, un jour de printemps de l'année 1972, avait englouti tous les membres d'une expédition créant un traumatisme si profond dans tout le milieu des trekkeurs et alpinistes qu'aucun touriste n'y allait plus. La grand-mère disait que les étrangers avaient compris. Ils ne venaient plus déranger les esprits du Manaslu qui avaient retrouvé le calme. Elle se trompait. Les professionnels des expéditions ne s'embarrassent pas des esprits. Quand les autorités chinoises fermèrent l'accès au Cho Oyu, un sommet tibétain de plus de 8 000 mètres, ils revinrent au Manaslu sans aucun état d'âme. La machine des expéditions commerciales ne devait pas s'arrêter de tourner.

Ashmi prenait la réelle mesure de cette machine et de sa puissance. Par centaines, étrangers, sherpas et porteurs s'agitaient en tous sens, installant du matériel, passant et repassant entre des tentes qui étalaient partout leurs larges taches rouges, jaunes ou bleues, il y en avait de toutes sortes, des petites, des grandes et jusqu'à des très grandes. De loin on aurait dit des guirlandes de fête. Ashmi n'aurait jamais cru qu'il puisse y avoir un tel arsenal. Habituée aux paysages quasi déserts autour de son village, elle en était soufflée.

Elle n'avait jamais vu autant de monde rassemblé à cette altitude dans un tel affairement. Quand, dans son enfance, elle levait les yeux vers les sommets, elle les imaginait vierges et immaculés, déserts et silencieux. Bien sûr elle savait que les touristes s'y rendaient puisqu'elle les croisait sur le chemin. Mais comme la plupart des gens de son village, elle n'avait pas une idée précise de ce qu'ils y faisaient exactement. Seul le peuple des sherpas qui vivait au pied de l'Everest était bien informé. Pour le reste de la population la réalité des expéditions était très floue. De toute façon la question n'intéressait pas Ashmi, pas plus que les paysans davantage préoccupés par leur survie que par l'activité des trekkeurs et des alpinistes. La plupart ne faisaient aucune différence entre les genres d'expéditions. Ashmi s'imaginait que les touristes qui allaient sur les sommets faisaient comme son père et son frère quand ils partaient pour de longues semaines, avec les hommes du village, arracher le miel des abeilles géantes sur les falaises himalayennes. Un travail ancestral des plus spectaculaires, très dangereux, avec l'équipement le plus rudimentaire. De simples cordes que les cueilleurs fabriquent euxmêmes, une longue touffe d'herbes enflammées au dernier moment, un grand panier et un très long bâton de bois. Le frère d'Ashmi, Tej, a commencé à les accompagner à l'âge de sept ans. Quand il avait grandi, un autre avait pris sa place. Il fallait un enfant léger pour se suspendre au bout de la corde de chanvre qu'on lançait du haut de falaises si hautes et si vertigineuses qu'on ne pouvait jamais en apercevoir la fin. Restés tout en haut sur la falaise les pères enroulaient les cordes autour de la taille de l'enfant, les unes pour ramener le panier de miel, les autres pour retenir l'enfant qui pendait dans le grand vide et qu'ils ne voyaient plus à cause du rebord. Il fallait plusieurs hommes pour ne pas se laisser emporter. Tej racontait à Ashmi comment il faisait pour créer un mouvement de balancier afin de pouvoir atteindre les nids que les abeilles plaçaient à des endroits inaccessibles, sous des surplombs. Il y parvenait à force de remuer en tenant d'une main les herbes enflammées pour enfumer les nids et faire fuir les abeilles, pendant que de l'autre main il frappait avec le grand bâton pour détacher les paquets de miel et les faire tomber dans le grand panier que, juste avant, il plaçait sous le nid à l'aide du même bâton. Une gymnastique très ancienne et d'une virtuosité inouïe. Quand il poussait un cri, c'était le signal que le panier était plein. Les hommes le remontaient, le vidaient et le lui renvoyaient. Ce qui prenait un certain temps parce qu'ils raclaient le miel jusque dans les moindres fibres du panier. Il ne fallait rien laisser.

Tej parlait à Ashmi de ce moment inoubliable de silence et de liberté qu'il vivait alors, seul, suspendu au-dessus du vide. Oubliant le danger de sa position, il s'émerveillait devant la puissante beauté des paysages de l'Himalaya. Une immensité blanche et bleue. La corde gardait un mouvement léger de balancier qui donnait l'étrange sensation de flotter dans l'air. Quelque chose comme une apesanteur. Les sons autour de lui, racontait-il, semblaient évanouis. On entendait à peine un bourdonnement lointain, un son inconnu et impossible à identifier, mais qui imprégnait ce moment particulier de son mystère cependant que l'enfant parcourait du regard le vaste espace blanc.

— Il y a tellement de montagnes Ashmi, disait-il avec des yeux brillants de fièvre, du plus loin que je peux regarder je vois des pics, des lacs gelés d'un vert transparent et des gouffres profonds et bleus comme

247

la nuit. Et des neiges si blanches que même les fleurs au printemps sont bien moins blanches que ces neiges-là. Elles scintillent.

Son visage s'éclairait en racontant.

À ce moment-là, Ashmi prenait conscience que son frère avait connu un bonheur qu'elle ne connaîtrait jamais. Et malgré tout son amour pour lui elle ressentait un peu de jalousie. Quand les garçons rentraient du miel, ils étaient heureux comme jamais. On les félicitait, ils étaient utiles, ils méritaient le respect de toute la communauté. Ashmi aurait bien aimé aller au miel elle aussi. Mais les filles partaient aux champs pour les récoltes, elles battaient et triaient le riz, gardaient les petits et nettoyaient les excréments des étables. Ça ne mérite aucun respect de nettoyer les étables. On pue. On s'enlaidit.

Certaines fois, les garçons ne revenaient pas.

— On n'a rien pu faire. On l'a vu tomber.

Une fois dans le vide au bout de sa corde, l'enfant est seul, s'il y a un problème personne ne peut plus rien pour lui. Tous le savent, l'enfant aussi. À cause du surplomb de la roche et de la fumée, il ne voit pas les hommes restés sur la falaise, et les hommes ne le voient pas non plus. Pour se parler il faut crier très fort et, parfois, à cause d'une mauvaise coordination et du vent qui tourne subitement et disperse des brins d'herbe incandescents, il arrive que la corde s'enflamme. Des enfants n'ont jamais pu être remontés sur la falaise. Leurs pères ont senti la corde lâcher leurs reins d'un coup brusque juste avant d'entendre un cri de terreur, et de pouvoir se précipiter au bord du vide au risque d'y tomber eux-mêmes. Certains pères ont pu voir leur enfant rebondir et se disloquer contre la falaise, puis disparaître à jamais dans la profondeur des abîmes. Ils ont cherché les corps de leur fils pendant des mois, et même parfois pendant des années. Ashmi se souvient de l'effondrement des mères, des pleurs de tout le village. Et elle sait que des étrangers tombent dans les abîmes eux aussi.

Elle ne connaissait rien de ce milieu du trek, rien des ascensions, rien des étapes à respecter pour que les corps s'acclimatent au manque d'oxygène, rien des œdèmes cérébraux qui font perdre la tête et mourir, rien des camps successifs installés par les sherpas à différents paliers de plus de 5 000 à plus de 8 000 mètres jusqu'au dernier au plus près du sommet où ils se préparent à l'attaquer enfin, comme un adversaire vivant et redoutable.

Ashmi n'avait jamais entendu parler de cette zone au-dessus de 8 000 mètres que l'être humain ne peut franchir plus de quelques heures sans que, de l'intérieur, son corps meure. Elle n'avait pas pris conscience que les étrangers montaient aussi haut.

Aujourd'hui, avec le groupe, elle découvrait pour la première fois un camp de base. Ça grouillait de toutes parts. Des radios diffusaient de la musique, les gens s'interpellaient, d'autres téléphonaient sur leur portable ahuris de découvrir que parfois, on captait un réseau. Des porteurs épluchaient des légumes en discutant, accroupis. Un cuisinier en tablier noué sur son anorak tournait une cuillère de bois dans une marmite, soulevant de bonnes odeurs de cuisine qui se répandaient dans l'air. De petits groupes s'agglutinaient puis se défaisaient, pressés d'aller chercher des informations, des nouvelles, d'échanger des impressions. Ashmi avait le tournis. Elle prit sa tête entre ses mains et frotta son crâne comme on le faisait chez elle pour apaiser la douleur. Le sommet himalayen se découpait sur un ciel impeccablement pur. À quelques pas, Catherine elle aussi regardait le sommet. Elle cherchait à deviner dans ses hauteurs la fameuse ligne à ne pas dépasser, celle au-delà de laquelle se trouve la zone qui fait monter l'adrénaline de tous les conquérants de sommets de plus de 8 000 mètres, dont ils parlent avec un air à la fois exalté et terrifié. Celle qu'ils appellent la « zone de la mort ».

31

Karan a décidé de rendre visite à Jane Bista. Pourquoi lui avoir offert ce livre sans le lui dire ? Il ne croit pas à la version romanesque de Ram, et il craint le pire. Derrière le symbole du *sirpech* il devine une menace à son encontre. Extrêmement préoccupé depuis son agression et les pressions qu'il a dernièrement subies, il est à vif, méfiant. Il n'a pas voulu avertir Jane de sa venue, il préfère la déstabiliser. Aussi se prépare-t-il à une entrevue tendue. Il sait bien que de la part d'un newar, de caste inférieure, face à une femme de caste brahmane, cela ne se fait pas. Mais il passe outre.

Il s'est rendu à l'université et a directement frappé à son bureau.

— Entrez.

Il a reconnu sa voix, et a ouvert la porte franchement. Elle était penchée sur des dossiers. L'ordre et le silence régnaient.

Pensant qu'une secrétaire venait comme d'habitude lui porter des documents, elle ne leva pas la tête. Mais comme elle n'entendait plus rien, elle la releva, le vit, et se figea. En une fraction de seconde, il comprit qu'il avait fait une erreur. Il y eut un temps interminable.

Karan ne savait plus comment rompre le silence pour qu'il ne s'en suive rien d'irréversible. Il n'avait pas mesuré l'impact de son attitude parce qu'il se sentait en danger, lui, Ashmi et ses journalistes. Mais ce qui en Occident serait passé pour une impolitesse, au pire pour une goujaterie, était ici une agression des plus déplacées. Pourquoi le comprit-il si tard ?

— Excusez ma venue. Je ne voulais pas vous déranger (il voulut s'expliquer de suite, pour tempérer, et il s'empêtra) mais... je tenais à savoir si c'est bien vous qui m'avez offert un beau livre ? Enfin... je voulais comprendre pourquoi ce cadeau ? bafouille-t-il.

Tout se bousculait dans la tête de mademoiselle Bista. La minute d'avant elle était plongée dans ses papiers administratifs et, d'un coup, elle se retrouvait face à l'homme auquel elle pensait depuis des mois. Il était debout, grand, élégant dans son costume et sa chemise claire, avec cet air insaisissable, tourmenté. Il n'avait rien des hommes qu'elle côtoyait. À ses traits il était népalais, mais tout en lui disait qu'il venait d'ailleurs. Il était un captivant mélange de ce qu'elle connaissait et de ce qui lui était étranger. Il la fascinait.

— Je voulais comprendre, reprit-il en se dandinant d'un pied sur l'autre, mal à l'aise. Pourquoi un livre sur les Ranas ? C'est surprenant, vous comprenez ? J'ai eu pas mal de problèmes ces temps-ci et je suis inquiet pour mes journalistes.

Il insistait, maladroit. De quoi avait-il peur ?

— Ce livre ? demanda-t-il à nouveau, c'est vous ?

Elle dut faire un gros effort pour reprendre ses esprits.

— Oui, c'est moi. Mais... vous n'avez pas lu ma lettre ?

Ce fut au tour de Karan de rester sans voix.

— Non, quelle lettre ?

— Je vous avais joint un mot. Je l'avais écrit pour vous.

Un mot pour lui. Et si Ram avait raison ? Il fut effrayé à l'idée qu'elle lui fasse une déclaration passionnée. Que pourrait-il répondre ?

— Je vous expliquais tout.

À nouveau le silence s'installa. Elle disait vrai, il le sentait. La lettre s'était sans doute perdue. Comme il restait là sans rien dire, elle reprit le dessus.

— Peut-être ma lettre s'est-elle égarée. Mais je peux vous dire pourquoi je vous ai offert ce livre.

— Euh…

— Je vous ai trouvé méprisant. Hautain comme le sont les étrangers qui nous jugent et arrivent ici avec leurs propres règles et leurs propres certitudes. Nos castes ne vous plaisent pas et vous croyez que vous pouvez les fouler aux pieds parce qu'elles ne sont pas celles qui régissent votre culture d'Occidental. Quand je vous ai dit que je ne pensais pas qu'il soit bon que vous recrutiez des filles pour votre journal, vous ne m'avez pas écoutée. Vous étiez persuadé d'avoir raison. Vous n'avez même pas cherché à me demander pourquoi.

Il tombait des nues mais c'était trop tard. Jane Bista ne s'arrêtait plus. Rien ne pourrait l'empêcher de dire sa vérité à cet homme arrogant qui la fascinait, mais qui l'avait dédaignée et qui venait d'entrer si grossièrement dans son bureau.

— Je voulais vous faire connaître un aspect de l'histoire du Népal au travers de ses prestigieuses lignées. Je voulais vous montrer à quel point elle était riche, et au moins aussi respectable que celle de vos pays d'Occident. Hélas, si j'ai bien compris, je me suis trompée. Elle vous a fait peur.

Stupéfait de ce qu'il entendait, Karan ne voulait pas se précipiter et dire n'importe quoi. Il s'était déjà bien fourvoyé. Il n'avait su voir dans cette directrice qu'une femme de caste, hautaine et distante, or elle venait de se montrer claire et franche. Il prit le temps de réfléchir. Ainsi il y avait eu une lettre mais ce n'était pas une lettre de déclaration comme il l'avait cru. Et le livre ne recelait aucune menace. C'était un véritable cadeau, un peu ambigu, mais un cadeau tout de même. Seul le destin, en perdant la fameuse lettre, en avait modifié le sens. Il décida d'être sincère.

— Détrompez-vous, mademoiselle Bista, le livre ne m'a pas fait peur. C'est plutôt qu'il me soit envoyé comme ça, sans que je sache par qui, qui m'a inquiété. En fait il m'a beaucoup plu, et même ému. Je l'ai feuilleté pendant des heures. Grâce à lui j'ai retrouvé beaucoup de sensations de mon passé. De mes parents. Je me suis souvenu de tant de choses… je vous remercie de me l'avoir offert.

Il ne parla pas de ce qui l'avait dérangé dans ces photographies, il parla du meilleur. Ses mots simples eurent sur Jane Bista un effet immédiat. Sa gorge se noua. Elle eut du mal à cacher son émotion. Il venait de la remercier d'une voix posée, douce même, et il la regardait avec des yeux où elle lisait de la gentillesse, et des regrets. Elle ne savait plus quoi penser, ni comment se comporter. Rien n'était cohérent.

— Bon, dit-il enfin comme le silence s'installait à nouveau, je ne vais pas vous déranger davantage. Je vous fais mes excuses, je me suis comporté comme un goujat en venant comme ça, sans m'annoncer.

Il arrivait à peine et il repartait déjà. Elle aurait voulu qu'il reste, longtemps, mais elle ne le retint pas. En venant la trouver de cette façon brutale il avait enfreint les codes de caste, c'était la déconsidérer et elle ne pouvait l'accepter. Il lui tendit une main qu'elle ne prit pas. Cela non plus elle ne le pouvait pas. Il était étranger. Le toucher était impossible. Une femme de sa caste ne pouvait se laisser souiller par une main étrangère. Le comprit-il ? Il retira sa main, lui fit un dernier sourire, puis referma la porte.

Il y eut comme un vide, un silence de plomb tomba dans le bureau. Par la fenêtre elle voyait dans le ciel les hirondelles se croiser en tous sens. Libres. Elle resta là, longtemps, sans bouger. Et puis, d'un seul coup, elle s'effondra en larmes.

Cet étranger était l'homme entre les bras duquel elle aurait voulu se blottir, mais un ordre qui régissait son pays depuis des millénaires en avait décidé autrement. Encore une fois, l'intransigeante règle des castes broyait sa vie.

32

Les membres du groupe, suisses et belges, furent aussi surpris qu'Ashmi en voyant la foule présente au camp de base. Ils pensaient que seul l'Everest était envahi.

— Je vous avais prévenu qu'il y aurait du monde, rappela Peter, le responsable de l'expédition. Depuis qu'on ne peut plus accéder au Cho Oyu à cause du Tibet, tous se reportent sur le Manaslu. Mais je ne pensais pas qu'ils seraient aussi nombreux pour venir voir cette alpiniste. On se croirait au lancement d'une fusée. Ils sont au moins une centaine rien que dans son équipe.

Il n'avait pas fini de parler que le sherpa Dorjee vint leur annoncer qu'il n'y avait pas assez de place pour installer leur propre camp dans un lieu correct. Peter, étonné, désigna à l'extrémité du camp une zone qui paraissait libre.

— Et là ?

— Venez voir, dit Dorjee.

Ils firent une découverte étonnante. Boîtes de conserve, vieilles tentes, médicaments, bouteilles d'oxygène vides, piles alcalines usagées, nourriture avariée, ordures d'origine douteuse, toutes sortes de déchets avaient été abandonnés, jetés au fil des années par les expéditions successives et ils s'étaient accumulés, pourrissant sur place. Une vraie décharge à ciel ouvert.

— Ce sont les équipes du Japonais, expliqua Dorjee comme si tous connaissaient le Japonais en question. Ils font le grand nettoyage. Ils ont descendu tout ce qu'ils pouvaient des camps supérieurs sur le camp de base et pour dégager ils ont tout rassemblé ici. Ils reviendront tout mettre dans des sacs-poubelle et petit à petit tout descendre.

Catherine était soufflée. Médusée, elle regardait l'énorme tas de détritus amoncelés. Faire tant de chemin, tant d'effort pour camper sur une décharge, la déception des membres du groupe était immense. En voyant leurs mines défaites, Dorjee tenta une explication destinée à les rassurer. Il y allait de l'avenir de son travail et de ses montagnes. Souriant, positif, il expliqua comment un jeune alpiniste japonais, Ken Noguchi, avait pris le problème à bras-le-corps. Écœuré de ce qu'il avait découvert en grimpant sur les sommets himalayens, il organisait des expéditions, non plus pour y planter un drapeau ou s'y faire photographier, mais pour nettoyer. Le chantier se révélait colossal. Pendant plus de cinquante ans, les centaines d'expéditions et les milliers de touristes ont jeté sur l'Himalaya tout ce qui ne leur servait plus une fois le sommet atteint. Ils repartaient en emportant des souvenirs de paysages immaculés, et laissaient derrière eux un champ d'ordures.

— On ne peut pas tout faire en une fois, mais ça avance, ne vous inquiétez pas. Ce tas que vous voyez là n'y sera plus à la prochaine saison. C'est prévu. On est nombreux chez les guides et les porteurs à participer au nettoyage. En s'y mettant tous, on va y arriver. C'est

long parce qu'on ne nettoie pas la montagne facilement. Surtout à si haute altitude. Mais, on avance.

Tout en parlant, Dorjee désignait les sommets alen-
tour. Ils paraissaient si purs.

Les membres de l'expédition avaient tous entendu
parler de ces déchets qui encombraient l'Himalaya.
Mais entre une information entendue un matin au
petit déjeuner ou entrevue rapidement sur un journal
télévisé dans le confort de son appartement et la réalité
de sa découverte sur le terrain, ils mesuraient la différence. Bien qu'informé et surinformé, chacun d'eux
espérait trouver un autre monde juste sous les nuages,
accueillant, et qui les aurait réconciliés avec leur
univers quotidien qu'ils jugeaient si trivial. La réalité
les achevait, ils n'avaient même pas la force de se
rebeller contre l'inconséquence humaine. Ils étaient
abattus.

De leur côté, les porteurs népalais s'étaient mis au
travail sans état d'âme. Il fallait installer le camp, ils
l'avaient installé. Sans attendre ils avaient déblayé ce
qu'ils pouvaient sur la bordure de la décharge et monté
les tentes du mieux possible, de façon à ce qu'une fois
couchés à l'intérieur, les touristes ne voient pas les
ordures. Tout de suite ces derniers pouvaient même,
s'ils le voulaient, boire du thé chaud pour se requinquer.
Les porteurs l'avaient préparé et ils s'apprêtaient à
monter deux douches, les toilettes, la tente de restau-
ration, et cuisiner le repas du soir. Les porteurs n'avaient
pas d'états d'âme, dès l'enfance ils avaient été préparés
à agir quelle que soit la situation. Pas de répit dans leurs
vies, ils enchaînaient.

Peter, lui, réfléchissait. Il devait trouver une solution,
et vite. Le camp de base avait sérieusement abîmé le
moral de ses clients, il fallait leur redonner confiance.

Sinon l'ambiance pouvait dégénérer, les clients finir par se disputer et le groupe se séparer. Ça arrivait plus souvent qu'on ne le disait. Il serait alors responsable. Les touristes payaient et se déchargeaient très vite de toute responsabilité sur le dos du chef d'expédition. Peter avait déjà vécu ce genre d'expérience et ne tenait pas à la renouveler. Des responsables de groupes avaient eu des procès pour ne pas avoir porté leurs clients à bout de bras, et ils avaient perdu leur affaire. Peter avait choisi ce métier par passion de la haute montagne, il le faisait aujourd'hui par nécessité, comme les sherpas, comme les porteurs. La quête du Graal était une chose compliquée, Peter s'en rendait compte tous les jours. Le temps où la très haute montagne donnait aux jeunes Occidentaux comme lui l'illusion d'un monde meilleur était révolu. Au plus profond de lui, Peter se demandait d'ailleurs si ce temps avait été réel et s'il ne s'était pas caché, dès le début, ce qu'il n'avait pas voulu voir. Les abus de certaines expéditions sur les populations locales, la souillure des montagnes. Il y avait participé. Il avait chargé les porteurs un peu plus pour économiser, jeté des boîtes, des piles, des bouteilles d'oxygène et des tentes pour ne pas s'encombrer sur le chemin du retour. Peter était maniaque, dans sa propre maison et son propre jardin il ne jetait jamais quelque chose sans se rendre compte de ce qu'il faisait. Au Népal il avait jeté toutes sortes de déchets sans plus d'état d'âme que ça. Il s'arrangeait alors avec sa conscience. L'Himalaya était si grand, si vaste. Il pouvait tout engloutir sous ses neiges éternelles, tout ensevelir sous son grand manteau blanc. Même les morts. Aujourd'hui on sait que les neiges n'ont pas d'éternité. Elles fondent et régurgitent à la surface tous les cadavres qu'on a cru disparus à jamais, qu'ils soient de chair ou de fer-blanc. Des morts hantent les sommets par centaines, trois cent sur l'Everest, des déchets les souillent par tonnes entières. Peter sait que pendant que Noguchi et ses équipes nettoient, d'autres encore, en douce, salissent.

— Je propose qu'on aille au camp supérieur dès demain si le temps le permet.

Peter avait dit les mots qu'ils voulaient entendre. Enthousiaste, le groupe désirait s'éloigner au plus vite de la décharge. La majorité d'entre eux étaient des alpinistes ayant déjà gravi des sommets alpins. L'accès au premier camp ne présentait pas de difficulté majeure, ils y passeraient juste une nuit pour le plaisir et la fierté d'être allés sur un véritable camp de plus de 8 000 mètres. Après ils redescendraient. L'équipe des porteurs et cuisiniers les attendrait ici. Il restait un seul problème. Ashmi.

— Elle va nous attendre, on ne part que deux jours et une seule nuit, ce ne sera pas long. Elle pourra écrire ses papiers pendant ce temps.

— Impossible, dit Dorjee. Chez nous, une jeune fille ne reste pas seule avec tous ces hommes.

— Mais que veux-tu qu'elle risque ? rétorqua Peter Personne ne lui fera quoi que ce soit.

Mais Dorjee ne voyait pas les choses de cette façon.

— Ici, pour les jeunes filles ce n'est pas comme chez vous, insista-t-il. On ne peut pas la laisser.

— Dans les autres groupes il y a des femmes, elle ne sera pas la seule.

— Si, dans notre groupe elle sera seule.

La discussion faillit dégénérer. Les hommes ne comprenaient pas pourquoi le guide faisait toutes ces histoires, surtout pour une seule nuit. Les femmes se montraient plus sensibles à la question. Catherine, qui s'était prise d'amitié pour Ashmi, marmonna à sa voisine :

— Ça se voit qu'ils ne se sont pas informés sur la condition de la femme au Népal.

— Que dis-tu, Catherine ?

Peter avait un ton réprobateur. Il n'aimait pas les messes basses.

— Vous savez bien, dit-elle à haute voix cette fois, que certains porteurs boivent un peu trop le soir. Ils peuvent chercher à embêter Ashmi.

— Je connais le Népal mieux que vous. Entre ce qui peut se passer dans des coins reculés et ici, sur cette plateforme remplie d'alpinistes, il y a un monde.

— Dorjee ne semble pas du même avis que toi.

- Alors je ne vois qu'une solution. Tu restes avec elle.

Catherine s'esclaffa :

— Ça alors, quel toupet ! Les femmes s'occupent des femmes, c'est ça !

Un brouhaha s'ensuivit. Catherine pas plus qu'aucune autre des touristes du groupe ne voulait manquer l'occasion de grimper jusqu'au premier camp d'un sommet de plus de 8 000 mètres. Cette opportunité ne se reproduirait sans doute jamais dans sa vie.

— Et si elle venait avec nous ? suggéra-t-elle.

Ashmi ne comprenait pas bien le sens de ce qui venait de se passer. Les étrangers parlaient trop vite, entre eux. Dorjee lui expliqua en deux mots. À l'idée de rester seule au camp parmi tous ces hommes, Ashmi paniqua. Et la perspective de grimper si haut ne l'enthousiasmait pas davantage.

— Mais tu connais la haute montagne, s'étonna Peter. On m'a dit que tu en venais, que tu y avais toujours vécu.

— Dans un village. Je ne suis jamais allée au pied des glaciers. Je n'ai jamais grimpé.

La situation paraissait bloquée.

— Quelle idée d'avoir accepté cette fille ? s'énerva un dénommé Philippe. On a fait ce voyage au Népal pour être loin de tout le tintouin, médias, boulot, et vous ne trouvez pas mieux que de nous coller une journaliste dans les pattes. On en a marre des journalistes, chez nous on se les paye tous les jours à la télé et à la radio, on n'entend qu'eux. Ils sont partout et ils ont un avis sur tout. On n'a pas fait tout ce voyage pour s'en trimballer une qui vient nous mettre des bâtons dans les roues !

Homme de terrain, médecin, Philippe Lor avait des qualités amicales qui le rendaient sympathique, et des hargnes tenaces qui le rendaient caricatural. Catherine partageait son avis à propos des journalistes mais elle faisait la part des choses. Pour quelques-uns qui encombraient le paysage et raflaient la mise du succès et de l'argent, la plupart d'entre eux faisaient très bien leur métier. Elle soupçonnait Philippe d'envier la notoriété de ses cibles. Il enchaînait les treks et les sommets alpins et pyrénéens avec une énergie excessive et prônait l'effort, l'ascèse, la volonté. Mais il ne dédaignait pas le prestige. Il pratiquait la haute montagne par passion, mais aussi pour ce qu'elle lui donnait de fierté. Il avait convaincu ses amis d'escalade de partir au Népal parce que c'était le Graal absolu. Il voulait tenter quelque chose de mythique et avait en tout premier lieu envisagé le plus grand des sommets : l'Everest. Peter le lui avait déconseillé. Trop embouteillé.

Désenchanté du tour que prenaient les choses, Philippe avait alors voulu partir sur les Annapurna et passer le célèbre col de Thorong-La à plus de 5 400 mètres d'altitude. C'était moins haut que les sommets himalayens, mais ça avait de l'allure :

— Je vais faire le grand tour des Annapurna, annonça-t-il à ses collègues

Il avait senti leur admiration. Ils étaient impressionnés. Mais Peter avait une autre idée. Depuis que les deux alpinistes coréennes avaient déboulé dans la course des femmes pour la première place aux 14 sommets, il s'y intéressait de près. Les trois alpinistes européennes étaient déstabilisées, l'Espagnole surtout. Une fille du Pays basque qui ne voulait pas se laisser distancer. Peter voulait voir de près ce que donnerait l'attaque du Manaslu par son adversaire déclarée, cette Oh Eun-sun qui montait, disait-on, à la vitesse du vent. Des amis, professionnels d'expédition comme lui, seraient au camp de base du Manaslu au moment où elle ferait sa tentative. Le milieu commençait à se chauffer. Les Européennes, ou les Coréennes ? On lançait des paris. Peter voulait aller au Manaslu, mais il n'avait pas les moyens de refuser d'accompagner l'expédition de Philippe. C'était un trop bon client. Il lui avait alors proposé de laisser tomber l'Annapurna et de faire un trek jusqu'au camp du Manaslu.

— Quel intérêt ? avait sourcillé Philippe. Personne ne connaît ce sommet. Qui vais-je impressionner avec ça ?

Peter se récria, il lui expliqua qu'il se trompait au plus haut point. Le Manaslu avait une renommée très à part dans le milieu. Ses avalanches étaient meurtrières, les plus dangereuses de toute la chaîne. Et aussi ajouta-t-il avec un air de deux airs, espérant le convaincre, les plus mystérieuses. On ne comprend pas toujours pourquoi ni comment elles se déclenchent.

Mais Philippe rechignait toujours. Peter joua alors le tout pour le tout. Il lui raconta l'histoire de la course aux 14 sommets et le combat de femmes qui se mettait en place. Il y aurait du monde. Le gratin du milieu, il croiserait les plus grands. Cette fois l'argument fit mouche. Philippe aimait être au bon endroit au bon moment.

— Si le temps le permet, on poussera tous jusqu'au camp 1. Tu montreras à tes amis ce que c'est qu'un camp sur un sommet de plus de 8 000 mètres.

C'est ainsi qu'ils se retrouvaient tous là, au camp de base. Hélas les stars n'étaient pas là, seuls leurs sbires s'y trouvaient. Se trouver de plus entravé par la présence d'Ashmi, c'était plus que Philippe ne pouvait supporter. Catherine tenta de le calmer.

— Rien n'est encore décidé. Ne t'énerve pas et ne dis pas n'importe quoi. Au cas où tu ne l'aurais pas remarqué, cette gamine ne se ballade pas. Elle travaille pour gagner sa vie, et si tu veux mon avis, elle la gagne moins bien que nous. Peut-être dix fois moins.

— Je ne suis pas venu faire de l'humanitaire ! Au lieu de suivre des touristes elle ferait mieux d'aller voir ce qui se passe chez elle. Seulement c'est plus difficile, tu comprends. Venir avec nous c'est cool, il suffit de suivre et après de raconter trois salades. On n'a pas à nous l'imposer. Peter est le responsable de l'expédition. Qu'il la renvoie à Katmandou et qu'elle se débrouille.

— Écoute Philippe, intervint un membre du groupe contrarié de voir que l'affaire prenait cette tournure. Ici tu n'es pas dans ta clinique, ce n'est pas toi qui décides. Tu n'as pas à dire à Peter ce qu'il doit faire.

Cet ami avait le tort d'être enseignant, autre catégorie professionnelle qui faisait rugir Philippe Lor.

— Ne me parle pas comme à un demeuré s'il te plaît. Je ne suis peut-être pas dans ma clinique mais toi tu n'es pas dans ta salle de classe. Je ne donne d'ordres à personne et je dis juste que Peter doit prendre ses responsabilités. Demain, quoi qu'il se passe je pars au camp 1. J'ai payé pour ça.

— Payé ! Tu n'as que ce mot-là à la bouche ! Tu ne crois pas qu'il serait temps que tu parles d'autre chose que d'argent ? On n'est pas là pour faire de l'humanitaire comme tu dis, mais rien ne nous oblige à être ignobles. Ces derniers soirs tu nous as rebattu les oreilles avec tes investissements, le budget pharaonique de la clinique, la déco de ta baraque. Tu crois qu'on a fait ce voyage pour t'entendre ?

Sentant les deux prêts à exploser, Peter annonça que le repas serait prêt dans la demi-heure. Ils devaient aller s'installer et se préparer pour être en forme le lendemain. Pour Ashmi il prendrait une décision à tête reposée.

33

Ashmi n'avait eu besoin d'aucun traducteur pour comprendre qu'elle était la cause d'un problème. De même qu'elle avait bien senti aux regards qui évitaient de croiser le sien qu'elle dérangeait. Peter était venu la voir et avait tenté de dédramatiser la situation. Il lui avait expliqué que dans le groupe deux d'entre eux n'avaient jamais gravi autre chose que de la montagne à vaches. Elle, elle avait passé sa vie dans un village haut perché à plus de 3 600 mètres sur une des montagnes les plus hautes du monde. Elle était, à son avis, bien plus aguerrie que ses clients qui vivaient à Genève dans des appartements avec ascenseur. Sous sa ferme et insistante pression, Ashmi avait accepté de grimper au camp 1. Que faire d'autre ? Pour la première fois de sa vie elle se retrouvait seule avec des étrangers et n'avait aucun repère. Malgré la présence de Dorjee, elle se sentait seule. Le peuple des sherpas est un peuple proche du Tibet, particulier. Ashmi ne comprenait pas leur langue et ils ne comprenaient pas celle du village d'Ashmi. L'anglais seul est leur langue commune. Tant qu'ils marchaient ensemble sur le sentier, qu'il y avait les villages et les rizières, les paysages, Ashmi s'était étonnée d'être aussi à l'aise parmi des inconnus et de la facilité de son intégration parmi eux. Mais quand ils arrivèrent au camp de base, les choses se modifièrent. Sur ces hautes terres himalayennes elle aurait dû se sentir chez elle, plus que ces touristes qui l'entouraient. Pourtant c'était elle, la Népalaise, qui ne se sentait pas à sa place. Les touristes, les sherpas, les porteurs, ils savaient ce qu'ils faisaient là. Pas elle. Son rôle de journaliste lui échappait. On lui intimait de grimper avec les autres et elle n'avait aucun moyen de refuser. Les imprécations de sa grand-mère, ses prières pour que l'avalanche épargne les touristes inconscients lui revinrent. Elle ne voulait pas laisser l'angoisse la gagner mais son inconscient refaisait surface. Elle appartenait à un peuple ancien, ses peurs étaient en elle et, si elle avait su lutter contre certaines, elle savait que d'autres étaient justifiées. Avant de partir, Karan lui avait situé sur une carte l'endroit où ils iraient, mais elle ne s'était pas attardée. Dans sa famille on ne voyageait pas et on ne se servait pas de cartes. De toute sa vie Ashmi n'était jamais allée que dans les environs de son village et à Katmandou. Elle ne connaissait qu'un seul chemin, qu'une seule route. Où était-elle ici ? C'était une étrange impression. Les paysages habituels avaient disparu. Une bouffée d'angoisse l'envahit. On était ailleurs. Dans un environnement nu et brutal sur lequel s'affairaient des grimpeurs et sherpas en épaisses combinaisons de couleurs qui disparaissaient derrière d'énormes lunettes qui cachaient entièrement leurs visages. Il faisait très froid. Un vent rasant soufflait sur un sol de cailloux gris encombré çà et là de rochers énormes, des blocs arrachés à la montagne par les avalanches. Rien ne retenait ce qui tombait de là-haut, rien non plus ne retenait le vent. Pas un arbre, pas un bosquet autour duquel sa force se serait brisée, et adoucie. Le camp de base était un lieu terrifiant, très inhospitalier, Ashmi ne reconnaissait pas sa montagne.

Les étrangers, eux, allaient et venaient, discutant, prenant leurs quartiers, vérifiant leurs installations. Coréens, Suisses, Allemands, Américains, Français, tous semblaient très à l'aise dans ce lieu si dur. Ashmi ne pouvait comprendre qu'on puisse passer des semaines, des mois parfois, à des jours de marche de la première maison, avec la menace d'une masse de neige et de glace prête à tout ensevelir. Ashmi ne peut imaginer qu'elle marchera demain vers la haute montagne et qu'elle s'enfoncera dans son épais manteau blanc.

Mais comment faire ? Impossible de revenir en arrière.

34

Après une journée entière d'escalade dans un froid glacial, ils atteignirent le camp 1.

— On y est ! On l'a fait !

Catherine, Philippe, Claude, Peter riaient comme des enfants, s'embrassant et sautant de joie sur la neige, maladroits et cocasses dans leurs vêtements épais. Ils étaient là où ils avaient rêvé d'être, dans un lieu immaculé, et ils en avaient les larmes aux yeux. La neige récemment tombée avait lissé le sol d'un léger voile blanc, on aurait dit qu'ils étaient les premiers à poser le pied en ce lieu. Cette vision immaculée s'ajoutait à la magie du moment, la renforçait. Il y avait quelque chose d'intemporel. Ashmi se laissa emporter par leur joie. Elle riait et les embrassait, heureuse d'être là, étonnée de cette joie nouvelle et qu'elle exprimait spontanément, oubliant sa pudeur habituelle. L'ascension s'était faite sans difficultés insurmontables, elle en avait été étonnée. Il est vrai que les sherpas avaient fait tout le travail, installé les échelles, les cordes. Bien sûr elle avait eu peur, mais la concentration de l'effort à fournir l'avait emporté sur la peur du danger. Il avait fallu avancer les uns derrière les autres sans prendre de retard. Par chance il n'y avait pas eu de crevasses à franchir. Ashmi avait fait ce qu'on lui disait au fur et à mesure. Les étrangers étaient méthodiques, précis. Ils faisaient les choses avec sérieux, leurs yeux brillaient. Dans la difficulté, ils souriaient. Partie remplie d'effroi, Ashmi à leurs côtés avait pris un réel plaisir. Les étrangers étaient devenus proches. Contrairement au trek, l'ascension les avait soudés. Ashmi notait à quel point tout, sur cette petite corniche appelée camp 1, était différent, l'air, la lumière. Et surtout, l'absence impressionnante de toute forme de vie. Pas un brin d'herbe, pas un insecte, pas même le moindre microbe.

— Au moins on ne risque pas l'avalanche. La neige est bien gelée. On a bien fait de monter !

Philippe est aux anges. Peter aussi. Tout s'est bien passé. Il a gagné la partie.

Dorjee et Purba ont fait chauffer une soupe à l'aide d'un réchaud et d'une casserole qu'ils ont transportés dans leurs sacs à dos. Ils ont même réussi à concocter une tambouille divine. Les touristes applaudissent, émerveillés de manger un repas chaud à une telle altitude et dans tel un lieu. Ashmi regarde les deux sherpas. Ils n'ont pas arrêté. Ils ont grimpé comme eux, monté les tentes, vérifié les cordes et les échelles sur le parcours, porté les sacs les plus lourds et préparé les repas. Ils mangent, rient avec le groupe. Pourtant Ashmi les sent attentifs. Aux aguets. Elle reconnaît dans leur attitude celle des siens quand, à des détails insignifiants, ils repèrent un changement brutal. Ils sentent que la montagne menace et ils rentrent des champs sans chercher à en savoir plus, sans comprendre. Seul l'instinct les guide.

Un vent froid se lève, plus fort que la veille. Il siffle en soulevant des masses de poudre blanche qui s'éparpillent dans l'air. Ils vont passer la nuit à flanc de corniche, sur une bande de neige dure et étroite. Le sommet du Manaslu semble proche à pouvoir le toucher. L'air est presque trop pur. Ashmi surprend le visage inquiet d'une étrangère qui se tourne dans tous les sens, à la recherche d'un élément vivant, aussi mince soit-il, et qui l'aurait rassurée. En vain. Sous le voile de poudre la neige est dure à ne pouvoir y enfoncer un doigt. Tout autour règne la glace, tranchante comme une lame, et dessous, la roche.

— Rentrez dans les tentes, ordonne Dorjee en se levant brusquement.

— Mais il est à peine 16 heures, tout est installé et on n'a pas mangé.

— Vite, rentrez. Ne discutez pas.

Peter est déjà debout, les membres de l'équipe sont surpris, mais ils n'ont pas le temps de réagir.

— Il va y avoir une avalanche.

— Une avalanche ! s'exclame Peter. Tu es sûr ?

— Je le sens. Vite, rentrez et allongez-vous au ras du sol. Accrochez la toile en bas et en haut. On les a toutes bien arrimées dans la glace, mais tenez-la fort, ne lâchez pas. Si l'avalanche se déclenche, vous devez avoir plus de force qu'elle.

Dorjee les a poussés au hasard dans les tentes. Ashmi s'est retrouvée avec Philippe. L'espace est minuscule, étroit, ils sont allongés l'un contre l'autre et respirent à peine. La peur les a gagnés. Ils ont agrippé un morceau de toile au sol et un autre sur le dôme de la tente, et ils se regardent sans rien dire. Les avalanches du Manaslu sont parmi les plus dévastatrices au monde, elles arrachent des tonnes de roche. Aucune force ne retiendra de misérables tentes sur leur passage. L'avalanche les emportera dans les abîmes comme elle a emporté tant d'audacieux avant elles. Elle n'épargnera aucune vie. Elle les ensevelira sous sa masse brutale. Ils écoutent. Le vent a cessé de siffler. Brusquement, le silence est tombé. Ils retiennent leur respiration et attendent. Un temps interminable. Soudain un craquement affreux brise le silence et un bruit de fin du monde envahit l'espace, enveloppant, étouffant. Des masses de neige tombent. Les mains d'Ashmi se crispent sur la toile, elles l'agrippent à s'en faire mal. Ils vont peut-être mourir. Leurs cœurs battent. Les secondes, les minutes, une heure passe. Ils attendent toujours. Rien ne vient. Philippe est proche de la panique. Ashmi est tendue, à l'écoute du moindre bruit. Au bout d'un temps elle lâche la toile, prend une longue bouffée d'air, reprend calmement sa respiration et pose une main sur l'épaule de Philippe.

— C'est fini. L'avalanche ne viendra plus.

Il la regarde, hagard, balbutiant.

— Que… dis-tu… comment sais-tu…

— J'entends le vent.

Philippe craque et s'effondre en larmes dans les bras d'Ashmi. Il hoquette.

— On est vivants, on est vivants…

Ils sortirent de leurs tentes les uns après les autres, sonnés, blêmes et s'aperçurent alors que l'avalanche avait bien eu lieu mais que guidée dans sa trajectoire par une ligne précise, elle était passée juste à côté d'eux. Ils avaient été épargnés alors qu'à dix mètres près ils auraient pu être tous emportés. Certains se mirent à pleurer. Tous étaient sonnés, incapables de réagir et de penser.

— Et Dorjee ? Où est Dorjee ? dit soudain Peter qui comptait ses troupes.

Inquiets, ils se regardèrent, et cherchèrent Dorjee et aussi Purba. En vain. Dorjee et Purba manquaient à l'appel. Ils eurent d'abord un moment d'incompréhension et nièrent l'évidence. C'était tout simplement impossible. Mais la réalité les rattrapa. Les deux sherpas étaient dans la tente la plus exposée, au bord du vide. Le souffle de l'avalanche l'avait arrachée et emportée. Dorjee et Purba avaient disparu dans le gouffre, ils ne les reverraient plus. L'abattement tomba sur le groupe mais seul Peter réalisa la terrible situation dans laquelle ils se trouvaient. Ils étaient comme un navire sur un océan qui aurait perdu son capitaine et son second, seuls capables de tenir la barre. Sans Dorjee et Purba, avec les dégâts que l'avalanche avait inévitablement provoqués sur le trajet du retour, Peter ne voyait pas comment il allait parvenir à faire redescendre tout un groupe dans des conditions que même de grands professionnels auraient du mal à aborder. Quand à leur tour, les uns et les autres comprirent, la panique gagna.

— Pas d'affolement, intervint durement Peter. Ce n'est surtout pas le moment. Je vais envoyer un message au camp de base, ils viendront nous chercher. Ils savent qu'on est en haut et qu'on ne pourra pas descendre facilement.

Mais à peine avait-il prononcé ces mots encourageants, qu'il réalisa. L'équipement de communication avait été rangé dans la tente des deux sherpas, ils étaient livrés à eux-mêmes sur ce bout de glace, dans l'impossibilité d'appeler qui que ce soit. Et ce n'était pas fini. Les sacs contenant le matériel de secours, la nourriture et l'eau avaient également été emportés. Peter avait beau avoir derrière lui des années de métier, il vacilla.

— Que se passe-t-il Peter ? Tu es blanc à faire peur, s'affola Catherine.

Peter ne répondit pas. Tous le regardaient, ils lisaient la peur sur les visages. Comment leur dire ? La nouvelle allait les terrasser, certains feraient peut-être même une crise. Mais Catherine insista. Il choisit alors d'expliquer la situation sans chercher à minimiser. Curieusement, personne ne réagit. C'était trop.

— On va venir nous chercher. J'en suis sûr. On va attendre.

Peter cherchait ses mots. Petit à petit il se reprenait, jouait son rôle de chef d'expédition. Il devait rassurer, et organiser l'attente. Le groupe devait se sentir guidé, il fallait à tout prix éviter la panique qui pourrait regagner le groupe une fois le premier choc passé.

— Les secours devraient être là dans quelques heures, dit-il posément, il va leur falloir du temps pour déblayer les passages du couloir d'avalanche. Mais je suis sûr qu'ils s'y attellent sans tarder, ils savent qu'on ne peut redescendre sans leur aide. Des sherpas seront là ce soir, ce sont de grands professionnels, il ne faut pas s'inquiéter.

Dans un état second Ashmi regardait autour d'elle. Le soleil faisait briller de petits cristaux à la surface de la neige. La glace luisait, dure, translucide. Sur ce minuscule bout de roche où ils se trouvaient, seul le vent qui sifflait rappelait le monde des vivants. Quelque chose lui dit qu'elle allait mourir là. Elle allait mourir dans ce lieu brutal, sans même pouvoir regarder une dernière fois la cime des grands arbres ou le vol gracieux des oiseaux de passage. Elle allait mourir sous un ciel d'un bleu aussi dur que la glace, effrayant, sans avoir rien vécu, sans avoir aimé. Comme la princesse réduite en cendres.

Peter martelait son texte.

— Ils vont venir, il faut qu'on tienne, tous, je vous le promets. Au camp de base il y a de grands professionnels, les meilleurs sherpas, ils vont venir.

Il fallait tenir bon, surtout ne pas laisser la peur l'emporter. C'était son obsession. Un rien pouvait la déclencher. Il tint son rôle avec un grand sang-froid et une réelle capacité à rassurer et à apaiser l'angoisse que chacun ressentait. Il parlait juste ce qu'il faut, et il réussit à provoquer de brefs échanges entre les uns et les autres qui n'osaient aborder la seule chose qui vaille, leur survie.

— Au fait je voulais vous dire…

Contre toute attente, Philippe, qui était peut-être le plus choqué de tous, prit la parole. Ils le regardèrent stupéfaits. Peter voulut l'interrompre, mais Philippe continua comme si de rien n'était

— Je me demande si je n'ai pas payé un peu cher la première tranche de travaux pour ma clinique. Je vais négocier au mieux pour la seconde, et puis je vais dire à mon banquier de vérifier mes placements. Il ne m'inspire pas confiance. C'est vrai quoi, on ne doit pas rigoler avec l'argent. Non, qu'en pensez-vous ?

Philippe avait-il le mal des montagnes, perdait-il la raison ? Les membres du groupe, hébétés, ne savaient quoi penser. Mais Philippe éclata de rire. En cet instant dramatique, Philippe se moquait de lui-même.

— L'argent est un sujet qu'on peut sortir en toutes occasions. Je savais que ça allait vous intéresser,

La remarque était si inattendue, si saugrenue, qu'ils ne purent qu'éclater de rire comme lui. Ils rirent d'un rire excessif, nerveux. Un rire trouble qui déchargeait une part de leur angoisse, et libérait les nœuds qui les empêchaient de respirer, et même de penser. Ashmi ne comprenait pas bien ce qui venait de se dire, mais elle rit aussi, soulagée sans savoir bien de quoi. La diversion de Philippe eut un effet salutaire que Peter n'espérait pas. Ils se remirent à parler, et se sentirent d'un coup plus vivants, plus forts. Ils parlèrent de tout ce qui leur passait par la tête, de choses et d'autres, sans s'interrompre. Ils parlèrent pour ne pas attendre et ne pas voir passer le temps qui semblait interminable. Chacun sans le dire espérait une apparition, un sherpa qui émergerait des neiges. Mais le soleil commença à décliner, personne n'était venu.

— Il faut rentrer dans les tentes et bien les fermer. On ne doit pas laisser le froid nous gagner. On va se serrer, trois dans chaque tente. Les secours seront là demain matin, j'en suis sûr. La nuit va être longue, tenez le coup.

Peter avait une grande force de conviction, il l'utilisa au mieux et ils se rangèrent à son avis. Ashmi se retrouva sous une tente minuscule avec Catherine et une autre femme, Claire. Serrées les unes contre les autres elles attendirent, elles n'avaient plus de force. Elles espéraient dormir, mais le froid était tel qu'elles grelottaient. Impossible de s'endormir.

— Et si personne ne venait ?

— Ah non, Claire, pas vous, rétorqua Catherine. Pourquoi personne ne viendrait ? Les alpinistes sont des gens particulièrement solidaires. On a la chance d'avoir en ce moment au camp de base des équipes internationales chevronnées. Ils feront tout pour nous sortir de là, Peter l'a dit et je le crois.

Mais Claire n'avait pas envie de faire semblant. Passé un certain temps le froid tue si on ne réchauffe pas le corps en mangeant, en buvant une boisson chaude, ou en remuant. Il engourdit les membres, puis le corps tout entier, puis le cerveau.

— Je connaissais une femme qui a passé deux jours et deux nuits sur l'Everest. Elle s'appelait Frankie Arsentev. Elle était à quelques centaines de mètres du sommet quand une autre alpiniste l'a trouvée à moitié agonisante, mais vivante. Eh bien vous savez ce qui s'est passé ? Cette alpiniste a continué sa course comme si de rien n'était. Le sommet avant tout.

— Je connais l'histoire de ces deux femmes Claire, ce n'est pas si simple. Vous savez bien qu'au-dessus de 8 000 mètres on ne peut transporter personne, on a juste la force de se porter soi-même. On ne peut pas juger.

Ashmi ne pouvait y croire. Que racontait Claire ? Était-ce possible qu'une femme en ait laissé une autre mourir seule dans des lieux aussi inhumains ? Cette seule idée lui parut d'une cruauté si grande, qu'elle se demandait si elle comprenait bien. Elle posa la question qui lui brûlait les lèvres.

— C'est vrai ? Ça a vraiment eu lieu.

— Oui, répondit sobrement Catherine.

Le silence retomba. Ashmi sentit le froid l'envahir plus encore. Elle eut envie d'en savoir davantage et posa des questions. Claire lui répondit, elle avait un irrépressible besoin d'aller encore plus loin, de tout dire, de raconter ce qu'on tait de cet univers mythifié dont le grand public ne connaît que les exploits ou les accidents spectaculaires, mais dont on tait les déviances. Souvent d'ailleurs parce qu'on ne les connaît pas. Elles ont eu lieu sur des sommets inaccessibles au commun des mortels. On n'aurait sans doute jamais rien su de la tragédie de David Sharp qui se déroula le 15 mai de cette même année 2006, si une dizaine de jours plus tard un homme, pris de remords, ne l'avait dévoilée. Claire raconta.

— David Sharp était un jeune grimpeur britannique de trente-quatre ans. Il n'avait pas les moyens de se payer les services d'une expédition de professionnels et il voulait atteindre le sommet de l'Everest. Il n'y parvint jamais. Il s'arrêta à quelques mètres et tomba d'épuisement. Plusieurs expéditions professionnelles étaient sur l'Everest. Aucune ne se sentit responsable de lui, il ne faisait pas partie de leurs groupes, il n'avait pas payé. Près de quarante personnes sont passées près de David Sharp ce jour-là et personne ne lui a porté secours. Seul un sherpa lui a donné de l'oxygène et a tenté de l'aider. Les autres l'ont abandonné à son sort. Ils ont poursuivi leur ascension.

L'histoire ne datait que de quelques mois et avait soulevé le cœur de tout le milieu de la haute montagne. L'éthique était très gravement atteinte. Le premier vainqueur de l'Everest, sir Edmund Hillary, fortement choqué, déclara : « Nous aurions abandonné l'ambition d'atteindre le sommet pour tenter de secourir cet homme. Fût-ce désespéré. »

— J'ai entendu l'un des membres d'une expédition qui est passée près de David Sharp, dit Claire. Il était bouleversé. Il ne pouvait sans doute rien faire pour Sharp, disait-il, mais au moins il aurait pu essayer. Et ce qui lui faisait le plus mal c'est qu'il ne l'avait même pas touché, avec sa main, sur son épaule ou ses mains, sur un bras. Il ne savait pas pourquoi mais il lui semblait qu'à travers ce geste il aurait partagé quelque chose avec ce jeune homme qui allait mourir seul. Or il ne l'avait pas touché. Il était reparti sans avoir eu ce geste de tendresse. Ça le hantait.

À ce moment la voix de Claire se brisa. Elle se mit à pleurer, doucement d'abord, puis plus fort. Sans rien dire, d'un geste doux et spontané Ashmi mit sa main sur son épaule. Catherine, contrariée, se raidit. Le silence retomba et, petit à petit, les pleurs se calmèrent. Claire s'excusa.

— Je vous demande pardon, dit-elle.

Ashmi lui sourit et la rassura, mais Catherine resta de marbre.

— Mon Dieu, mais tu as enlevé tes gants ! s'exclama Claire en désignant les mains bleuies de Catherine.

Effectivement Catherine les avait enlevés et avait oublié de les remettre. Elle essaya de bouger ses doigts et s'aperçut qu'elle n'en sentait plus les extrémités. Une peur s'empara d'elle. Elle se mit à crier :

— Je ne sens plus mes doigts, ils sont gelés, vite vite il faut les frotter. Je ne veux pas les perdre !

Ashmi lui prit une main, Claire l'autre et elles se mirent à frotter. Catherine hurlait, la douleur du sang qui circulait à nouveau dans le bout de ses doigts faisait horriblement souffrir. Quand enfin, à force de frotter ils retrouvèrent leur couleur et leur sensibilité, à son tour elle s'effondra

— On va y rester, dit-elle au milieu de ses larmes. Claire à raison, personne ne viendra nous chercher.

Ashmi lui remit ses gants. Elles n'avaient plus de forces ni de courage et, à ce stade, malgré le froid qui gagnait de plus en plus, elles tombèrent d'épuisement.

Une lumière crue les réveilla brusquement. Quelqu'un venait d'ouvrir la tente, une tête apparaissait en contre-jour. Les secours étaient là, Claire et Catherine hurlèrent de joie. Elles étaient sauvées. Seule Ashmi resta bouche bée. Dans l'ouverture de la tente, elle venait de reconnaître le jeune homme au regard clair.

35

Au Katmandou Guest House, après avoir englouti des œufs brouillés, du fromage blanc et une salade de fruits, Karan feuillette les nouvelles des journaux concurrents tout en prenant son thé et ses scones. L'établissement sert à l'anglaise et les petits déjeuners sont extraordinaires. Le meilleur repas de la journée. Quasiment le seul pour Karan qui prend rarement le temps de quitter le journal à la mi-journée, sauf pour de rares déjeuners professionnels. Personne n'a particulièrement envie de fréquenter un journaliste, pas même s'il occupe le poste de directeur de l'information. La presse n'a pas ici la même importance que dans les pays occidentaux. Les masses ne lisent pas et les élites obtiennent autrement les informations dont elles ont besoin. Bien souvent elles les connaissent avant qu'elles soient imprimées. Il y a bien une nouvelle société civile qui a émergé à la fin de la guerre, mais elle est exclusivement citadine et très tournée vers les nouvelles technologies. On vit avec Internet. Ce paysage, Karan ne l'avait pas prévu tel qu'il se présente, maintenant il le connaît bien et, d'une certaine façon, il s'y habitue. Il aurait aimé partager des moments, des dîners avec ces familles brahmanes comme celle de Jane, la rencontrer dans son contexte. Il aurait aimé pénétrer ces demeures immobiles. Il n'a aucun intérêt personnel à fréquenter ces familles, mais il aurait appris d'elles, de leurs coutumes, de leur façon de voir le Népal. À les voir vivre et parler il aurait compris des choses de son pays. À défaut il imaginait, mais il savait qu'on imagine toujours avec des a priori, et il estimait qu'il était temps de ne plus en avoir. Seulement les portes restaient closes.

— D'autres scones, sir, des pancakes ?

L'un des serveurs, car ils sont une ribambelle, en habit rouge et or comme dans les palaces, s'est approché et lui tend un plateau. Karan décline et remercie.

— Vous êtes bien sûr sir, parce qu'il pourrait ne plus y en avoir dans quelques secondes.

Il n'avait pas fini de parler qu'une foule de jeunes étudiants en architecture, arrivés la veille, font irruption dans l'élégant patio. Sans attendre ils se ruent sur la nourriture avec des cris, des piaillements. Ils ont à peine plus de vingt ans, on les sent affamés, prêts à tout dévorer. Telle une nuée de moineaux ils fondent sur les présentoirs, remplissent leurs assiettes à ras bord et dévalisent même au passage le plateau du serveur médusé. Le client suivant qui se frottait déjà les mains à l'idée de savourer un petit déjeuner bien garni, est désappointé. Les panières de scones et de pancakes chauds sont vides. Karan observe le malheureux qui tord le nez. Il se dit qu'il a bien fait de descendre tôt. Les scones et les pancakes du Katmandou Guest House sont les meilleurs du monde.

— Téléphone pour vous, sir Karan.

Qui peut bien l'appeler à l'hôtel, et pas sur son portable ?

— C'est une femme, sir, dit le concierge en lui tendant le combiné.

Karan esquisse un mouvement de recul, et si c'était Jane Bista ?

— Euh… vous ne pouvez pas me la passer ailleurs ?

— Si bien sûr, allez dans la cabine, première à droite dans le couloir.

Au moment d'ouvrir la porte de l'ancienne cabine aux murs insonorisés et tapissés d'acajou, Karan formule déjà dans sa tête mille possibilités. Peut-être après le livre, une invitation ? Chez elle ? Dans le palais blanc ? Il est déjà tout remué à cette seule perspective. Mais ce n'est pas Jane. C'est un médecin qui téléphone depuis le camp de base du Manaslu. Elle lui explique l'avalanche, les secours, les deux sherpas emportés. Peter lui a demandé d'appeler Karan, pour l'avertir qu'Ashmi rentre dès le lendemain à Katmandou, avec son groupe et une équipe de secouristes. Ils sont encore en état de choc, certains ont des gelures. Karan est sonné. Une avalanche au Manaslu !

— Votre journaliste n'a rien de grave, précise la femme médecin.

— Mais… elle n'était pas au camp de base ?

Il lui avait interdit de monter au camp supérieur et elle a transgressé son ordre. Il n'en revient pas. Miss Barney avait encore raison, il décide de filer rapidement au journal. Il est partagé entre le soulagement de savoir qu'elle n'a rien, et la colère de voir qu'elle lui a désobéi. De plus son retour inopiné n'est pas une bonne nouvelle. Les ragots la concernant vont bon train à Katmandou. À les entendre on dirait qu'elle a bouleversé tout le pays avec son malheureux article sur les terres et l'héritage des femmes.

— Sir Karan, sir Karan ?

Alors qu'il s'apprête à quitter l'hôtel, le jeune Tamang l'arrête au passage.

— Que veux-tu ? Je suis pressé.

— C'est pour la journaliste, je suis embêté.

— Pourquoi ?

— Elle m'a demandé de porter une lettre pour elle, mais je n'ai pas encore eu le temps, il y a eu tant d'arrivées que j'ai fini trop tard. Impossible de quitter mon poste.

Stupéfait de savoir qu'Ashmi confie son courrier à ce jeune portier au lieu de le faire envoyer par le journal, Karan se demande qui est le destinataire de cette mystérieuse missive

— Donne-la moi, je m'en occupe.

Pris de court, le jeune Tamang sort de sa poche l'enveloppe que lui a confiée Ashmi. Elle est toute fripée. Il la tend du bout des doigts et regrette déjà son initiative. Mais il est trop tard. Karan prend la lettre, puis il hoche la tête avec un air contrarié, et la met dans sa poche.

— Elle y tient beaucoup sir, insiste le jeune Tamang, je sais qu'elle a confiance en vous, c'est pour ça que je vous la laisse. Vous la ferez porter à l'adresse aujourd'hui ? Il faut faire vite maintenant, j'ai trop tardé.

— Tu la connais bien, Ashmi ?

Tout rougissant le gamin nie.

— Non, un peu. Je lui dis juste bonjour quand elle passe.

— Et pourquoi elle t'a confié cette lettre si tu ne la connais pas ? Tu mens ?

Embarrassé, le jeune garçon part dans une longue tirade où il explique que c'est pour lui rendre service qu'il a accepté. Karan sent que le gamin dit vrai. Il s'occupera de cette lettre. Mais pour l'heure il a d'autres soucis. Ashmi revient plus tôt que prévu, au moment où l'ambiance est très tendue au sein de la rédaction, à cause d'un désaccord politique qui s'est fait jour au sein de la formation maoïste du gouvernement. Certains veulent une république populaire à la chinoise, d'autres une démocratie parlementaire. Le départ d'Ashmi avait gommé les inquiétudes la concernant, son retour pourrait les voir revenir. Ce qui rajouterait des tensions au mauvais moment.

Il remercie le jeune Tamang qui le regarde disparaître avec la lettre dans sa poche. Le jeune garçon s'en veut. Il a une mauvaise intuition.

Ashmi est arrivée à Katmandou en fin de journée. Peter l'a raccompagnée jusqu'au journal. Il a expliqué à Karan que, par chance, les expéditions de professionnels qui se trouvaient sur le camp de base étaient des plus aguerries. En raison de l'ascension d'Oh Eun-sun, ils avaient tout le matériel nécessaire pour faire face à l'éventualité d'une avalanche et assez de professionnels chevronnés pour venir immédiatement à leur secours. Ils ont mis en commun technique, matériel et bonne volonté et réussi à sauver tout le monde. Hormis Dorjee et Purba dont les corps ont disparu. Les membres du groupe étaient traumatisés par ce qu'ils avaient vécu, ils repartaient tous par l'avion du lendemain. Peter dit qu'il était désolé d'avoir amené Ashmi au camp 1.

— Votre journaliste a subi un traumatisme. Les médecins ont dit qu'elle devait prendre du repos, précisa Peter.

L'occasion d'éloigner Ashmi de la rédaction était trop belle pour ne pas s'en emparer. Karan remercia

Peter et donne l'ordre à Ashmi d'aller immédiatement se reposer.

— Au moins une semaine. Je t'appellerai tous les jours pour avoir des nouvelles.

Cette fois elle ne se fit pas prier et d'une certaine façon il en fut un peu déçu. Elle s'éloignait sans regret. Il lui sembla qu'elle avait beaucoup mûri. L'aventure qu'elle venait de vivre avait sans doute bousculé beaucoup de choses. Miss Barney l'avait prévu, décidément elle connaissait bien les effets inattendus des grands sommets.

36

À la nuit tombée, deux ombres se glissèrent hors du journal. Ram eut seulement le temps de reconnaître le chauffeur et le gardien. Intrigué car ils n'avaient rien à faire là à cette heure, il ferma rapidement le journal et les suivit. Ces deux-là ne lui disaient rien qui vaille. Ils parlaient tout en marchant. L'affaire semblait urgente. Ram saisissait des bribes. Ils parlaient d'une lettre. Ram soupçonnait le chauffeur de fouiller dans les papiers des journalistes qui, en toute confiance, les laissaient dans son véhicule lors de reportages. Il comprit qu'il avait trouvé quelque chose et qu'ils étaient revenus dans son dos fouiller le bureau de Suresh. Les deux hommes s'arrêtèrent près d'une fontaine à un angle de rue. Ram se cacha tout près, il vit le gardien sortir son téléphone et appeler quelqu'un. Le gardien parlait fort et semblait très excité, tout comme le chauffeur. Puis il raccrocha et les deux hommes s'enfoncèrent ensemble dans les ruelles noires. Ram n'avait pu saisir que quelques mots de la conversation au téléphone, le bruit de la fontaine gênait. Il savait juste qu'il était question d'Ashmi, d'une avocate et d'une lettre. Inquiet, il rentra au journal et se promit d'en parler dès le lendemain à Karan.

37

Ashmi a retrouvé sa chambre. Pour la première fois de sa vie elle a de vraies vacances. Pas comme avant quand elle devait travailler aux champs du matin jusqu'au soir, ou étudier de longues heures et d'interminables journées. Là, si elle a bien compris, elle va gagner de l'argent sans rien faire, juste pour avoir du temps pour elle, pour faire ce qu'elle veut. Une semaine ! Ça lui semble une éternité. Elle est épuisée, mais sereine comme elle ne l'a jamais été de sa vie. Du haut de la fenêtre elle regarde paisiblement s'écouler dans le soir les eaux de la rivière sacrée, toujours aussi encombrées de détritus de toutes sortes. Mais aujourd'hui Ashmi ne les voit pas. Ses pensées sont ailleurs. Victimes, sauveteurs, porteurs, entre tous après ce drame, l'ambiance au camp de base a été si intense, si solidaire et si chaleureuse. Les cuisiniers ont préparé de grands plats pour réchauffer tout le monde, toutes expéditions confondues, ils se sont serrés autour d'un grand feu improvisé. Ils ont laissé la tension retomber après ces heures d'angoisse et de terrible effort, ils ont ri d'être là, et pleuré en pensant à Dorjee et Purba. Ils se parlaient avec ferveur. Dans cette atmosphère hautement sensible,

Ashmi a fait la connaissance du jeune guide au regard clair. Sans manières il est venu s'asseoir près d'elle.

— Je m'appelle Tej.

— Comme mon frère ! s'est-elle exclamée spontanément, bouleversée de cette coïncidence.

Il fut heureux de ce simple hasard qui les a immédiatement rapprochés. Ils ont parlé jusqu'au bout de la nuit, le feu finissait de brûler les dernières braises qu'ils parlaient encore.

— Je ne veux pas continuer à travailler sur les expéditions, lui a-t-il expliqué. C'est trop dangereux. Dorjee grimpait pour que ses enfants n'aient pas à le faire. Il me disait de changer de métier, que je pouvais, parce que j'ai de l'instruction. Et il est mort. Je ne veux pas mourir comme ça. Je vais aller à l'Alliance française, ils forment des guides culturels. On gagne moins d'argent mais on reste en vie. Aujourd'hui les enfants de Dorjee et Purba devront grimper à leur tour, porter les sacs et les cantines. Moi je ne veux pas voir mes enfants porter les sacs des autres. Je l'ai fait et il m'arrive encore de devoir le faire. La première fois j'avais neuf ans à peine. Ça m'a brisé le dos, les charges sont énormes, on ne voit que ses pieds, on peut tomber à tout moment. J'ai beaucoup souffert, mais j'ai serré les dents. Aujourd'hui je ne veux plus. Tu comprends ?

Il la regardait du fond de ses yeux qui brillaient, plus clairs que jamais.

— Oui, bien sûr que je comprends, dit-elle.

— Tu sais, il y a un an quand on t'a rencontrée sur le chemin, je n'ai rien dit à cause de l'autre. Il est violent, et il avait bu.

— Ah, dit-elle simplement. Je m'en doutais.

Ils n'en dirent pas plus. Les dernières lueurs des braises éclairaient leurs visages.

— Et aussi... ajouta-t-il brusquement, je veux me marier.

Ces mots étaient si inattendus qu'elle en fut saisie. Avait-il déjà une jeune fille en vue, une compagne ?

— Tu en penses quoi ? demanda-t-il.

Elle se ressaisit.

— C'est bien, oui c'est bien. Puisque tu le veux.

S'il voulait se marier il n'avait qu'à le faire, elle n'avait pas envie de le savoir. Elle était là, avec lui, et c'est tout ce qui lui importait.

— Et toi, reprit-il. Tu veux te marier ?

Elle bafouilla, pourquoi lui posait-il cette question de façon aussi crue. Elle le connaissait à peine. Mais elle ne put s'empêcher de répondre.

— Oui, bien sûr.

— Alors, ajouta-t-il timidement, peut-être qu'un jour on se mariera... (il marqua un temps d'arrêt)... ensemble, qui sait ?

Complètement chamboulée, elle n'avait pu rien dire. Autour d'eux on s'affairait déjà, on nettoyait pour pouvoir partir tôt le lendemain. Ils avaient dû se quitter précipitamment. Il l'avait serrée bien fort contre lui et personne n'y avait trouvé à redire. Ce soir-là tout le monde s'embrassait. Les codes de castes et convenances de toutes sortes, culturelles et religieuses, avaient explosé, débordés par un flot de sentiments généreux où se mêlaient tout à la fois de la solidarité, de l'amour, et une immense peine pour les disparus.

Ashmi a compris là-haut que le bonheur existe sur cette terre. Et en cette fin de journée où la ville a pris des airs de fête, Katmandou n'a jamais été autant à l'unisson de son cœur. Elle s'imagine marchant dans les rues grouillantes le cœur battant avec Tej à son bras.

Elle s'imagine mangeant avec lui dans un de ces restaurants de Thamel aux musiques colorées, elle se voit partir à son côté dans le grand fleuve de la vie. Un voyage d'amour, comme elle désespérait que cela lui arrive un jour.

Karan avait raison. Elle éprouve une immense tendresse pleine de reconnaissance pour lui. Il lui a tant donné. En quelques jours, elle a découvert le monde à travers d'autres regards et compris à quel point la vie est fragile et différente selon ce que l'on vit et l'endroit où on se trouve. Ce voyage a été une renaissance. Il a balayé les mauvaises ondes qui encombraient son cœur et nettoyé son âme des rancœurs qui, avant, rongeaient son esprit jour et nuit.

En ce moment même, alors qu'elle regarde la nuit tomber sur Katmandou, elle se sent prête à comprendre tant de choses. Ou, du moins, à les pardonner. À s'arranger avec Manisha, et avec ses frères. Elle pourrait leur laisser les terres, elles reviendront ensuite aux enfants de Tej. En attendant ils les cultiveront, elle, elle ne pourrait pas. Son cœur est plein d'amour, elle se sent prête. Sans colère, sans rancœur. Le combat pour l'héritage des terres lui semble moins urgent. Elle ne pense plus qu'à son amour au regard clair. Le premier. Il est si doux. Elle l'aime tant déjà. Il lui a dit qu'il allait revenir à Katmandou dès que la Coréenne aurait terminé son ascension, à la fin du mois, et il lui a demandé de la revoir. Elle a accepté. Il a pris son numéro de portable et lui a donné le sien. Maintenant elle serre son téléphone, comme si en serrant ce petit objet de rien, elle serrait contre son cœur le beau garçon de vingt ans. Les soucis, les colères, tout s'est effacé devant ce miracle. Elle aime, et ça bouleverse tout.

Les dernières lueurs du soleil couchant éclairent les toits de Katmandou. Dans les lointains se dessine la ligne des hauts sommets himalayens, d'un blanc si pur qu'ils semblent refléter une clarté plus forte que la nuit. De petites étoiles brillent haut. Ashmi se dit que sous les nuages quelque dieu bienveillant a décidé de lui montrer le chemin du bonheur. « N'oublie jamais Ashmi, sous le toit du monde les hommes ont tous le même rêve, et c'est un rêve de bonheur. » Un sourire naît sur ses lèvres. Elle vient de retrouver les mots de sa grand-mère. Ceux qu'elle a tant cherchés.

Elle les prononçait à haute voix au moment où ils fracassèrent la porte.

Ils sont entrés brutalement, elle n'a eu ni le temps de savoir qui ils étaient, ni combien, ni ce qu'ils voulaient. Ils l'ont massacrée. Immédiatement, sans un mot. Ils lui ont arraché la moitié du visage, brisé les os, ils l'ont fracassée. Quand ils sont repartis dans la nuit, elle gisait au sol dans son sari bleu clair. Une large tache rouge faisait autour de son visage mutilé comme une couronne de sang.

On peut dire aujourd'hui combien elle était belle. Elle avait un visage fin, une merveilleuse peau et de longs cheveux noirs sagement tirés en arrière. De petits anneaux d'or brillaient à ses oreilles.

Karan fut dévasté.

38

— Tu crois qu'elle a souffert ?

Dans la cour d'une école, les poings serrés, une jeune fille lève les yeux vers l'avion qui s'envole au-dessus de Katmandou. Encore des touristes qui repartent chez eux après avoir fait le plein d'air pur et laissé leurs saletés sur ses montagnes. Laxmi a la rage au cœur.

— Je ne sais pas, répond Neia qui est venue lui annoncer la nouvelle. Ils ne l'ont pas dit.

— On sait qui l'a tuée ?

— Non. On ne saura pas, comme d'habitude.

— Quand ils l'ont trouvée, reprit Neia, elle portait son sari. Tu te souviens, on se moquait d'elle. On ne comprenait pas qu'elle s'encombre encore de ce maudit sari qui entrave les pas.

Laxmi se souvient.

39

L'assassinat d'Ashmi créa un traumatisme profond dans toutes les couches de la société népalaise, surtout dans la jeunesse, en raison de sa très grande violence. Des hommes s'étaient acharnés à détruire jusqu'à son beau visage, on ne savait pas qui ils étaient ni pourquoi ils l'avaient tuée avec un tel acharnement. On connaissait juste leur nombre grâce à une voisine. Ils étaient quinze. Elle les avait vus sortir et les avait comptés. Ce nombre impressionnant laissa dans les cœurs une trace terrible. Quinze hommes contre cette seule jeune fille. Personne ne pouvait l'accepter, pas même ceux qui admettaient mal qu'une jeune fille exerce un métier d'homme. Car il y avait dans ce meurtre les instincts les plus primitifs et les plus effroyables. Toute trace de civilisation avait disparu. Il ne restait en l'homme que l'animal dont on croyait avoir perdu jusqu'à la trace et qui resurgissait. Comment cela était-il possible ? Comment sur ces quinze hommes ne s'en est-il trouvé aucun pour demander grâce, et pour s'agenouiller en pleurs près de cette jeune fille de vingt ans, défigurée, désarticulée. Pour couvrir son corps et la protéger, même en vain, même à l'ultime seconde, des derniers coups. Comment ont-ils pu ne pas s'effondrer devant la vision du carnage dont ils étaient les auteurs ?

Karan fut le plus meurtri. À l'instant où il apprit la mort d'Ashmi, il comprit à quel point elle lui était devenue chère. Par malheur pour lui, il arriva parmi les premiers sur le lieu de drame. Son visage arraché ne devait plus jamais sortir de sa mémoire, ni la couronne sanglante autour de ses beaux cheveux noirs, comme une auréole. Il ne put s'effondrer devant les autres, il fit face, prit sur lui :

— Si je n'étais pas allé la chercher à son université, elle serait institutrice, heureuse d'enseigner. Elle serait utile. Je l'ai convaincue de devenir journaliste et de s'engager sur des sujets importants. Elle l'a fait, et je l'ai trahie. Je l'ai tuée. C'est ma faute.

Suresh ne comprenait pas ce qui s'était passé. Il prit sa part de responsabilité et de culpabilité. Il ne pensait pas que cela pouvait aller aussi loin.

— Elle n'écrivait plus rien depuis trois semaines. Tu as tout fait pour la protéger. C'est moi qui ne t'ai pas tout dit.

Karan releva la tête. Visiblement Suresh était très mal à l'aise.

— Tu me caches quelque chose.

— Écoute, j'ai fait un truc pas terrible.

Karan se redressa. Dans ce que Suresh allait lui avouer, il aurait peut-être une réponse à la question qui le rongeait. Pourquoi les ombres ont-elles tué Ashmi avec autant de férocité ?

— Tu te souviens de la lettre d'Ashmi que t'a donnée le jeune Tamang et que tu devais faire porter à l'avocate ?

Le sang de Karan se figea. Il n'osait comprendre. Qu'en avait-il fait ? Il ne savait plus. Ce jour-là il y avait eu une conférence houleuse en raison de dissensions importantes au sein du gouvernement. La semaine avait été chargée et il n'y avait plus pensé. Suresh lui en rappelait l'existence.

— J'ai vu la lettre sur ton bureau. J'ai reconnu l'écriture d'Ashmi et j'ai vu l'adresse de l'avocate. Je l'ai ouverte, je voulais savoir. Ashmi expliquait à l'avocate qu'elle partait en reportage mais qu'au retour elle voulait la voir à tout prix. Elle lui détaillait les motifs de sa demande. Elle parlait de tout, de la loi pour les femmes, des expropriations de terres, des femmes battues, brûlées, des viols non punis, des hommes qui allaient dans les cases des petites dalits. Une vraie bombe. J'ai refermé la lettre et je l'ai mise dans mes affaires. Je comptais t'en parler et la rendre à Ashmi quand elle reviendrait pour qu'on s'explique et qu'on la remette sur le droit chemin. Je savais qu'elle risquait d'y passer si quelqu'un lisait ça. Et la lettre a disparu. On me l'a volée. Je ne comprends pas qui a pu...

Pour Karan cet aveu fut vertigineux. Comme Suresh il se sentait coupable, plus encore qu'auparavant. Il aurait dû ranger cette lettre immédiatement, la placer en lieu sûr.

La lettre d'Ashmi resta un lourd secret entre Suresh et Karan. Ni l'un ni l'autre ne désiraient cacher ce qu'ils considéraient comme une faute, ils voulaient simplement ne pas donner d'armes à ceux qui pensaient qu'Ashmi l'avait bien cherché. Et ce secret dans leur cœur faisait un mal terrible. Même miss Barney n'en sut rien. Elle sentit simplement que quelque chose ne serait plus jamais comme avant. Pour Karan, cette fois, le monde s'était désenchanté. Il était perdu, il ne savait plus ce qu'il devait faire, il ne croyait plus en rien, il n'avait plus envie de rien. Il parlait de repartir en France.

— Je croyais que j'allais pouvoir inventer quelque chose, que le pays était prêt.

— Il y a toujours un gouffre entre les rêves et la réalité, tempéra miss Barney. Mais ce n'est pas pour autant qu'il faut abandonner. Les rêves sont les choses les plus exigeantes du monde. Ils demandent toutes nos forces, la plus difficile est de continuer à croire en eux quand ils se dérobent. Si vous n'avez pas cette force sir Karan, alors repartez en France et ne revenez pas. Mariez-vous et fondez une famille. Ça prendra tout votre temps et toute votre énergie. Vous oublierez le Népal.

Il releva la tête.

— Je vous ai déçue, miss Barney.

— Pas le moins du monde Karan. La vie, c'est un choix. Une fois qu'il est fait on s'y tient, quoi qu'il arrive. Voilà ce que je vous dis, et voilà ce que je crois. J'ai parfois pensé que j'aurais pu vivre autrement, avec un homme à mes côtés, des enfants. En Angleterre. Mais je sais que le manque aurait été profond. J'aurais toujours cherché une autre part de la vie. Ne pas être dans la norme pour se sentir libre, c'est exigeant. Et je préfère boire mon thé à Katmandou en rêvant des brumes de l'Angleterre, que le boire à Londres entre des murs toujours identiques avec vue sur un éternel Muséum. Je ne saurais plus où porter mes rêves.

Razu arriva avec le thé, interrompant la conversation.

— Un nuage, Miss ?

— Non Razu, une rondelle de citron.

302

Il servit le thé et le citron, puis regarda Karan avec cet étrange regard, et, comme d'habitude il disparut dans la cuisine.

— Voyez-vous Karan, reprit miss Barney, j'ai inventé ma vie. Mes origines véritables puisque je ne suis pas née à Londres mais à Boston, mon métier qui n'existait pas avant que je l'exerce, et jusqu'à Razu que je déguise en serviteur zélé alors qu'il ne l'est pas tant que ça. Mais il joue son rôle à la perfection parce que, comme moi, il a trouvé sa place et, qui sait, peut être même son bonheur. Pensez à votre bonheur Karan, et quand vous aurez choisi, si vous partez, venez me dire au revoir. Nous prendrons un dernier thé.

Alors qu'il quittait la maison et marchait dans l'allée des poinsettias tout en réfléchissant à ce que miss Barney venait de lui dire, Karan eut le sentiment d'être suivi. Il se retourna brusquement.

— Ça alors, Razu, vous me suivez ?

— Oui, Sir.

— Mais… pourquoi ?

— Parce que vous n'avez pas appelé de taxi.

— Non, ce soir je rentre à pied. Et alors ?

— Il ne faut pas partir seul le soir, Miss vous l'a déjà dit. C'est dangereux. Je vous surveille.

Karan éclata de rire.

— Ça alors ! Quelle idée. Écoutez Razu, je vous remercie beaucoup mais rentrez, je ne risque rien.

Il n'arriva pas à s'en défaire. Razu le suivit jusqu'à son hôtel et ensuite seulement il s'en retourna.

Karan trouvait cette sollicitude excessive, voire encombrante. Il soupçonna quelque chose qui serait lié à son agression, mais il ne put jamais comprendre ce qui s'était passé ce soir-là. Curieusement il s'aperçut qu'une fois passé le premier choc, il n'avait jamais été vraiment inquiet. Comme s'il savait que le danger s'était éloigné. La sollicitude de Razu allait devenir une habitude. À sa façon, le serviteur de miss Barney payait sa dette.

40

Les jours, les mois, passèrent. Karan n'avait pas retrouvé la motivation. Il n'avait envie de rien. Suresh avait pris le relais et le déchargeait des lourdes tâches. Il le laissait même diriger les conférences de rédaction.

Aussi quand une jeune fille se présenta et demanda à parler à Karan, bien que ce soit fort tôt, Ram la fit monter immédiatement à son bureau. De la jeunesse et de la vie qui revenait au journal, c'était bon signe.

— *Namasté.*

Karan crut revoir Ashmi, ce jour lointain. Une même étudiante, du même âge.

— Qui êtes-vous ?

— Je m'appelle Laxmi. J'étais avec Ashmi quand vous êtes venu nous chercher à l'université. Je veux devenir journaliste.

Ce fut comme un coup de poignard dans son cœur. Il fit un geste de refus, il voulut la faire partir. Mais elle ne lui laissa pas le temps de parler.

— Dans mon village il y a une femme qui pleure depuis des années. Pendant la guerre des militaires sont venus prendre sa petite fille de douze ans, Maina. Ils l'accusaient d'aider les rebelles. Ils l'ont traînée par les cheveux et amenée dans un camp de torture. Ils lui ont plongé le visage dans l'eau, et l'ont brûlée à l'électricité. Maina est morte. C'était ma petite voisine, mon amie d'enfance. Ces militaires ont un nom et un visage, on les connaît. Pourtant ils restent impunis. On ne connaît pas encore les meurtriers d'Ashmi mais ils ont un visage eux aussi, comme les militaires qui ont tué Maina. Je veux des noms et des visages. Je veux une justice, je veux devenir journaliste. Pour en finir avec les ombres.

— Vous savez, dit Karan après un long silence et en reprenant sa respiration, je ne crois pas qu'une jeune femme même aussi déterminée que vous semblez l'être puisse quelque chose contre de si longues et obscures pratiques.

— Je n'ai pas peur.

Elle dit cette phrase simple et il en fut retourné. Lui ne savait pas encore s'il allait rester ici ou repartir. Cette jeune Laxmi venait peut-être de faire le choix à sa place.

— Bon, dit-il aussi simplement, alors on va essayer.

Les avions arrivent et repartent toujours dans le grand ciel de Katmandou. Il y a toujours de la musique qui joue à fond la nuit dans les bars de Thamel, des touristes émerveillés d'être là et des Népalais au sourire éternel. Il y a toujours un capharnaüm invraisemblable dans les rues et du vent dans les eucalyptus. Razu continue de faire ses simagrées et miss Barney prend toujours son thé à cinq heures. Par hasard Karan a recroisé Jane Bista. Ils ont parlé, cette fois calmement. Du présent et de l'avenir du Népal. On dit qu'ils se revoient souvent.

Dans le pays les choses évoluent parfois, d'autres fois elles régressent. On ne sait jamais trop ce qui l'emporte. Mais il y a une jeune fille déterminée, et derrière elle des milliers d'autres viendront.

Bientôt, sous le toit du monde, elles seront des millions, et la force de leurs convictions changera la vie

Paris, printemps 2013

Remerciements

Remerciements chaleureux à Patrice Hoffmann, mon exigeant éditeur, pour ses conseils et sa présence, et à Tatiana Seniavine, pour sa patience et sa précision.

Merci à tous mes amis du Népal, Deepak, Tej, Suresh, Miss Hawley, Alexandre, Catherine, Vera Frossard, l'équipe de la Balaguère, Henri et Danzi Sigayret.

Merci au boulerversant et magique Népal.

Cet ouvrage a été imprimé
en février 2014 par

FIRMIN-DIDOT

27650 Mesnil-sur-l'Estrée
N° d'édition : L.01ELJN000346. A002
N° d'impression : 121916
Dépôt légal : octobre 2013

Imprimé en France

Mise en pages
PCA
44400 Rezé